ROWOHLT
BERLIN

5/2001

Sarah Khan

Dein Film

Roman

Rowohlt · Berlin

1. Auflage März 2001

Umschlaggestaltung any.way, Barbara Hanke/
Cordula Schmidt
(Foto: Martin Wellermann/Digital Vision)
Satz Proforma Postscript, PageMaker
bei Pinkuin Satz und Datentechnik, Berlin
Druck und Bindung Clausen & Bosse, Leck
Printed in Germany
ISBN 3 87134 425 7

Die Schreibweise entspricht den Regeln
der neuen Rechtschreibung.

Für Abdul-André

Ich habe einmal von einem Amerikaner gehört, der Glauben definierte als «das, was es uns möglich macht, Dinge anzuerkennen, von denen wir wissen, dass sie unwahr sind».

Dr. van Helsing (Bram Stoker, Dracula)

Die Sonne scheint durch Gardinen und wärmt das Bett. Zunehmend, wenn Fronten voraufziehen. Der Regen, die Sonne, Vorhang auf. Manchmal schließt er gleich wieder. Es muss nicht sein.

Schon gar nicht sollte man es mit dem Exfreund tun, sein Haar vom Wind zerzaust, klingelt er bei der Exfreundin und kneift ihr zwanzig Minuten später überraschend schmerzhaft in den Busen, kurz vor seinem Höhepunkt.

«Aber Sex ist für mich die einzige Möglichkeit, vernünftig mit Dennis zu reden», erklärt Angie wenig später ihrer Mitbewohnerin Sonja Schälmeister.

Beeindruckende Einsicht. Sonja überlegt, aus welchem Film dieses Zitat stammen könnte: «Sex ist für mich die einzige Möglichkeit, vernünftig mit einem Mann zu reden.» Ein amerikanischer Film, um die achtundzwanzig Jahre alt, wie sie selbst, etwas frivol, ausnahmsweise ohne Happy End, aber mit einer göttlichen Botschaft zum Abgang: Leben auf dem Mars möglich. Vielleicht taugt die Filmmusik.

«Wenn du da gewesen wärst, dann wäre mir das nicht nochmal passiert», klagt Angie. «Dennis wollte mit dir reden.»

«Reden ...»

«Über Vampire. Er meldet sich.»

Angie bezieht das Bett neu und nimmt die Tätigkeit wieder auf, die sie Dennis' wegen unterbrochen hatte. Sie räumt Bücher aus ihrem Regal, reihenweise Schauspielerbiographien, die von dem inneren Tier berichten, von den

Ingredienzen, Begegnungen und Stimulanzien des individuierten Lebens. *Mittelmäßig Begabte, die einen unbeugsamen Willen und großen Ehrgeiz haben, bringen es oft weiter als talentierte, aber willensschwache Menschen.* In den Buchmitten Schwarzweißfotos aus entbehrungsreicher Kindheit, die bereits Großes verhießen. Angie entfernt Fachbücher über das Rollenstudium, über die Kunst des Schminkens, über die nationale und internationale Theater- und Filmlandschaft. Alles kommt in eine große Kiste. Die Regale leeren sich. Aus der Kirschkommode räumt sie einen Koffer Theaterkosmetik, einen Puderquast, eine grüne Federboa, wirft das Zeug zu dem anderen, bloß aus den Augen. Sie findet in der Kommode, vergessen, «Sophia Lorens Schönheitstips», ein Werk aus den 80er Jahren. Die große Filmschauspielerin gibt darin ihre Geheimnisse preis und vertritt für die Zeit erstaunliche Ansichten: Pasta ist gesund, Diäten kompletter Unsinn, leichte Sportgymnastik erfreulich, Schönheitsoperationen kein Mittel gegen fehlendes Selbstbewusstsein und eine erfolgreiche Ehe ganz gewiss kein Geschenk des Himmels. Angie legt sich mit dem Buch auf das Bett, blättert darin, liest das Kapitel über Haarpflege und tut es dann der Loren nach: bürstet sorgfältig das dunkelbraune Haar und befeuchtet die Spitzen mit Wasser, wobei sie lediglich die Fingerspitzen benutzt. Dreht die Haare auf Wickler und besprüht das Ganze mit Eau de Cologne. Ein Trick der Göttin, der Zeit spart, da der Alkohol die Verdunstung beschleunigt und dabei einen altmodischen Duft hinterlässt. Angie betrachtet sich, genauso war sie am Tag ihrer Aufnahmeprüfung frisiert.

Während die Haare trocknen, kocht sie eine Pasta mit Knoblauch, Olivenöl, Rucola und Pfeffer. Dennis wollte mit ihr essen gehen, aber sie brachte ihn zur Tür. Angie ist froh, dass es mit Dennis vorbei ist. So etwas wie heute wird ihr nicht wieder passieren. Sie hat zwei Entscheidungen getroffen.

Die Erinnerung an die Aufnahmeprüfung kommt wieder hoch. «In dieser Stadt gibt es fünfzig Schauspieler zu wenig und fünfhundert zu viel», teilte ihr jemand mit. Dann ging es los.

Frage an das kleine Mädchen im Publikum, ja du da, in der vierten Reihe: Wenn sich nach einem sonnigen Tag der Nebel vor deinem Fenster zeigt, möchtest du ihm dein Taschentuch reichen und von ihm zum Dank umarmt werden? Möchtest du? Warnung: Aber er legt sich nicht schwer auf dich! Er umschließt dich zwar, doch sucht sich in dem Moment bereits jemand anderen.

«Gib mir das Taschentuch zurück! Jetzt weine ich!», ruft die kleine Angie dem Nebel zu, der sie betrogen.

Da spricht der Nebel und löst sich aus ihrem duftenden Haar: Ich freue mich auf die Sonne, die mich bald zerstört, und möchte dich doch wiedersehen.

«Ich kann das nicht spielen!», rief Angie dem Prüfungskommissar zu. «Wie soll ich das denn improvisieren? Wie soll das überhaupt gehen? Ich weiß es nicht, ich glaube, ich kann es nicht.»

Er war hingerissen von ihrem Zweifel und ihrer Schönheit.

«Wir machen eine Aufnahme! Herzlichen Glückwunsch. Ich bin von nun an dein Lehrer.»

Niemand hat Mitleid mit einer schlechten Schauspielerin. Niemand, weiß Angie jetzt.

«Wir *wohnten* in unserer Straße.»

«Wir wohnten in *unserer* Straße.»

«Wir wohnten in unserer *Straße*.»

«W*i*r wohnten *in* unserer Straße.»

Nach sechs Semestern gab sie die Schauspielschule auf

und trennte sich von Dennis. Zwei Entscheidungen. Daran müssen sich alle erst noch gewöhnen.

Wie er sich auf die Rolle des liebeskranken Detektivs vorbereitet habe?, wird eine Tageszeitung Gregory Price fragen.

Es waren fünf Wochen der Vorbereitung. Er begann mit täglichem Joggen und Stretching, hielt eine strenge Diät ein und begab sich in kontrollierten Opiumkonsum. Durch Meditation unterdrückte er sexuelle Gelüste und erzeugte Kundalini-ähnliche Energie. Nachdem er in drei Wochen vierzehn Pfund abgenommen hatte, beendete er die Diät und fraß sich eine dünne Babyfettschicht an. Alles, was unglücklich verliebte Jugendliche gewöhnlich in sich hineinstopfen, mutete er sich zu. Weiches Essen ohne Biss, Erdnussbutterbrote, Malzkaffee, Schokoladencroissants, Kakao mit Marshmellows. Denn der Detektiv ist ein zarter und verletzlicher Typ, und Gregory Price wollte nicht, dass er über eine physische Abwehr verfügt. Keine Muskeln, zartes Fett.

Schließlich wird Price der Tageszeitung antworten: «Ich hörte den ganzen Tag Musik. Besonders die Jupitersinfonie.»

«Scientologen lieben Mozart», titelt daraufhin eine Klatschpostille, und niemand wird je erfahren, ob es wirklich so ist. Auch Sonja Schälmeister liebt die Jupitersinfonie. Sie ist dankbar, dass es diese Weltschmerzmusik gibt (wie sie ihre Mutter Britta Schälmeister genervt nannte, wenn Sonja sich damit einschloss), diese Musik aus dem Sommer 1788. Sonja legt in ihrem Zimmer die Platte auf, die Musik regt, wie sie glaubt, ihre Gedanken und Kreativität an. In Sonjas Stadt werden Teile des unterführten Hauptbahnhofs mit Sinfonien beschallt, um Penner und Junkies daraus zu vertreiben. Im Sommer 1788 war es freilich anders. Da gehörte eine dicke, rauchige Luft dazu, es war sehr warm, die Nächte hatten etwas Erstickendes, es war ein besonderer Sommer, alle Menschen, die sich zwischen April und September 1788 verliebten, konnten diese Luft ihren Lebtag nicht mehr vergessen. Erinnert sich noch jemand?

Sonja ist Redakteurin. Sie schreibt Artikel über Kaugummiflecken auf dem Trottoir und welche präzisen Muster sich selbst im Chaos ergeben. Sie schreibt auch über ihre Erfahrungen mit dem brasilianischen Voodoo-Pulver «pega homem» (Schnapp dir einen Mann) und wo man es per Internet bestellen kann. Hier die Kurzfassung: Es hat nicht funktioniert. Oder sie berichtet über einen Zahnarzt namens Zucker, dessen Frau mit Vornamen Candy heißt. Sonja schreibt mit seriositätszersetzender und sinnauflösender Lust. Und wenn sie zu Hause arbeitet, hört sie die Jupitersinfonie, dirigiert vom alten Karl Böhm. Nun sitzt sie am Schreibtisch, kaut am Stift und überlegt Themen, die sie ihrer Zeitschrift vorschlagen könnte. Aus der Küche duftet Pasta. Sonja erliegt dem Duft, folgt ihm und isst mit Angie zu Abend, dabei wechseln sie kaum ein Wort. Angies Haar sieht großartig aus, aber Sonja sagt nichts. Später ruft Dennis tatsächlich nochmal an.

Es gibt schöne Filme, schöne Bücher und schöne Musik; es gibt einen Dreck und eine Made im Speck. Es ist Montag früh, zehn Uhr, Sonja geht ins Cinemaxx am Dammtor und schaut sich einen ganz großen Knaller an. Er wird wieder über uns kommen, vielleicht der letzte große Filmstar, verspricht man, und uns im Sommer einen Film geben: *The Last Trace.* Der deutsche Verleih, die Tochter einer amerikanischen Entertainment-Company, nennt den Film im Untertitel «Die letzte Spur». Vielleicht mag sich der Verleih noch einen anderen Titel überlegen, weniger naiv, nicht ganz so neo-klassisch. Doch wahrscheinlich tut er das nicht. Denn die letzte Spur führt immer zu dir. Dann kommt er und holt dich. So unglaublich ist dieser Film! So intensiv! Und nimmt dich mit.

Dennis wartet vor dem Kino auf Sonja. Und da kommt sie: vier Kilo Übergewicht, Zahnpastaspuren auf der Jeansjacke, Schlaf in den Augen, und das Mountainbike schließt sie umständlich an einen Bauzaun an.

«In Zukunft wird jeder Mensch fünfzehn Minuten Journalist sein», sagt Dennis zur Begrüßung. Sonja Schälmeister zeigt sich unbeeindruckt. Im Foyer Gedrängel und Kontrolle, Einlass nur mit Einladung, Rummel in Tüten. Als Redakteurin des Hamburger Stadtmagazins *headquarter* kennt Sonja die Szenerie. Sie nuschelt die Dame vom Filmverleih verschlafen an.

«Ist da eine Pressemappe? Zwei vielleicht, und Fotos?»

«Bitte tragen Sie sich in die Liste ein», bellt diese zurück, und Sonja ist endgültig wach. Sie klemmen sich Pressemappen unter die Achsel, nehmen Kaffee vom Buffet und gehen in den Saal. Er ist mächtig voll, eine gewisse Spannung herrscht, viele der Anwesenden werden über den Film nachdenken müssen, ob sie wollen oder nicht. Die Dame vom Verleih stellt sich seitlich vor die erste Reihe. Sie verliert ein paar Worte über den plötzlichen Tod des Regisseurs, Dave Devlin. Ja, man las davon. Tragisch. Immerhin: Es geschah erst nach den Dreharbeiten. Hollywood verlor einen ganz Großen. Die Beerdigung fand im kleinsten Kreise statt.

Die Dame hat aber auch eine frohe Botschaft: «Gregory Price kommt noch diese Woche in die Stadt! Ihre Interviewwünsche können Sie bitte nach der Vorstellung anmelden.» Höfliches Klatschen des Kollegiums.

«Wie wichtig die alle tun», flüstert Dennis. «Ich wünschte, ein Kino-Eismann käme mit seinem Bauchladen, drängelte sich durch die volle Reihe bis zu meinem Sitzplatz, und du kauftest mir Eiskonfekt.»

Das Licht geht aus.

«Was ist das nochmal für ein Film?», fragt Dennis.

«Der Sommerhit. Startet in zwei Monaten.»

«Aha?»

«Aber man darf skeptisch sein.»

Und plötzlich gehen die Augen auf. Die Zeit vergeht schneller, wie im Traum etwa, wo sieben Stunden für eine zählen.

Nacht / Innen

Victorias Wohnung.

Der Detektiv geht zum Schlafzimmer. Vor der Schlafzimmertür bleibt er stehen. Victoria öffnet ihm die Tür, doch sie geht an ihm vorbei, wie in Trance. Ihr weißer Seidenkimono ist mit schwarzen Fragezeichen bedruckt. Die Tür bleibt offen, Blick ins Schlafzimmer. Eine männliche Leiche liegt am Boden. Ein roter Schlitz klafft in seiner Kehle, vom rechten Ohr zum linken. Blut sickert ins Bettzeug. Der Detektiv schließt die Tür. Er folgt Victoria ins Wohnzimmer.

Victoria ***«Ich hatte Sie erwartet.»***

Detektiv ***«Ich hatte das Ende erwartet.»***

Victoria ***«Aber vorher mache ich uns einen Drink.»***

Am Ende sagt ein Officer: «Liebe ist für viele Verrückte der beste Weg, andere Leute kaputtzumachen», und sperrt das Gelände ab. Wow.

In der Luft ist eine Erleichterung. Die Damen vom Verleih rechnen mit dem weltweiten Sommerrekord. Man gönnt es ihnen. Bei diesem Film? Verdient! Die Gratis-CDs mit der Filmmusik und das Computer-Spiel *«Details Of The Last Trace»* sind schnell verteilt. Federleicht alle, toller Film. «Geniales Konzept», sagt Dennis. Es tut gut, etwas gut zu finden. Es ist richtig erholsam. Die Journalisten stehen im Kinofoyer, verausgaben sich in Ersteindrücken und Vorformulierungen. Sonja und Dennis stellen sich dazu und schenken ihnen ein Ohr. «Wenn Gregory Price ein Geschäft betritt und Kaugummi kauft, ist das die Actionszene des Films.» Lächelnd gehen die beiden zur nächsten Gruppe. «Manchmal wache ich nachts auf, weil ich träumte: Ich bin Deutschlands höchstbezahlter Filmkritiker und verstehe *Der Malteserfalke* immer noch nicht.» Sonja und Dennis schlendern weiter. «Dieser schlaffe, blasse Körper. Das ist doch nur wieder *the male misery?* Ist doch so.»

Dennis will sich den Film nicht erklären lassen, er möchte schnell raus aus dem Foyer. Er hat mit Sonja was Wichtiges zu besprechen. Jemand regt sich auf: «Die Leute wollen Gregory Price sehen, egal, wie unglaubwürdig die Geschichte oder Regie ist.» Am Ausgang hören sie noch ein Letztes: «Er ist einer der wenigen Hollywoodstars, der den Appell gegen die US-Bombardierungen unterzeichnet hat.»

Dennis zieht Sonja durch die Drehtür an die Luft. Es ist warm geworden, alles in der Luft brüllt leise: Hasch mich, ich bin der Frühling. Sonja seufzt schwer. Er ist über sie gekommen, der Filmheld, kaum erlöst durch das große Rätsel der Herkunft, kaum erlöst durch das Rätsel des Verbrechens, bis der Film zu Ende ist und diese gewaltige Sehnsucht hinterlässt, sie lautet: Ich muss dich wiedersehen. Wir haben uns so viel zu geben. Du mir und ich dir.

Sonja will nicht mit Dennis über den Film reden. Himmelherrgott, Dennis ist eine elende Filmverdauungsmaschine: Video rein, Joint barzen, Pepsi-Cola-Splash aus der Dose, igitt das schöne Sofa, dazu 1a Chips-Orgie und anschließend Angie vernaschen. Trotzdem möchte er eine Meinung und ein Anrecht auf jeden Film der Welt haben. Wenn er sie provoziert, dividiert ihm Sonja den großartigen Film in wenigen Minuten durch. So, wie sie es an der Universität gelernt hat. Wie ist es gemacht? Was bedeutet es? Welche Kritik lässt sich üben? Der Kampf der Gehirne tobt immer, aber Sonja will schwärmen. Die Manipulation ihrer Gefühle ist zu kostbar. Da ist etwas Noch-nie-Gesehenes an dem Detektiv und seinem Film. Es ist erstaunlich – als wäre man von gestern, als es noch Detektive gab. Es ist das Gefühl vom kommenden Sommer. Durch den Film weiß sie, wie er sein wird. Letztes Jahr war es ein Roadmovie, *Thirsty for love.* Und vorletztes Jahr, *An Angel with a Drum Machine,* über einen blinden Musiker, der durch die Liebe einer Zoowärterin neue Lebenskraft und zwei hoch begabte tierische Bandmitglieder gewinnt. Überzeugend gemacht, wirklich. Dieses Jahr aber ist es noch nötiger, mit allen Menschen im Kino zu sein.

Dennis und Sonja stehen auf der Straße, Sonja kramt in ihrer Tasche nach dem Fahrradschlüssel. «Ich will einen Film machen», sagt Dennis und atmet aus. «Hör mir zu.»

«Oh Gott, die haben mein Fahrrad niedergewalzt! Völlig platt! Diese Schweine!», ruft Sonja und stirbt.

– **He, psssst.**
– **Ja? Was ich?**
– **Pschsch ... Willst du ...**
– **Nee, ich kann gerade nicht. Lass mich.**

Sonja steht über ihrem toten Fahrrad, gramgebeugt. Das kann doch nicht wahr sein! Alles nur ein Traum. Sie soll hier nicht die Baustelle zusammenschreien, sagt ihr einer, den sie angeschrien hat. Der Baustellenmeister ist auf dem Weg. Man wird das klären. Wie können Menschen nur so etwas tun! Wer war das bloß. Eine Walze, ein Lastwagen.

Dennis erzählt Sonja unterdessen von seinem Knoblauchfresser-Vampirjäger-Movie, über das Türkische und das Deutsche daran, über das Coole und das Supercoole daran. Noch weint Sonja nicht. Sie liebt ihr Fahrrad. Ein Fahrrad, das ist wie ein Pferd. Und das Pferd ist das Buch. Und das Buch ist ... Als Kind las Sonja 267 Pferdebücher. Die meisten zweimal. Fury. Flicka. Blitz. Bille und Zottel. Black Beauty. Wiederkehrend, verlässlich, charaktervoll, vertraut. Wie Freunde, die man nicht hat. Und die Abenteuer, die man gemeinsam erlebte, waren so spukig, so spannend und mysteriös. Rochen nach Stall, dickem Ponyfell, Heu und Hafer. Man versteckt sich und erobert. Kinder trinken Tee, Kinder feiern miteinander und essen englischen Ekelkram: Sardellenbrote, Makronen, Minztaler. Ohne die alten Leute. So verdient man sich die Sporen. Das Glück der Erde auf dem Rücken der Pferde. Pferderassen dieser Welt. Die Welt der Isländer. Das Fahrrad ist wichtig, nachts zum Ausgehen, für die wichtigen Fahrten braucht sie das Fahrrad. Im Rad stecken Arbeit und Liebe. Und die Farbe, einfach nur schön, wie Sonja es sieht. Der Sattel ist ein englisches Fabrikat, das Zaumzeug, das gibt es natürlich gar nicht, nur ein alter Kindertraum, dafür aber der teure Rollendynamo von Shimano. Die können was erleben, diese Ignoranten.

«Große Bücher brauchen großen Mut», sagt Dennis zu dem soweit vorgetragenen Drehbuchprojekt und hofft, dass Sonja Bewunderung oder zumindest Interesse formuliert. Seit ein paar Tagen hat Dennis diesen starken inneren Druck, nachts sieht er Bilder, spürt den Sog der Zukunft und einen Vampir neben sich. Er weiß nicht mehr, wer er ist. Er würde es nicht so direkt und so hart sagen, aber er hat es noch nie gewusst. Es gab diese Irritation, kurz vor seiner Geburt am 6. Juli 1971. Er bekam ein Drehbuch in die Hand und suchte sich die Rolle des jungen Helden aus, doch als er in Hamburg, Germany, als Sohn von Erkan Okan und Marion Neumann auf die Welt kam, fand er diese Rolle nicht vor. Bis heute wird sie ihm unterschlagen. Das muss kein kosmisches Schicksal bleiben, unveränderlich am Firmament, das wäre ungerecht. Es gibt eine Hoffnung für Dennis, die fand er im Kino, und sie heißt Sylvester Stallone. Warum besuchen Menschen die Gräber von Künstlern? Oder ihre Geburtshäuser? Sylvester Stallone kam auch an einem 6. Juli auf die Welt, 1946, und als dreißigjähriger namenloser Schauspieler und Drehbuchautor schneiderte er sich den Film seines Lebens auf den Leib. Er tat es selbst, wartete nicht auf irgendwelche Leute, die sowieso niemals auf ihn zugekommen wären. Er schrieb ein Drehbuch und gab es nicht mehr her, nicht für 250 000 $, die ihm geboten wurden, damit er den Boxer Rocky Balboa *nicht* spielt. Ja, Dennis ist ein halb deutscher, halb türkischer *underdog*, der von dem italienischen Hengst Stallone gelernt hat, dass sich ein Mann seinen eigenen Fahrschein ausstellt. Sylvester Stallone phantasierte sich in den Superathleten Rocky hinein, trank rohe Eier, boxte Schweinehälften im Schlachthof, kopierte den Stil eines großen schwarzen Boxers, nannte sich The Italian Stallion und liebte eine graue Maus von Tierhändlerin. Ein Wochenende lang schloss er sich in einem Hotelzimmer ein, und am Ende, nach drei Tagen und drei Nächten, kam er mit dem Drehbuch *Rocky* da raus. «I didn't create Rocky. He created me», sagte er später im Ruhm (Rambo ist eine andere Geschichte). Das muss ein Gefühl sein, als hätte man seine

Rolle wieder gefunden. Die gibt man nicht mehr her, wie könnte man.

Vor ein paar Tagen ging Dennis zu A.D. Meyer und bat ihn um Rat. Asmus Dietrich Meyer, der junge Regisseur, immer zwischen zwei wertvollen Sinnkrisen steckend und kurz vor seiner ersten Kinoproduktion stehend, saß im Produktionsbüro und spielte mit einem Finger-Skateboard. Die Besprechung mit dem Produzenten am Vormittag hatte ihn deutlich spüren lassen, dass er ein großer Künstler ist, ein ganzer Kerl, der letzte Visionär. Man sagt bereits: «Der A.D. Meyer-Touch.» Warum aber genießen die Menschen nicht das, was sie bisher immer mochten? Warum hört es auf? Wegen mangelnder Leistung oder schlechten Spiels? Wegen der Mittelmäßigkeit des TVs? Und so attackiert Meyer sein Gegrübel mit Gegenfragen. Auf der Suche nach Innovation und Trend. Ist das nicht das beste Konzept, Herr Produzent, und schneiden Sie sich bitte eine Scheibe davon ab: Gleichgültigkeit plus Geldgeilheit. Schon der Dramatiker George Bernhard Shaw bot dem Produzenten Samuel Goldwyn die Stirn: «Sie sprechen von Kunst, Mr. Goldwyn, ich denke an Geld.» Der Wille zur großen Kunst tötet ihn noch, eines Tages wird es so weit sein.

A.D. Meyers Produzent, ein attraktiver Mann in mittleren Jahren, unverheiratet, fährt im Frühling und Sommer einen silbergrauen Porsche. Er trägt eine Rolex, die er abnimmt, wenn er hungrige Autoren und linke Regisseure zum Lunch trifft. Im Winter ist es ein dunkelgrüner BMW. Er liebt Filme und weiß, dass die Menschen da draußen Filme lieben. Das heißt: Qualität ist alles. Aber eine Filmproduktion funktioniert eben auch ein bisschen wie eine Schweinemast, mit so wenig Abfall und so hoher Ausbeute wie möglich. Er selbst würde es anders formulieren: «Einen richtig guten Film zu machen ist das Befriedigendste, was es gibt. Alle haben was davon. Die Kinobesitzer, die Programmmacher der Fernsehsender, die Menschen in den Sälen und vor den Geräten, die Werbekunden und manchmal sogar die Kritiker. Einen schlechten Film zu machen ist Schande. Gibt man es zu, könnte man sich vor Elend erschießen. Erstaunlich wenige erschießen sich in diesem Business.»

Produzenten sind längst keine Götter mehr. Früher hatten Schauspieler Angst vor ihnen und Regisseure trugen ihnen die Golfbälle hinterher. Und der große Sam Goldwyn konnte noch sagen: «Beachten Sie die Kritiker überhaupt nicht. *Ignorieren Sie sie nicht einmal!*»

Heute darf sich ein Regisseur alles herausnehmen. Weil man glaubt, der Regisseur könne ein schlechtes Drehbuch retten. Der Regisseur steht im Zentrum der Filmkunst und er kann einem schlechten Buch LEBEN EINHAUCHEN. Aber auch Finger-Skateboardfahren will gelernt sein. Ein gebrochener Mittelfinger kommt peinlich, gerade bei gewagten Künstlern wie A.D. Meyer. Er parkt das Finger-Skateboard neben Radiergummi und Anspitzer und räuspert sich. Seit zwei Monaten raucht er nicht mehr, hat an Bauch und Gesicht zugenommen. «Nun gut, du willst für eine Nebenrolle vorsprechen? Weißt du überhaupt, was das ist? Eine Nebenrolle. Ich kann es dir sagen. Das ist eine Nebenrolle: Happy-happy, work-work. Ausland, Praktikum, Dynamik, Tatendrang, Business-Klamotten, Global Player und Verkaufsberater. ‹Ich habe wegen dem Job den siebzigsten Geburtstag meiner Mutter verpasst›, erzählte mir mal eine Entwicklerin. Aber sie geht in der Arbeit total auf. Wie ein Hefeteig. Innen immer luftiger. Kannst du mir das bitte mal vorspielen? Natürlich jetzt gleich! Bis du siebzig bist, einsam und vergessen. Danke.»

Nach dem tränenreichen Vorsprechen der Zu-spät-Berufenen, aber Zu-früh-Gecasteten tritt nun endlich Dennis ins Büro. Gelegentlich erledigt er kleine Jobs auf den Sets der Serie «Gepanzert»: Wände streichen, auf den Lichtwagen aufpassen, Kabel prüfen, angebrüllt werden, ja sogar Filterzigaretten musste er mal holen. A.D. Meyer ist kein Sauschwein, aber auch weiß Gott nicht für eine Kumpelnummer gut. Seine Hände sind manikürt und er ist nur wenig älter als Dennis. Er will keine Details hören und hat maximal fünf Minuten Zeit. Aber das eine weiß sogar Meyer ganz genau, aus eigener Erfahrung: Über seine Träume und Hoffnungen reden und dann einfach stehen gelassen werden – das ist brutal. Eines Tages wird ihm einer dieser Burschen, die um die Kulissen herumlungern, wird ihm einer dieser hungrigen Kids von den Straßen dieser Stadt ein goldenes Ei in das Nest legen.

«Du sagst also, du kannst nicht schreiben.»

Dennis blickt den Regisseur ungerührt an. Vielleicht war das die Wahrheit. Vielleicht nicht. Man muss es nicht so hart sagen. Meyer lässt das Finger-Skateboard über ein frisch eingetroffenes Drehbuch gleiten. Es ist grauenhaft. Aber der Produzent mochte die autobiographisch gefärbte Geschichte. Soll man es weiterentwickeln? Wie viel Schliff braucht es noch? Und wer in aller Welt kann das schaffen? Es gibt keine guten Drehbücher, heißt es oft, es gibt keine guten Autoren, heißt es öfter. Jetzt aber sitzt Dennis da, ein absolut erstklassiger Autor, der auch nicht schreiben kann. Und er wartet auf ein Wort.

«Film ist leicht, wenn er funktioniert. Er ist kein Schonraum, nur brutal und Illusion.»

Dennis schweigt. Dieser Spruch macht niemanden satt. Zur Feier des Tages überlegt Meyer noch einmal.

«Vielleicht kennst du jemanden, der schreiben kann.»

Für A.D. Meyer ist der Fall erledigt. Bis auf eines noch, das muss er einfach sagen: «Ein Typ, der im Bett liegt und gut drauf ist (d. h., er pafft eine, kratzt sich), ist einfach nur gut drauf.»

Vor ein paar Wochen noch hätte Dennis gegrinst. Ja, Mann, lustig. Jetzt wird er wütend. Denn es ist gefährlich, mit gewecktem Ehrgeiz zu leben. Der wird hungrig und oft verhungert er elendiglich. Manchmal läuft Dennis tagelang mit so einer Wut herum. Er empfindet alle als dusselig, sie frönen einem Menschen verachtenden Spaß, und jeder Kinobesuch wird ihm zum Spießrutenlauf und jedes Café eine psychiatrische Abteilung für pathologische Spaßeritis und unbehandelte Coffee-to-go-Zwänge. Jede noch so leichtfertige Äußerung eines Mitmenschen packt ihn an der Gurgel und er möchte zuschlagen, reinschlagen. Er sollte sich bekennen und sagen: «Ich bin ein nachdenklicher Mensch, zu ernsthaft vielleicht für mein Alter.» Dann würde er laut lachen müssen und es schaffen, gegen andere nicht immer so ungerecht zu sein. Was können sie dafür, dass Dennis Neumann noch keine Routine mit Außenseitergefühlen hat. In der Rolle des Einsamen, Unverstandenen hat er sich lange nicht sehen müssen. Es war auszuhalten, eine Weile, bis Angie ihn verließ.

Zurück zum toten Fahrrad. Dennis erzählt Sonja von einem Film, den er gesehen hat, *Vamp*, von 1986, mit Grace Jones. «Spielt in einem Stripteaseschuppen», sagt er. «Zwei Studenten kämpfen mit einer Gruppe Striptease-Vampiren. Zehn Jahre später adaptierten Robert Rodriguez und Quentin Tarantino diese Idee in *From Dusk Till Dawn.*» Dennis möchte mit Sonja vernünftig reden und dabei seine Gedanken ordnen. Blut, Erde, Kirche, Seefahrer, Jungfrauen, Knoblauch. Der Vampir umgarnt sein weibliches Opfer mit prickelnden Zitaten dunkler Literatur, sie gehen essen, er hat ein cooles schwarzes Auto, vielleicht ein rotes, sie fahren zu ihm und er legt eine hypnotisierende Schallplatte auf, und dann ... Der Film spielt in Berlin, klar. Ein Film mit genialen Referenzen. Und der Koran! Koransuren satt statt Kreuzen. Andererseits, der Stoff um die Hüften, wie der so fällt. Schick. Jesus! Der für euch gelitten hat! Es ist anstrengend für Dennis, Ideen rauszuplappern, auf der Baustelle über dem Schrotthaufen mit zwei Rädern. Es ist desillusionierend. Er merkt sofort, nach all dem Blödsinn, den er da geredet oder vielleicht auch nur gedacht hat: Es wartet Arbeit auf ihn. Wenn er nur mal mit jemandem reden könnte, der zuhört. Sonja zum Beispiel.

Sonja Schälmeister aber hat nur einen Ehrgeiz: Sie sucht einen Freund. Sie will sich verlieben und lieben, acht Tage die Woche. Sie freut sich auf diesen Mann wie ein Kind, das nicht eine Sekunde länger auf die Weihnachtsbescherung warten kann. Ein Kind, das Warten kaum aushält, und krank davon wird. Über ein Fahrrad weint. Ungeduldig ist sie und sucht unablässig, in Bars und auf Partys, erwartet Überraschungen, Erlebnisse, Eskapaden und Höhenflüge. Großartig muss es sein. Schick und romantisch. Doch das findet sie kaum und der Alltag sieht so aus: Sie schreibt ihre Artikel, darf hin und wieder einen Semiprominenten interviewen, erträgt Korrekturen und Konferenzen bis Redaktionsschluss, um dann wieder von vorne anzufangen. Ein nächster Monat, ein nächstes Heft. Der Alltag, an dem man sich festhält. Und die Träume, die einen umbringen. Am Wochenende geht sie mit Freundinnen ins Kino, danach in eine Bar, in einen Club zum Tanzen. Manchmal gibt es eine Einweihungsparty, ein Paar zieht endlich in seine Traumwohnung, eine Alleinerziehende feiert den Sieg um Unterhalt. «Alle, die beim Umzug halfen, sind zum Essen eingeladen, Getränke bitte mitbringen.» Und wieder hat jemand dreißigsten Geburtstag, für den man zusammenlegt. Eine Uhr wird gekauft, dem Tüchtigen eine Mikrowelle und dem Gewohnheitstrinker eine Mitgliedschaft im Fitnesscenter. Im Morgengrauen gähnt Sonja die Falle entgegen: «Nun komm endlich in die Heia, Mädchen, auch wenn du allein bleibst. Ist das denn so schlimm? Du kannst doch kaum noch die Augen offen halten. Ruh dich aus.»

Auf keinen Fall möchte Sonja mit Dennis (the menace) Videos aller jemals realisierten Vampir-Filme sehen, Tulpen aus Amsterdam kiffen, den ewigen Stuss reden und spätnachts noch seine Lustschreie über ihrer Mitbewohnerin Angie (Miss Schmollywood) hören müssen, während sie inwendig die Chipsreste kalkuliert. Diese Zeiten sind aus und vorbei, das ist ab sofort langweilig. Sie will nicht nur von Deprimierten umgeben sein. Oder glaubt jemand, dass sich jemand für einen Film über einen jungen deutsch-türkischen Kfz-Mechaniker interessiert, der sich von seinem Onkel, einem Berliner Gemüsehändler aus Kreuzberg alias Europas unerbittlichstem Vampirjäger, ins Business des Vampirjagens einführen lässt!? Andererseits: Ein Typ, der im Bett liegt und gut drauf ist (d. h., er pafft eine, kratzt sich), ist einfach nur gut drauf. Da kann man noch so lange wütend sein.

«So. Was los hier?» Der Baustellenmeister, ein bullennackiger, untersetzter Türke mit Polohemd und Schlips um den Polokragen (auf seinem Helm klebt eine Portion Taubenschiss, er ist gleich danach Lotto spielen gegangen, vier Richtige mit Zusatzzahl), geht direkt auf Dennis zu. Dennis möchte lachen. Weil der gurkig aussieht, dieser Baumeister. Sonja weint. Aber sie muss auch lachen. Der Typ sieht aus, das gibt es doch nicht! Wer soll denn da ernst bleiben! Der Baumeister sagt: Sonja ist schuld, Versicherung nix da, illegales Parken, Eltern haften für ihre Kinder.

Und Sonja denkt, ausgerechnet Dennis, dieser lupenreine Halbtürke mit den schönsten Augen von Hamburg-Altona, kann kein Türkisch. Also nix Kumpelnummer. Sind das denn alles unfähige Halbidioten in diesem Land. Sonja heult jetzt richtig, und das ist leider auch kein Anblick. Spinnen denn alle? So kann man doch nicht arbeiten! Der Baumeister will Mittagspause machen, Ayran trinken und Döner essen, bis der Gürtel platzt, das sieht man an der Ungeduld in den müden, hungrigen Augen, und Sonja heult bei dem Gedanken mehr, als möglich erscheint. Dennis kratzt sich hier und da, macht sich drei Gedanken und droht mit Polizei. Sofort bekommt Sonja dreihundert Mark cash-Kralle auf die Hand, und Dennis fängt sich eine Verfluchung, die man 1967 das erste Mal in Südanatolien generierte, als man Opa bei den Schaffellen erwischte. Und das hat der halbe Dennis dann doch verstanden.

Britta Schälmeister räumt ihren Keller auf. Sie findet eine Kiste voll alter Papiere und Ordner, findet ein Schulheft, in das ein Kind eine Geschichte geschrieben hat. Britta blättert das Schulheft durch und wirft es in einen Müllbeutel. Bevor Sonjas Geschichte in der Müllverbrennung vergeht, soll sie ein letztes Mal gelesen werden. Es geht ganz schnell.

Das Geheimnis des fliegenden Teppichs

Jedes Baby weiß, dass Menschen fliegen können. Mit dem Flugzeug, dem Heißluftballon, dem Zeppelin oder dem Hubschrauber. Wie aber Teppiche fliegen – echte Teppiche aus dem Orient –, wissen nur wenige: Der Vogel Greif, der König

der Adler und Abermillionen Schmeißfliegen, die alle von der Schmeißfliege Basra al Basra abstammen, die sich vor tausend Jahren darüber Gedanken machte.
Wie bringt man einen Teppich zum Fliegen?
Man klopft ihn, bis er das Geheimnis verrät. Manchmal sieht man Leute, die ihre Teppiche öffentlich ausklopfen oder vom Balkon herunterhängen lassen. Andere legen sich auf den Teppich, schlafen darauf und hoffen, dass ihnen im Traum die Lösung erscheint.
Alles wäre schöner, wüsste man um die Kunst des Teppichfliegens.
Ein Teppich-Flughafen würde wenig Platz brauchen.
Ein fliegender Teppich macht keinen Lärm.
Man hätte frische Luft beim Reisen. Es gäbe keine Parkplatzprobleme und keine Abgase. Alles wäre schöner. Wer seinem Teppich das große Geheimnis entlockt, sollte also schnell Bescheid sagen. Guten Flug!

Nachdem Britta den Keller ausgeräumt und die Müllbeutel im Auto verstaut hat, geht sie spazieren, eine große, hagere Frau mit Kurzhaarschnitt. Sie geht an einem übel riechenden Penner vorbei und hält die Luft an. Sie geht an Pennern vorbei, von denen nicht klar ist, ob sie übel riechen, und hält die Luft an. Sie geht an Pennern vorbei, die absolut nicht übel riechen, weil sie ganz stinknormale Leute und keine Penner sind, und hält trotzdem die Luft an. Wieso lebt sie überhaupt, wenn sie dauernd die Luft anhalten muss? Leben ist Dreck einatmen, ist schlechtes Parfüm, fettiges Haar, bröselnde Schuppen, Ohrenschmalz aus allernächster Nähe in der U-Bahn betrachtet, ist Schweiß und Sperma, Blut und Kotze, Hundedreck. Nein! So ist es nicht, und wenn es so ist, dann hält sie die Luft an. Sekunden reichen.

Wie soll das nur werden. Eines Tages werden diese Sekunden nicht mehr ausreichen, eines Tages wird sie daran sterben oder es ertragen müssen. Sie würgt. Sie presst parfümierte Stofftaschentücher an ihre Nase. «Wieso lebe ich?» In der Zeitung war ein Artikel über die Linien der

Hand und das Lesen der Hand. Einem Prominenten mit verbundener Kopf- und Herzenslinie wurde geraten, vor Unfällen Acht zu geben. Auch Britta hat eine verbundene Kopf- und Herzenslinie. Das ist wirklich selten. Mitten durch die Hand ein waagerechter Strich. Die meisten Menschen haben dort zerfaserte Linien. Plötzlich steht da ein Obdachloser mit voll geschissener Hose an der Ecke. Eine völlig zugeschissene, vor Dreck starre Jeanshose, die zum Gotterbarmen stinkt. Vorsicht vor Unfällen! «Noch so eine Leid-Tu-Fotze», denkt der Obdachlose ihr hinterher.

In seiner Berliner Hotelsuite liegt Gregory Price auf einem Sofa und betrachtet die Blumen. Berliner Hotelblumen. «Blumen sagen, wie einsam ich bin.»

«Wie bitte?», fragt Marjorie, seine Assistentin.

«Reiche Leute haben die schönsten Rosen.»

«Die schönsten Rosen haben die stärksten Stiele mit den fürchterlichsten Dornen.»

«Blumen sagen, wie einsam ich bin.»

Er lacht. Marjorie auch. Sie haben aus dem Film zitiert.

«Das ist sehr witzig», sagt sie. Aber man lacht eben über die Witze des Chefs. Ist gesünder.

«Ja, nach den Strapazen ist es wirklich witzig», erwidert Price und fischt sich eine beliebige Tageszeitung vom Schreibtisch. Er fragt Marjorie, die die deutsche Sprache beherrscht, nach den Schlagzeilen.

«1000 Strandkörbe mussten gerettet werden!», übersetzt sie. «Seit Beginn der Wetteraufzeichnung hat ein April noch nie so stürmisch begonnen!»

«I love the Germans. Meine Vorfahren stammen aus Deutschland. Wusstest du das?»

«Nein, wusste ich nicht.»

«Aus einer Stadt namens Gernsheim. Eine sehr religiöse Familie, die mit Geistern sprechen konnte. Sie widersetzten sich der Regierung, die befahl, alle jungen Männer über einundzwanzig einzuziehen. Sie wollten schon längst verschwinden, doch der amerikanische Bürgerkrieg machte es zunächst unmöglich. 1865 segelten sie schließlich von Hamburg nach Amerika. Die Reise muss furchtbar gewesen sein. Ein Schiff ohne eigenen Antrieb, verharrt in tagelanger Windstille. Lebensmittel und Wasser werden knapp, die Seekrankheit erschüttert die Menschen, einige verletzen oder infizieren sich und sterben. Immer wieder eine Seebestattung, Totenlieder werden gesungen, die Menschen beten, selbst wenn sie nicht an Gott glauben, und sie haben Angst. Doch mein Vorfahr Gustav Wilhelm Preiswerk erreichte mit seiner Familie wohlbehalten den Hafen von New York.» Gregory Price seufzt. Einen deutschen Amerikafahrer will er trotzdem nicht spielen.

Es ist Mittag, Price wartet auf Tomatensuppe, Argentinisches Steak mit grünem Spargelsalat. Zum Dessert ein Mangosorbet. Danach hat er neun weitere Interviews zu geben, drei Einzeltermine und sechs Gruppengespräche. *Wie haben Sie sich auf Ihre Rolle vorbereitet? Wie konnten Sie Ihren Körper so verändern? Möchten Sie die letzten US-Bombardierungen kommentieren? Mögen Sie Berlin? Wie lange machen Sie es da oben eigentlich noch?*

Das Abendessen – Spargelcremesuppe, Hühnerlebertoast, Erdbeereis mit Maraschino-Kirschen – wird er in der Suite einnehmen und gemeinsam mit Marjorie ein paar

Filme ansehen. Diese Filme genau studieren. Neue Filme von neuen britischen Regisseuren. Price sucht etwas. Er sucht die Zukunft des amerikanischen Kinos. Kiss Kiss, Bang Bang.

Er erhebt sich vom Sofa und setzt sich an den Schreibtisch, nimmt Hotelbriefpapier aus der Schublade.

Gregory Price, Berlin
An Andrew Gregory Price, London
Lieber Andrew,
ich habe auf Deinen Anruf gewartet, Du riefst nicht an. Ein Geburtstagsgeschenk habe ich bis heute nicht erhalten.
Ich schreibe Dir, um zu sagen, wie enttäuscht ich bin. Du meldest Dich nur, wenn Du Geld brauchst. Deine Wohnung in Los Angeles habe ich eingerichtet, ohne ein Wort des Dankes zu erhalten. Ich bin es leid, mich von Dir ausnehmen zu lassen.
Ich werde Dich in London nicht besuchen. Es ist Zeit, dass Du Deine eigenen Wege gehst. Unsere Beziehung hat ein Ende gefunden, wir sind nicht mehr Vater und Sohn.
Viel Glück für Deinen Beruf, solltest Du Dich je zu einem entschließen.

Gregory Price

Er faltet den Brief, adressiert einen Umschlag und übergibt beides Marjorie.

«Welches Eis gibt es zum Mittagessen?»

«Mangosorbet.»

«Ob das eine gute Idee ist? Sollte ich nicht viel eher ...»

«Wie wäre es mit Zitrone.»

«Zitrone. Nein. Zu kalt, zu sauer, nein. Aber sag, wie wäre es mit ...»

Irgendwann entscheidet er sich für Cappuccino-Eis,

ohne Sahne, aber mit Schokoladensplittern. Marjorie hat zehn Minuten Zeit. Der Zimmerkellner serviert bereits die Tomatensuppe. Fünf Minuten später ist auch das Eis eingetroffen und beginnt anzutauen. Bald wird es ein Genuss sein. Price nippt an der Tomatensuppe, weicht Weißbrot darin ein, lässt es darin verrecken. Er isst das Steak mit aufgesetztem Genuss, zwei kleine Happen nur, und stochert zuerst im Spargelsalat, dann mit zunehmendem Ekel im Eis. «Ich weiß nicht mehr, was ich essen soll», klagt er. Wie verzweifelt seine Stimme klingt, wie authentisch. Er steht vom Tisch auf. «Verflucht nochmal, was soll ich? Was tue ich da nur? Ich brauche eine neue Rolle.»

«Wir finden eine Rolle», bestimmt Marjorie. «Willst du vielleicht einen Kaffee, bevor es weitergeht?»

«Was weiß denn ich», sagt er leise, beherrscht sich. «Ja, Kaffee. Das ist anregend, gut für die Arbeit.» Sie reicht ihm eine Tasse und verlässt das Zimmer. Auf dem Flur informiert sie einen Presseagenten über das Ende der Mittagspause und kehrt zu Price zurück. Er hat seinen Kaffee nicht angerührt. «Heute Morgen sagte ein italienischer Journalist, seitdem sich die Leute im Kino anrufen lassen, ist das Kino tot.»

«So ein Unsinn. Die Leute kämpfen zu Hause mit Killerviren in ihrem Computer. Das Elend können sie nur im Kino einen Moment vergessen.»

Sie duldet keinen Widerspruch. Gregory lacht. Sie hat verdient, dass er zur Abwechslung einmal über einen ihrer Witze lacht. Aber er glaubt ihr nicht. Es sind genau diese Zweifel, die ihn regelmäßig in Deutschland überkommen. Kein Wunder, dass der alte Gustav W. Preiswerk floh. Man wird verrückt in dieser Luft, nichts traut man sich zu. Die Phantasie verödet.

«**Bald muss ich richtig Geld verdienen**», denkt Angie nachts. «Wie geht das. Wie geht das?» Seit sie im Fernsehen das Interview mit dem Filmstar gesehen hat, beschäftigt sie die Frage nach der Motivation. Gregory Price sagte, er arbeite nicht wegen des Geldes, sondern um der

Aufgabe willen. Für die Mitmenschen, für die Familie, für die Kunst, gegen die Leere, aber zugestandenermaßen auch wegen des lieben Trotts. Unternehmen. Konzerne. Staat. Privatwirtschaft. Krieg. Nachts türmen sich diese Worte zu schwarzen Bergen auf und Angie wird schwindelig. Da ist niemand, der das harte Leben für sie federt, alles regelt. «Es ist doch wirklich lächerlich, für solche Gebilde zu arbeiten», denkt sie klar, aber so flüchtig, um sich gegen die hohen Berge aufzulehnen. «Für sich selbst. Gegen sich selbst. Für sich selbst. Gegen sich selbst.»

Wie hat sie jahrelang an das Spiel glauben können. Weil Spielen harte Arbeit ist, meinte sie, es lernen zu müssen. Es ist nie Freude gewesen. Angie hat als Kind im Sand gespielt, aber sie hoffte, dass es nur von kurzer Dauer sein würde. Der Mutter zuliebe spielte sie mit Förmchen, Schaufel und Eimer. Wie es erwartet wurde, wie die anderen Kinder es tun und wie die wenigen Fähigkeiten es erlaubten. Das war die Grenze des Machbaren, im Sand spielen, den Dreck in den Mund nehmen und die Abwehrkräfte stärken. Spaß machte es nicht. Es war kalt und nass und andere Kinder zerstörten ihre Sandwerke und immer weinte jemand. Sie dachte damals schon, dass das Spiel im Sand zutiefst lächerlich ist. Eine Phase des Menschen, seit Jahrtausenden überwunden, doch unvermeidlich in der kurzen Zeit der Kindheit. Lieber saß sie bei den Erwachsenen und hörte sie reden. Aber niemand vertraute darauf, dass Angie ruhig bliebe und verstehen würde.

Endlich ist sie erschöpft genug und schläft ein. Im Traum erscheint ihr Sophia Loren. Die Loren sagt, was sie noch niemandem zuvor gesagt hat: «Es ist schon harte Arbeit, zu lächeln, zu tanzen und die Haare so perfekt wie lässig frisiert zu haben. Aber es lohnt sich auf Jahrzehnte, Schätzchen.» Gregory Price schleicht sich von hinten heran, in der Hand hält er einen großen Dolch, er will Sophia ermorden. Aber Sophia Loren kämpft um ihr Leben. Sie raufen, ziehen sich an den Haaren und treten sich in die Beine. Sophia nimmt in Todesnot alle Kraft zusammen, entwindet ihrem Gegner geschickt den Dolch, schleudert ihn in einen tiefen grünen See und boxt Gregory Price mit voller Wucht in den Magen. «Uuuuh.»

Sonja wollte als Kind unbedingt Detektiv sein und druckte sich aus einer Spiele-Packung ein Dutzend Visitenkarten, die sie als Meister ihres Fachs auswiesen. Sie hängte sich eine Lupe um den Hals, bastelte einen international gültigen Detektivpass mit Scotland-Yard-Stempel und besaß spezielles Pulver samt dazugehörigem Pinsel für die Aufnahme von Fingerabdrücken.

Zur Übung für spätere Eventualitäten beschattete sie verdächtige Nachbarn, und davon nur solche ohne Hund. Sie führte ein Bewegungstagebuch über das Haus gegenüber. Sie wollte alle sich bietenden Rätsel lösen und entzifferte in Mamas Tagebuch unter großen Anstrengungen die Erwachsenenhandschrift: «Ich habe zwar immer einen ... Organismus ... (??), aber ich habe vorher keine Lust und Richard ... stimiuloi ... stimiliert! mich nicht genug», las sie ihrem Kompagnon, dem kleinen Jugoslawenjungen Bruno, vor. Wie auf Kommando runzelte er verständig die Stirn. Sonja und Bruno sprachen eine Detektiv-Geheimsprache, die der damals modernen Schlumpf-Sprache entlehnt war:

«Verdächtiger schlumpft wieder zum Supermarkt, weil er seinen Schlumpf vergessen hat.»

«Seinen Einkaufstüte-Schlumpf vergessen?», fragt Bruno.

«Nein! Seinen Hund vergessen! Du Schlumpf!»

Eines Tages verstopften Sonja und ihr zehnjähriger Watson alle Briefkästen der Nachbarschaft mit Flugblättern, warben für ihre neu gegründete Firma: «Detektei Sonja Schälmeister und Bruno Ivic – Wir lösen alle Fälle.»

Niemand ruft an. Niemand möchte ein verlorenes Diamantenhalsband wiederhaben. Niemand will einen untreuen Gatten beschatten lassen oder ein *closed room*-Rätsel gelöst wissen. Nicht mal einen entflohenen Hamster sollen sie befreien, tot oder lebendig. Denn hier irrte Scotland Yard. Und so warten Sonja und Bruno, bis ihnen ein anderer Beruf einfällt.

Die besten Jobs haben immer andere Leute. Und so sieht die Ungerechtigkeit aus, die Sonja zu ertragen hat: Der Filmredakteur wird über den Film schreiben, höchstselbst Gregory Price interviewen. Sonja beschwert sich bei Gabriele, der Sekretärin vom *headquarter*. Denn sie will eine Karriere als Star-Interviewerin und die Gelegenheiten dazu wachsen nun wirklich nicht auf Bäumen.

«Gregory Price kocht auch nur mit Wasser. Der lässt auf dem Klo auch nur die Hosen runter», versucht Gabriele zu trösten. «Und was würdest du ihn schon großartig fragen?»

«Schon das Wort ‹fragen›», erregt sich Sonja. «Ich würde ein Gespräch führen, würde mit ihm reden, als wären wir ALTE SCHULFREUNDE. Ich würde eine nette Zeit mit ihm verbringen und ihn all das verbalisieren lassen, was er wirklich ist. Schon mal von der Philosophiegeschichte des Dialogs gehört?»

«Weißt du, Sonja. Ich glaube, du kannst jeden Mann haben, denn du haben willst», antwortet Gabriele, und befindet sich wieder in dem Gespräch, das sie ein paar Minuten vorher führten.

«Glaubst du wirklich?»

«Aber ja.» Gabriele schaltet das Radio an. Sie fällt in den alten Schlager ein. Sie singt Sonja mit der großartigen Geste einer Diva an, imitiert mit tiefer Stimme einen Ufa-Star der Nazizeit. *«Du weißt, es wird einmal ein Wunder geschehen, und dann werden tausend Träume wahr ...»*

Alte Schulfreunde? Gregory Price hasst Schulfreunde, vorausgesetzt, er beschäftigt sich mit dem Gefühl «Hass». Das tut er, wenn es erforderlich ist, im Rahmen einer Rolle. Die Vorstellung, das Leben der Schulfreunde zu führen, ist für den Künstler und seine Rolle so fruchtbar wie furchtbar. Denn der Künstler muss den Wahnsinn zur Methode machen! Der Künstler muss bekanntlich wahnsinnig sein, denn wie sonst könnte er dem Wahnsinn der Welt entgegentreten. So, wie Gregory Price dem Orte McMinnvell in Oregon entgegentritt. Dort wohnen die Schulfreunde, allen voran der verhasste Walter MacKenzie, und schauen sich jeden seiner Filme am Startwochenende gemeinsam an. Anschließend gibt es bei den MacKenzies ein Hot-Salsa-BBQ, das die Intensität seiner Kunst perfide konterkariert.

Take one

Gregory Price taucht in der Karibik. Schillernd-bunte Fischschwärme ziehen an ihm vorbei. Mit Hilfe des Lichts einer Speziallampe kann er die Formen, Muster und Farben betrachten. Es ist ein gewaltiges Spektakel. Plötzlich kommt von links sein Schulfreund Walter MacKenzie angeschwommen. Price und MacKenzie erkennen sich sofort, es zu leugnen hätte keinen Sinn. Price ist zutiefst erschrocken, dass sich MacKenzies Bewegungen und Silhouette so klar in seinem Bewusstsein eingeprägt haben. Die Männer klopfen sich auf die Schulter und tauschen international geltende Taucherzeichen aus. Schließlich vergleichen sie ihre Uhren. Price besitzt eine Schweizer Präzisionsuhr, bis zweihundertfünfzig Meter wasserfest. MacKenzie ist stolz auf ihn, Daumen rauf. «Du bist der amerikanische Traum.» MacKenzie schwimmt nach rechts wieder ab.

Take two
Gregory Price sitzt an einem heißen Tag am Kanalufer. Um ihn herum eine kleinbürgerliche Wohnanlage, durch die der Kanal plätschert. Fette Fliegen brummen, man hört einen großen schwarzen Hund bellen, in der Luft liegt Rauch. Walter MacKenzie schlendert an der Kanalbrüstung entlang. Bei Price angekommen, setzt er sich auf einen Klappstuhl und öffnet eine Kühlbox. Bier wird getrunken. Die Männer machen pastorale Gesichter. Wie ihre gottesfürchtigen Vorfahren. «Geht dieser Sommer nie zu Ende?», fragt MacKenzie. «Oder ist er der Anfang von etwas Neuem?» Er hat Gregorys letzten Film noch nicht gesehen.

Sonja wollte doch so gerne im *headquarter* des Monats Juni lesen: «Das Gespräch mit Gregory Price führte Sonja Schälmeister.» Die Geschichte des Dialogs ist eine elende Geschichte des Versagens. Und wer im Filmzirkus riskiert noch etwas. Aber: Hier wird ein Märchenprinz gejagt. Von einer Frau, die einmal eine quälende Leidenschaft für Märchenprinzen und Detektive besaß und durch einen Film wieder daran erinnert wurde. Schon Aschenputtel wusste genau, dass sie den Prinzen will und wie sie ihn bekommen kann. Naiv war sie nicht, kalkuliert. Wer glaubt, sie habe den Pantoffel aus Versehen auf der Treppe liegen gelassen? Der Pantoffel war die einzige und letzte Spur, die den Prinzen zu ihr führte. Nach drei Tagen und drei Nächten der Brautwerbung (denn diesen Zeitraum räumte der König dem Prinzen ein, danach sollte er sich endgültig entschieden haben, das Mädchen heiraten und die Staatsgeschäfte übernehmen) entschied sich der Prinz für die Kleinfüßige aus der Asche. Sonja legt heute niemandem den Schuh auf die Treppe, sie trägt Quadratlatschen. Aber Gabriele wird den Treppentrick anwenden, gleich nach Feierabend. Sie hat sich gestern neue Schuhe gekauft. Während Gabriele noch singt *(... so schnell kann doch keine Liebe vergehen, ich weiß, es wird einmal ...)*, fasst sich Sonja an die Nase. Sie streicht über die Nasenspitze, reibt versunken auf der Wurzel und dem Nasenrücken. Sie streicht wie auf einem Glücksbringer, den man blank poliert. Ei, ei, bring mir mal etwas Glück.

Eine Nase ist ein Schicksal. Als Sonjas Mutter in den Wehen lag, schon stundenlang plagten die 20-jährige Krampfattacken, an einem eiskalten Sonntagnachmittag im winzigen, grün gekachelten Kreißsaal eines Hamburger Krankenhauses, da verhandelten Sonja und der liebe Gott seelenruhig miteinander, ob es denn dieses Leben und diese junge Mutter sein sollten.

Sonja schwebt unentschlossen über dem Kreißsaal. Gott versucht geduldig, ihr die Sache schmackhaft zu machen. Ein besonders einzigartiges Leben verspricht er ihr, ein langes, volles Leben, aber das interessiert Sonja nicht. «Das klingt langweilig, Gott.»

«Nun gut: Ich biete dir eine große Nase», antwortet Gott, und das gefällt ihr.

Schwupps, fährt die Seele in Brittas Leib ein, wird Sonja geboren, an das Tor der Welt geworfen. Nicht in ein bayrisches Bergdorf, nicht in einen spanischen Badeort, eine holländische Kreisstadt, ein südamerikanisches Katastrophengebiet oder einen Nobelvorort im Hessischen. Sie wird in eine deutsche Großstadt geboren, in den 70er Jahren. «Es ist ein Mädchen», sagt der junge tschechische Arzt. «Und sie hat eine süße Nase.»

Es gibt Männer, die mögen die große Nase. Aber sie müssen sie stets kommentieren. Sie muss, da mitten im Gesicht, angesprochen werden. Es existieren zwei Sorten von Männern: ausdrückliche Möger und Angsthasen. «Du hast mich betrogen mit deinem Nasentrick, Gott», denkt Sonja dann. Und sie lacht. Und sie reibt. Denn er hat ihr als Zugabe einen guten Humor geschenkt.

«I can stand anything but temptation», flüstert der Prinz in Gabrieles Ohr und beißt ihr in den Hals, saugt an der feinen Haut. Er bittet sie, er fleht, dringt in sie, sie möge die Schuhe – Halbstiefel aus schwarzem Wildleder, das Futter im Tigerprint, hohe Hacken, beschlagene Absätze – unbedingt anbehalten. Im Bett anbehalten. Seine Stöße sind ohne Umwege. Dieser Geschlechtsverkehr ist großartig. Die totale Erfüllung. Gabriele ist, wie sie selbst einmal erkannte, im Bett am glücklichsten und am besten. Doch um Mitternacht ist der Zauber aus, und der Prinz, der fährt nach Haus (er ist schließlich verheiratet).

«... und dann werden alle Träume waaaaahr!», tremoliert Gabriele und schaut Sonja bedeutungsvoll an. Das ist ekelhaft.

«In den KZs haben sie weiß Gott andere Lieder gesungen», flüstert Sonja und geht wieder an ihre Arbeit.

«Wer so viel schlechte Vibes hat, der soll sich nicht wundern, wenn sie keinen abkriegt», zickt Gabriele zurück. Sonja hört es nicht.

Sonja und Dennis sitzen am Ende eines langen Tages in einer schicken Bar im Universitätsviertel. Sie sitzen im hinteren Teil, in aller Ruhe, und sprechen über den Vampir. Dann entdeckt Sonja den Filmprofessor, Verfasser des Werkes *Hundert Amerikanische Kulturverbrechen* (1. Kaugummi, 14. Surfbrett, 27. Cowboystiefel, 62. Cholesterinfreie Mayonnaise, 99. Käse aus der Tube; die Atombombe und der Atombusen konnten nicht berücksichtigt werden. Subtil, doch nachdrücklich schimmert aus den Jeremias'schen Texten die Liebe zur amerikanischen Verfassung, den Gedichten Patrick Henrys, den Sonderaktionen von Burger King. Es ist die Liebe zum Ideal des Rot, des Weiß, des Blau, der Sterne).

Jeremias sitzt an der Theke, die Blicke treffen sich, man grüßt. Er winkt sie herbei, seine Hände paddeln in der Luft. Sonja und Dennis setzen sich gern zu ihm, das schmeichelt. Die Barfrau versucht, Feierabend zu machen. «Last orders, bitte.» Nichts da. Jeremias spendiert Bier und Cognac. Dennis möchte über Vampire sprechen. Sonja möchte einen Wink des Schicksals spüren. Und andersrum.

Am Nachmittag hielt Jeremias einen Vortrag zum Thema «Schauspieler».

Der amerikanische Schauspieler Clark Gable war im 2. Weltkrieg Bordschütze der US Air Force und machte auch Einsätze über Deutschland mit. Er erlebte schwere Kämpfe und wäre nach einem bösen Maschinentreffer über der Ruhr fast abgestürzt. Er fürchtete sich sehr vor einem Absprung mit dem Fallschirm, nicht wegen des Sprungs, sondern bei dem Gedanken an das, was Hitler mit ihm anstellen mochte, wenn man ihn gefangen nahm. «... dass dieser Hundesohn mich in einen Käfig steckt und gegen zehn Mark Eintritt in ganz Deutschland herumzeigt.»

Die Schauspielerei ist eine Kunst, die auf Imitation beruht. Die Nachahmung und das Zitieren von Feinden und anderen Le-

bensformen in Stimme, Körperlichkeit und Idee verschafft der Gruppe, zu der der Schauspieler gehört, einen Überlebensvorteil. Die großen Schauspielkulturen sind gleichzeitig die Kulturen mit den großen Waffenreserven – USA, China, England, Frankreich, Deutschland. Ich vertrete die Ansicht, dass dies alles im Zusammenhang gesehen werden muss. Betrachten wir die Kameraeinstellung «amerikanisch» – es ist die Duelleinstellung: Die Personen sind bis knapp unterhalb der Hüfte zu sehen. Das Anlegen der Coltgürtel, die Hände an den Hüften, das Ziehen des Colts. Zwei Männer stehen sich gegenüber, beide wollen töten, einer wird sterben. Aber mit einem möchte ich aufräumen: Die Eingeborenen hatten keine Angst vor dem Fotografieren, weil sie dachten, man klaut ihre Seele. Nein, die Eingeborenen verstanden die Technik der Kolonisten besser. Sie hatten Angst davor, gefilmt zu werden. Gefilmt, nachgeahmt und gefressen. Und das erscheint in der Tat merkwürdig, weil hellsichtig. Studenten wollen sich heute nicht mehr filmen lassen, wenn eine Fernsehkamera auf sie gerichtet ist. Es ist ihnen peinlich, an ihren provisorischen Arbeitsplätzen gefilmt zu werden, und sie setzen sich weg von der Kamera, als wären sie nackt und schämten sich. Sollte ihr Leben und Arbeiten etwa anders aussehen? Aber wie? Und wann? Und was tun sie? Sich wegsetzen. Das ist vermutlich besser … Aaaah …

Dennis sieht Professor Jeremias zum ersten Mal, er schätzt ihn auf sechzig Jahre. Ein alt gewordener Junge, der von seiner Frau angezogen wird. Tweed, Schurwolle und Cord stehen ihm gut. Am Ringfinger der rechten Hand trägt er einen Siegelring, der Kopf eines Feuer speienden Drachens ist darauf abgebildet. Auffällig sind die guten Zähne und die straffe Haut. Aus der Nase wachsen graue Borsten, die Augen sind blau und klein, erdrückt von drahtigen Brauen. Das Haar ist fest und voll auf dem Kopfe, wie

Rübengewächs in der Erde. Ein roter Wollschal umschmeichelt genialisch den Hals.

«Sind Sie Studenten?», fragt der Professor. «Ein Studenten-Pärchen. Aaah.»

«Ich habe früher bei Ihnen studiert. Jetzt bin ich Redakteurin bei einer Zeitschrift, die auch über Filme berichtet», antwortet Sonja.

«Phantastisch. Ich aah ... ähm ... phantastisch», räuspert sich Jeremias, «möchten Sie ein paar Macadamianüsse knacken? Die Königin unter den Nüssen.»

«Danke, nein», sagt Sonja, und Dennis greift in das volle Schälchen.

«Die Frauen werden dick, wenn sie zu lange, zu unglücklich ... studieren.»

«Nun ja, das ist leider wahr. Leider wahr», sagt Sonja.

«Ist der bekloppt?», flüstert Dennis.

«Genial. Sie nennen ihn ‹The Nutty Professor›.»

«Treffender geht's nimmer.»

Der Professor ist in sich versunken, total glasig der Mann.

«In mir ist eine Striptease-Tänzerin, eine kleine Hure, gefangen. Ich lasse sie nie raus. Sie schimpft nur.» Er nimmt den Cognac in einem Zug, seine Stimme passt sich der lasziven Barmusik an. «*Heyhoo, babydoo.* Ich kratze dir die Augen aus, und bin ich nicht nett, die ganze Zeit, nur zu dir. Ich bin deine Schmusekatze, meine Hacken sind beschlagen, damit trete ich dich, solltest du nochmal so wenig *tip* geben.»

So schön kann Feierabend sein und auch das Wetter ist angenehm, eine warme Luft, die rauchige Sommertage (und Sommernächte!!) verspricht. Sonja und Dennis stehen vor der Bar auf der Straße. Bevor Sonja in die entgegengesetzte Richtung nach Hause geht, schenkt Dennis ihr ein

Buch: *Dracula* von Bram Stoker. Sonja nimmt es in die Hand.

«Ich kann kein Drehbuch mit dir schreiben, Dennis. Es würde nicht klappen. Auch zeitlich nicht.»

«Du hast viel zu tun?», fragt er.

«Ich verspreche dir, ich werde dein Drehbuch lesen. Sobald es einmal durchgeschrieben ist. Okay?»

«Grüß Angie von mir», sagt er zum Abschied.

«Ich weiß Bescheid», flüstert Sonja und zwinkert.

Aber hören wir noch die Meinung des Vampirs, der just in dieser Kaktusdestillerie geboren wurde, mitten in eine Diskussion zwischen Sonja und Dennis. Er verspricht, ein fürchterlicher Zeitgenosse zu werden, mit einem Lächeln, das Judas in der Hölle alle Ehre gemacht hätte. Der junge Vampir tritt aus der Bar und stellt sich zu Dennis. Er schaut Sonja mit hungrigen Kinderaugen hinterher.

«Welch mächtiger Busen, was für ein liebreizender Hintern. Aaahh! Wie sie die Straße runtergeht, schau hin! Bella donna mamma mia! Wartet ab, was um Mitternacht geschieht, Milchtrinker. Jetzt bin ich dabei. Harharhar.»

Der Professor stürzt befriedigt aus der Bar. «Frühling!», ruft er. «Angriff!»

Er sieht Dennis an, ein paar irritierende Sekunden zu lang. «Passen Sie gut auf den Kleinen auf.» Dann torkelt er davon. Dennis bleibt verwundert zurück. Es gehört wohl zu den Eigenarten einer exaltierten Natur, schließt er, dass sie ihren Mitmenschen letztlich verschlossen bleibt.

«Frechheit», schnaubt der Vampir. «Arschlöchrige Frechheit.»

Doch ein Fremder in einem fremden Land ist ein Niemand; die Menschen kennen ihn nicht – und jemanden nicht kennen heißt ihn nicht mögen.
Graf Dracula (Bram Stoker, Dracula)

Britta Schälmeister, jene von Ekel Heimgesuchte, hat einen guten Freund, Usman Ghauri. Er ist Pakistani, ein Moslem aus dem Norden mit deutschem Pass. Seit dreißig Jahren lebt er in Deutschland und er ist immer in Hamburg geblieben. Von Anfang an. Ihm gehört das italienische Restaurant *Callas*, Innenstadtlage, in dessen Küche zwei junge Teufel arbeiten. Hamsa Ali Amin und Nassir Ali Amin sind wahre *Jinns*. Gerade kochen sie eine rote Suppe, gewürzt mit Zutaten der Hölle. Auch mit Chili, Peperoni, Paprikapulver, schwarzem Pfeffer, Ingwersaft und roten Zwiebeln. Ihr Chef *Usman Saab* erledigt gerade ein paar Besorgungen, eine günstige Gelegenheit für Schabernack. Die Jungs haben mit der studentischen Aushilfskellnerin Andrea eine Wette laufen und sie kichern wie das Rumpelstilzchen. Die Wette lautet: Wenn Andrea es schafft, einen Teller Suppe zu essen und fünf Minuten danach kein Wasser zu trinken, nicht einen einzigen Tropfen, bekommt sie den gestrigen Trinkgeldanteil der beiden. Nicht, dass es viel wäre, aber immerhin doppelt. Auch doppelt scharf, bedenkt Andrea. Hamsa greift nach einer fleckigen Banane, hält sie der Aushilfe unter die Nase.

«Die Deutschen haben immer so viel Angst! Wenn sie in der Zeitung lesen, dass diese Banane vergiftet ist, dann essen sie keine Bananen mehr. Dabei ist die Schale geschlossen, nichts kann da rein. Die Deutschen glauben nicht, was sie sehen», erklärt Hamsa seiner Kollegin Andrea und fuchtelt wild mit der Baumfrucht herum.

«Wir leben eben in einer Informationsgesellschaft», kontert Andrea. «Unser Fetisch ist die Wissenschaft, die Zeitung, die Kommunikation von Daten und Fakten. Wir Europäer wissen nun mal, dass es Dinge gibt, die man nicht sehen kann.» Gereizt nimmt sie ihm die Banane aus der Hand und schmeißt sie in den Müll. Nun ist sie entschlossen, die Herausforderung anzunehmen und den Kollegen zu zeigen, was eine Harke ist. Außerdem spart die 23-jährige auf ein Flugticket, sie will in den Semesterferien nach Goa/ Indien fahren. Hamsa und Nassir setzen ihr den Teller Suppe vor und grinsen. Was eine junge deutsche Frau aushalten kann. Andrea stirbt fast, sie dampft, weint, Krämpfe überkommen sie, die Nase läuft, läuft davon, fast auf Nimmerwiedersehen, aber sie übersteht fünf Minuten und gewinnt.

«Ha!», triumphiert Andrea, und der eisweiße unsichtbare Engel, der sie im Kampf mit den Jinns unterstützte, zaubert ihr ein Glas weiches Wasser in die Hand, direkt aus den Quellen des Garten. Hamsa und Nassir müssen ihr die Kröten geben, was sie auch tun, aber sie sind zerknirscht. Richtig zerknirscht, wie zwei junge Teufel, die ihre ersten Bösartigkeiten mit eitler Vorfreude, aber ohne den rechten Verstand durchziehen. Hamsa und Nassir, die Brut des Shaytan. Der *aduw Allah*, Feind Gottes, entdeckte sie, als er Taiba, deren Mutter, aufsuchte. Sie lebte in einer feuchten Lehmhütte nahe der staubigen Stadt Lahore. Ihr Mann Zafar war fortgegangen, um sich in der Stadt als Diener im Hause eines berüchtigten Messinghändlers zu bewerben, der im Rufe stand, terroristische Freiheitscamps zu unterstützen.

Taiba ist alleine. Der Shaytan betritt ihr Haus. Er möchte einen Knopf angenäht haben. Taiba tut ihm den Gefallen und erhält ein kleines Geld für die Näharbeit. Dann erklärt der Shaytan aus einer Laune heraus, dass er die Nacht bei ihr verbringt. Dafür erfüllt er ihr einen Wunsch. Taiba, hochschwanger mit den Zwillingen und plötzlich voller Furcht und Vorahnung, wünscht sich vom Shaytan, dass die Söhne, die sie erwartet, einmal ein besseres Leben haben werden.

«Was für ein Leben?», fragt der Shaytan. «Du musst es mir schon genauer sagen.»

«Ich wünsche, dass meine Söhne den Reichtum Europas besitzen», sagt Taiba. Der Shaytan verspricht ihr die Erfüllung ihres albernen Wunsches und legt sich zu ihr. Er treibt es so ausgiebig und übel, missbraucht sie die ganze Nacht so arg mit seiner mehrläufigen Muskete, dass die Erde bebt, die Vögel vom Himmel fallen, die Häuser ringsum einstürzen. Danach dreht sich der Shaytan befriedigt auf die Seite, grunzt einmal und schläft. Wasser rinnt aus Taibas Bauch. Die Kinder wollen zu dieser Stunde geboren werden. Sie presst Hamsa Ali heraus, wenige Minuten später folgt ihm Nassir Ali. Sie zerreißt die Nabelschnüre mit den Zähnen und weckt den schnarchenden Shaytan. Sie überreicht ihm die einmal geküssten Söhne.

«Verflucht seist du, wenn du meinen Kindern nicht gibst, was du mir versprochen. Ich werde kommen und dich richten.» Und so verblutet Taiba, siebzehn Jahre alt.

Andrea ist in der Wohnung von Hamsa und Nassir und kann sich nicht bewegen. Nassir lässt Badewasser ein, sie hört es, und Hamsa, der neben ihr auf dem Sofa sitzt, sagt: «Er Jungfrau. Ich nicht.» Sie haben ihr K.-o.-Tropfen in die Cola getan.

«Sie werden mich vergewaltigen», denkt Andrea, ist innen ganz klar, nur kann sie sich nicht bewegen. Ganz langsam vielleicht, ganz langsam.

«Er Jungfrau. Ich nicht», wiederholt Hamsa und knöpft seine Hose auf, zieht sie aber noch nicht aus. Die Wohnung

ist kaum eingerichtet, überall auf dem Boden liegen Hanteln. Zwei Kilogramm, drei Kilogramm. Andrea will eine nehmen und sich damit verteidigen. Ganz langsam, vielleicht. Kann jemand helfen, kann sie schreien? Hilfe, isoliert. Nach Feierabend bat der Chef sie, den Jungs etwas Autofahren beizubringen. Er gab ihr extra Geld, und auf dem Parkplatz hinter dem Supermarkt versuchte sie es, ließ jeden ein paar Runden mit ihrem Golf fahren. Zuerst im zweiten Gang, dann im dritten. Und noch etwas im Rückwärtsgang. Die gaben Gummi, lustig war es. Die werden hundert Fahrstunden brauchen. Hundert Doppelstunden. Andrea liegt mit Nase und Bauch auf dem blauen Teppichboden.

«Stinkt nach Katzenpisse und nach Curry», bemerkt sie. Sie robbt über den Boden, sucht die Tür. Hamsa setzt sich rittlings auf ihren Hintern. «What's your plan?», fragt er. «What's your plan?» Andrea robbt weiter, er haut ihr auf die Backen, als wäre sie ein Pony. Beugt sich vor, fasst ihr an den Busen. Hamsa lacht laut und ruft seinen Bruder. Der steigt aus dem Badewasser, aufgeschäumtes Schuppen-Shampoo im Haar, und sieht sich das Spiel an. Nassir lacht sich schlapp. Hamsa macht sich ganz leicht, damit Andrea sich schön weiterbewegt. Wie Eselreiten. Er schüttelt seine Palme, schüttelt und schüttelt, und spritzt ihr in die Haare. Nassir läuft zurück ins Bad, schüttelt seine Palme, schüttelt und schüttelt, und spritzt ins Klo. Andrea erreicht die Tür. «What's your plan, hää?» Hamsa öffnet ihr die Tür. Andrea krabbelt ins Treppenhaus. Sie ist raus aus der Wohnung. Er schließt die Tür.

In der Redaktion des *headquarter*, von Gabriele oft und gerne «Führerhauptquartier» genannt (zu oft und zu gerne), stehen dichte dunkle Wolken. Viele überlegen, ob es bald vorbei ist und wo man sich, sollte es tatsächlich so weit kommen, bewerben könne. «Glückliche Zeitungsleser gibt es nicht. Ist alles voller Sorge. Und die, die sich um die Zeitung selber sorgen, vor den Weltsorgen, sind noch die Sorglosesten», verkündet Micha, der Praktikant, und er kann sich leisten, nicht verstanden zu werden.

«Ich fahre erst mal weg. Portugal, Meer, Ruhe, Frühling, Schreiben», erzählt der Musikredakteur.

«Klingt toll.»

«Na ja, es wird auch von Dingen wie ‹Job› und ‹Beziehung› abhängen.»

Die Auflage ist leicht zurückgegangen. Auch die Werbeeinnahmen.

«Versteht jemand, wie das passieren konnte?», fragt Sonja in die Runde und nimmt sich das aktuelle Heft. Sie schaut es sich genau an. «Was für ein schöner Unsinn», denkt sie zufrieden. Aber war er denn so schön? Die überqualifizierten Studenten und verhinderten Wissenschaftler, die immer noch für das Blatt arbeiten und Rezensionen beisteuern, sie ziehen das Niveau mit ihrem überquellenden Sinnangebot, ihren Dekonstruktionen und ihrem sprachlichen Vermögen hinunter. Warum wollen sie für Magazine schreiben? Für derlei Arbeit braucht es Bauklempner mit Stift.

«Ich will es nicht verstehen, ich will es nur betrachten», sagt Mirko, Besitzer eines Tanzclubs und des Cafés «Pet Shop». Man hat ihn, den Multiplikatoren und Kontaktmann zur relevanten Zielgruppe, zur Heftkritik geladen. Der Chefredakteur Hermann Müller, am ehesten als sportlicher Popper Ende dreißig zu umschreiben, tritt in den

Raum, und die Konferenz beginnt. Nach einleitendem Geplänkel, und alle reden immer durcheinander, gehen sie Seite für Seite das Heft durch und hören sich schließlich an, was Mirko sagen kann.

«Mirko?», fragt Müller aufmunternd.

«Diagnose: Beziehungsunfähig», liest Mirko laut. «Wieso bringt gerade ihr diese Gefühlskontrollen-Literatur für Sheba-Singles? Die sitzen abends mit ihrer haarenden Katze vor der ewigen Glotze, und das war's. Thema fertig.»

Die Redaktion diskutiert seinen Standpunkt: «Single-Themen verkaufen sich gut.» – «Beziehungsunfähige Leute gibt es an jeder Ampel.» – «Die sollen zum Teufel gehen.» – «Oder nach Lanzarote.» – «Portugal.» – «Single-Themen kann man hemmungslos vermarkten.» – «Der Ausdruck ‹hemmungslos vermarkten› ist hemmungslos.»

Eine Pause tritt ein, in der Betroffenheit ihr falsches Gastspiel gibt.

«Mirko?», fragt Müller.

«Eure Leser sind wie die Gäste in meinem Café: Die langweilen sich, weil sie jung sind. Denen kann man sowieso nichts recht machen. Jeder Versuch, es zu versuchen, ist deshalb pointless.»

«Sagt man das jetzt – pointless?», fragt jemand.

«Muss immer alles anglisiert werden?», fragt einer zurück.

«Ich mag arrogante Magazine», sagt Mirko. «Warum seid ihr so nett?»

«Aber was hältst du von unserem Existenztipp für Studienabbrecher?», will Müller wissen.

«Wie man einen urdeutschen Imbiss betreibt», liest Mirko. «Na ja. Heiß und fettig. Die Kolumne ‹Sei ein todschickes Elternteil› ist gut. Schön frustriert.»

«So bin ich nun mal», bemerkt die Kolumnistin gereizt, und der Musikredakteur pfeift ihr die Schicksalsmelodie.

«Mirko?», fragt Hermann Müller.

«Langeweile und Jugend – das gehört einfach zusammen. Aber so ein Heft voller Anregungen und Ausgeh-Tipps, das widerspricht dem, ist so uncool, ist so ekelhaft pädagogisch. Sei dynamisch, mache dieses, unternimm jenes. Das ist so nervig wie überaktive Freunde oder die verständnisvollen Eltern. Ist doch kein Wunder, dass es Stadtmagazine immer schwerer haben.»

«Es liegt an der Konkurrenz, den kostenlosen Flyern und all den miesen Heftchen da draußen», erklärt Sonja.

«Und wer braucht einen Test, der Masseure, Massagetechniken und Massage-Öle anpreist?», fragt Mirko.

«Dem Tester hat's gefallen», sagt Gabriele und streicht von den Spitzen ihrer neuen Schuhe etwas Staub. Hermann Müller errötet fast.

«Was noch, Mirko?»

«Am allerbesten hat mir die Kontaktanzeige eines Mannes gefallen. Hier, Seite 164, 175cm/79kg/Raucher; er sucht eine Frau. ‹Die Erniedrigung des Fensterputzens besteht darin, dass die Fensterputzerin nicht ins Kollektiv integriert ist.›»

«Ist das in deinen Augen avantgardistisch?» Hermann Müller ist plötzlich sehr müde.

«Avantgardistisch? Wie meinst du denn das, avantgardistisch?», fragt Mirko aggressiv zurück.

«Nabokov schrieb, Avantgarde sei wenig mehr als die Übereinstimmung mit einer spießigen Mode», wirft Sonja ein.

Und Mirko, davon angetan, dass sich jemand auf seine Seite geschlagen, erklärt feierlich, dass er gerade *Der große*

Gatsby liest. «F. Scott Fitzgerald war ein verdammtes Genie.»

«Jugend ist Langeweile?!» Nun tobt Hermann Müller aber. «Der große Gatsby hat uns also die ganze Zeit Long Island Ice-Tea ins Gehirn gespült!» Er flippt aus. «Aber ich mache leider kein Heft für die Charleston-Jugend von 1926! Bedaure, alter Knabe!»

«Komm, Hermann, beruhige dich bitte.»

«Führerhauptquartier.»

«Jugend ist Langeweile? Ich fasse es nicht.»

Wie immer sucht Hermann Müller einen Punkt, an dem er den Heftkritiker aushebeln kann. Damit er mit seinem Konzept und seinem neuen Dienstwagen nicht in Frage gestellt ist. «Sind doch alles Konsumisten da draußen, Mirko. Die langweilen sich nicht wirklich. Mach dir doch bitte nichts vor!»

«Hermann, lass gut sein», besänftigt Gabriele.

«Servierst du deinen gelangweilten, punktlosen Cafégästen etwa Bombay Gin und etwas Petroleum für die Rückfahrt?», bohrt Müller weiter. «Der große Gatsby! Dass ich nicht lache! Ha! Haha!»

Tatsächlich gibt es in Mirkos Café seit kurzer Zeit ein *The Great Gatsby*-Frühstück: Schweinswürstel mit Kartoffelbrei und dazu eine Tasse Kaffee (siehe Seite 62 von Mirkos Taschenbuchausgabe). Man muss, glaubt Mirko, immer wieder Neues probieren, Mut beweisen und den Leuten was Ungewohntes bieten. Der Erfolg gibt ihm Recht. Aber er sagt nichts mehr. Was gehen ihn diese Leute an. Die Heft-Kritik ist beendet.

Sonja spricht Mirko an, als er das Gebäude verlässt. Sie interessiert sich für ihn. Aber muss eine Frau ein spießiges Nabokov-Zitat aus dem Ärmel schütteln, um einen Barbesitzer zu beeindrucken? Sonja beobachtete fasziniert den Schlagabtausch zwischen Mirko und Müller. Zwei Männer mühen sich in ihren jeweiligen Geschäftsbereichen, einfach, populär, massenwirksam zu kommunizieren. Beide gehen mit allgemein modischen oder persönlich ausgeprägten Techniken des Aberglaubens diesem Anliegen nach. Und landen doch nur bei alten Romanleidenschaften. Funkeln sich böse an. Sonja liebt diesen großen Unsinn und zitiert Nabokov. Sonja Schälmeister ist also ganz auf dem selbst gewählten Weg, eines Tages ein Mensch wie Müller und Mirko zu werden, sich an die alte Lektüre zu erinnern und zu streiten. Danach wird sie an die Arbeit zurückkehren und einfach kommunizieren, so ungenau wie reichlich zitieren, die Lauscher immer schön am Puls der Zeit. Sonja mit ihren Nabokov-Resten hält es wie Oscar Wilde, der die besseren Bemerkungen seiner Freunde stets zerknirscht kommentierte: «Ich wünschte, ich hätte das gesagt.» Und seine Freunde, die ihn so gut kannten, trösteten ihn: «Du wirst, Oscar, du wirst.»

Warum also nennt Redakteurin Schälmeister auch noch todesbrav den mutmaßlichen Urheber der Definition des Begriffes «Avantgarde»? Sie hätte behaupten mögen: «Avantgarde ist die Übereinstimmung mit einer spießigen Mode. Ha!» Vielleicht hat Nabokov diesen Satz gar nicht selbst kreiert, sondern von seinem Weibe genommen. Oder von der Frau seines Nachbarn, die er nicht falsch begehren darf.

Sonja spricht Mirko an, und Mirko denkt: «Ach, das ist doch die Kleine, die Nabokov liest.» Ja, das denkt er, lächelt sie an, ein rundes Gefühl. Romanleidenschaften, sind sie doch zu was gut.

ars gratia artis

Dennis Neumann, der sich selbst der schicksalsvollen Aufgabe des Schreibens angenommen hat, liest über die amerikanischen Produzentengenies David O. Selznick, Louis B. Mayer und Samuel Goldwyn. Es war Louis B. Mayer, der den legendären und früh verstorbenen Irving Thalberg zum Produktionsleiter von Metro Goldwyn Mayer machte. Thalberg revolutionierte die Filmproduktion, indem er das «amerikanische System» einführte. Von Regie bis Maske und Schnitt war man Teil eines Fabrikhauses und schuf Filme am Fließband, schuftete wie ein gewöhnlicher Angestellter in der Geborgenheit industrieller Kunstfertigung. Thalberg wusste: Die *freelancer* scheitern früher oder später. Es musste jemanden geben, der sich sorgte, für alle. Er schaffte große, anonyme Drehbuchabteilungen, Autoren schrieben wie in Legebatterien eng zusammengepfercht und doch isoliert ihre Aufträge ab. Kaum war die vorläufige Fassung einer Schmonzette oder Gangsterstory fertig, fingen die Dreharbeiten auch schon an. Nach wenigen Wochen verließ der Film das Gelände und ging in die Welt. Mit den Namen aller Beteiligten im Abspann. Fitzgerald porträtierte Irving Thalberg in seinem unvollendeten Roman *Der letzte Tycoon*, und versuchte sich selbst an ein paar Drehbüchern. 1940 starb der Romancier in Hollywood, viel zu jung. Damals las man in den Zeitungen vom weit entfernten Krieg in Europa und den näher gelegenen Pferderennen. «*Rusty Rhythm* soll heute in Sacramento erneut beweisen, als Champ geboren zu sein. Oder kann ihm *Fortunes Fellow* das Wasser abgraben? Abzuwarten bleibt, ob *A Cool Million* einen Jockey findet, der das Brandgefährliche herauszuholen vermag.» Schauspieler jener Ära erwähnen in ihren biographischen Veröffentlichungen einhellig, dass Fitzgerald ein großer Trinker war, der in Hollywood kaum zurechtkam. «Er wollte unbedingt raus aus dieser großen Nässe! In einen trockenen Martini!» Das Trinken hat ihn zugrunde gerichtet. Auf solche Versionen der Wahrheit einigt man sich schnell. Die Schauspieler standen auf den Partys in sicherer Entfernung zu ihm, so stellen wir es uns bitte kurz vor. Sie verstanden seine geistreichen, oft zynischen Witzeleien natürlich nicht. Und doch erlaubten sie sich, derart Auskunft zu geben. Als hätten sie ihm wirklich auf den Zahn gefühlt, und nicht anders herum. Nun ja. «Er war ein verdammtes Genie. Verdankt alles seiner Frau Zelda. Hat ihre Tagebücher abgeschrieben.» So kann man das sehen, gewiss. Schauspieler und Autoren, das sollte man nicht vergessen, glaubt man solchen Anmaßungen, sind wie Hund und Katze. Man hat einander nicht viel zu sagen.

Dennis liest also über eine Zeit, die vergangen ist und die mit seiner eigenen so wenig wie möglich zu tun hat. Die Lektüre nährt und tröstet ihn. Ein Wunder, dass er sich nicht mit den Helden der Stummfilmzeit identifiziert. Er ist noch lange kein Autor, und es gibt in dieser Welt keine Traumfabrik, die auf ihn gewartet hätte. Aber eines hat Dennis rasch gelernt: Ob Historienfilm oder Apartmentkomödie, Filme müssen federn, elegant und spritzig sein wie ein schönes Auto mit einer schönen Frau darin; wie Martini und Olive oder jedwedes Getränk, das alle fünfzehn Jahre wieder Mode erfährt. Eleganz ist alles, ist seine Überzeugung. Auch das verkörpert Sylvester Stallone in der Rolle des Boxers Rocky Balboa. Doch Dennis Neumann und Sylvester Stallone, dem man eine qualvolle Edgar-Allan-Poe-Leidenschaft nachsagt, sind nicht halb so elegant wie ihre Vorbilder. Nicht halb so elegant, wie sie gerne wären. Sonst wären beide ja doch nur Abklatsch, gefüllt mit altem Zitat. Bringt böses Blut, dieses Begehren, jemand anderes sein zu wollen. Fremde Sätze sagen und einer

Geliebten zuflüstern: «Ich will dich, nur dich. Niemand sonst auf der ganzen Welt kann mich glücklich machen.» Solche Sätze stimmen einfach nicht. Oder ...?

Die jüdischen Pharaonen von Hollywood, so will es die Legende, produzierten nur Filme, die ihnen persönlich gefielen. Sie konnten es sich leisten, ihrem eigenen Geschmack zu gehorchen. Bis in den 50er Jahren der Epochenwechsel erfolgte, das Fernsehen einen zweiten Filmmarkt eröffnete und die Pharaonen erst den Überblick und dann ihre einzigartige Macht verloren. Seither wirken Mega- oder Mini-Produktionen, mit oder ohne Risikokapital, in Co-Produktionen, mit assoziierten und exekutiven Produzenten, *first-look*-Verträgen, produzierenden Stars und coproduzierenden Superstars. Lächelnd verkaufen sie Mist, geben Arschlöchern die Flossen und waschen sich nicht mal mehr die Hände. Das nächste Dreckspaket wird auf den Weg gebracht. Alle Kanäle wollen bedient, Hunderttausende von Leinwänden dreimal am Tag illuminiert werden. In den USA, Europa und weiten Teilen von Asien versteht jeder eine bestimmte Liebe, *action*, ein bestimmtes Kostüm, eine Melodie. Um der Langeweile vorzubeugen, bekommen Seiteneinsteiger, große Träumer, seltene Spinner und frische Blutsbrüder, und darauf kommt es letztlich an, auch eine Chance und dürfen im Becken mitschwimmen, Filme machen, die besten ihres Lebens. Doch wie ungerecht der Vorwurf ist, der hier herauszulesen war. Dass man keine Kunst mache, nur Dreckspakete. Was geht Dennis die Mittelmäßigkeit anderer Leute an? Er findet nicht nur Trost in den Texten und Bildern alter Tage, die Lektüre wiegelt ihn gegen seine eigene Zeit auf. Man regt die Ruder und fällt immer mehr zurück, in den Strom der Zeit, so etwa schrieb Fitzgerald über den Mechanismus des Lebens. Nachdem wir jung waren ... werden wir alt. Das ist es doch, was er sagen wollte. Nur er selbst, er wurde nicht alt. Und wer in aller Welt erinnert sich unser? Das ist nicht die richtige Frage. Nein, denn wir haben unzählige Monumente späterer Erinnerung geschaffen, ließen uns schon zu Lebzeiten als *unforgettable* registrieren und musealisierten bei lebendigem Leibe. Natürlich tat das weh, und wie. Es ist, als verrotte man und müsse sich dabei zusehen, obwohl man doch schon tot ist. Welche Bildwelt wird dies sein: macht uns blind vor Schönheit.

Die Frage ist eine andere: Liebten wir und wurden wir geliebt, gaben wir und wurde uns gegeben, verziehen wir und wurde uns vergeben. Bei Jesus, so viel ist sicher. Doch den Verlierern ist leicht zu vergeben, sie zu lieben redlich, ihnen geben gut. Sie sind diejenigen, die durch Gottes Nadelöhr passen und den Garten betreten werden. Die Amerikaner dagegen lieben die Menschen, die davorstehen, nicht eingefädelt werden, nicht hineinkommen in den Garten. Man nennt sie meist: die Reichen. Ein illustrer Kreis von Erfolgsverwöhnten, Machern, Träumern, und wenn man es genau nimmt: Christoph Columbus ist auch darunter, und der war immerhin der schlechteste Seefahrer der Welt.

Ein alter schottischer Colonel, der mit Leidenschaft Jugendgeschichten von der Militärakademie Sandhurst zu erzählen vermochte und seine vor vielen Jahrzehnten hinter sich gelassenen Tommys täglich für ihr imperiales Erbe, die willkürliche Grenzziehung, verfluchte, befehligte an der pakistanischen Grenze zu Indisch-Kaschmir einen Haufen glutäugiger Wahnsinniger.

Er sitzt in seinem Tropenzelt, es ist früher Morgen. «Alles Schmutz, Dreck, Kälte und entsetzliche Müdigkeit. Und in allem eine entsetzliche Angst. Für die Schwachen ist der Tod eine Erlösung, die Starken dagegen kämpfen, bis der Körper sich vom Bewusstsein trennt», notiert der Colonel mit tintentriefender Feder in sein literarisches Tagebuch und lässt sich Tee mit Toast servieren, lässt sich von dem blinden Masud die Füße massieren, lässt sich von der dreißigjährigen norwegischen Geisel (sie sieht älter aus) den Schwanz nuckeln und überlegt dabei, wie man die imperialistischen Inder am besten ärgern könnte. Für das heutige Kamikaze-Unternehmen wählt er Hamsa Ali Amin und Nassir Ali Amin aus, zwei blutjunge Kerle. Die Brüder wurden kürzlich aus ihrem Dorf verjagt. Als letzte Zuflucht blieb ihnen nur dieses bescheidene Terroristencamp, welches von einem berüchtigten Messinghändler aus Lahore unterstützt wird.

Der schottische Colonel befehligt die Boys zusammen mit ein paar Kühen an die grüne Grenze. Sie werden angehalten, den Kühen am Zielort Sprengstoff in den After zu stecken und sie dann mit der Peitsche und etwas Knallmunition nach Indien rüberzuscheuchen. Ein Todeskommando, für die Brüder auf der einen und ein paar indische Soldaten auf der anderen Seite, die die heiligen Viecher hilflos begrüßen werden. Am Morgen fing der Colonel einen Funkspruch vom Feind auf, die ungetauften Sikh-Soldaten, die bisher rücksichtslos auf die pakistanischen Rinder geschossen hätten, wären für einen halben Tag ins Hinterland abberufen worden.

Hamsa und Nassir gehen zu den bethelnusskauenden Kameraden ins Kostümzelt und werden von ihnen als Kuhhirten verkleidet. Sie bekommen alte Sweatshirts und hirtenhosige Shalwar übergezogen. Im Prinzip sehen sie genauso aus wie vorher. Auf dem einen Sweater prangt das Signet «T&T-Airmani», auf dem anderen der geschwungene Schriftzug «Pilot of Impossible». Sie machen sich mit zwei lahmen, ausgemolkenen Kühen auf den Weg und wissen, sie werden von den Kameraden erschossen, sollten sie unverrichteter Dinge zurückkehren. Das Himmelreich der Märtyrer erwartet sie mit Körben goldpapiergeschmückter Datteln.

Wie sie es in ihrer viertägigen Grundausbildung gelernt haben, sagen sie dem Colonel zum Abschied «God save the Queen». In jenem entbehrungsreichen Training hat man ihnen auch beigebracht, wie man einer königlichen Hoheit begegnet. «Aufrecht stehen, *old boy*, und schau ihr direkt in die Augen. Dann, mit unerbittlich steifem Kreuz und einem scharfen, akkuraten Einbringen des Kopfes – drück das Kinn an den Hals!» Doch in diesem Leben werden sie von dem seltenen Wissen wohl kaum Gebrauch mehr machen können. Mission Impossible beginnt. «Good boys», murmelt der Colonel ihnen hinterher, und auch die Norwegerin ist froh, die beiden los zu sein. Welch ein schöner Tag.

Auf dem Weg zur Grenze erzählen sich Hamsa und Nassir, was sie alles essen würden, wenn sie nur könnten.

«Zitronenhühner!», sagt Hamsa.
«Brauner Reis!», ruft Nassir.
«Linsensuppe mit viel Ingwer!»
«Kartoffeln mit Hack!»
«Lamm mit Blumenkohl!»

Sie machen ein Feuerchen, schlachten mit ihren stumpfen Messern eine Kuh und braten das sehnig-zähe Fleisch. Und weil die Sonne bereits sehr hoch steht, legen sie sich in einen bewachsenen Felsvorsprung und halten zur Verdauung ein Nickerchen. Der eine träumt von der Norwegerin und ihrem ungelenken Bauchtanz. Der andere träumt von der Norwegerin und ihren Zähnen, die sie wie eine Wildkatze benutzen kann. Beide aber träumen sie von den Liedern, die die Norwegerin in ihrem Zelt singt, wenn sie in ihrer Menstruationswoche frei hat. «Come as you are, as a friend as I want you to beeee, hee, hee, hee. Memory, hee, hee, hee. But I swear, that I don't have the gun, no I don't have the gun ...» Dann hört man sie weinen. Dann hört man sie lachen. Und sie singt weiter: «You're the devil in disguise, oh yes you are, devil in disguise, uuh-huu.»

Hamsa und Nassir wollten auch wie Amerikaner und Norweger singen können. Sie versprachen der Norwegerin, sie nicht anzufassen und ihr nicht auf das Gesicht zu spritzen – die Vaginalpenetration ist dem Colonel vorbehalten –, wenn sie ihnen Englisch beibringt. Das Versprechen konnten die beiden nicht lange halten, und deshalb lernten sie nur, was es zum Aufschnappen gab.

«Hi. My name is Hamsa. You stupid, thank you, and fuck off. Get off my tits. Get off my tits. I will kill you.»

«Hi. My name is Nassir. Cocksucker from hell, you will die very soon, bastard, thank you Mister, fuck the suck off. Do not touch me, you fucking idiot. I will kill you. Very soon you dead man. Dead meat.»

Als Hamsa und Nassir aufwachen, fehlt die zweite Kuh, und Hamsa und Nassir können sich aussuchen, ob sie sich von den Landsleuten oder den Feinden ins Himmelreich befördern lassen. Weit und breit kein Entkommen. Sie flüchten in ein Schilffeld, ganz in der Nähe des Camps. Drei Tage liegen sie in dem Feld, lecken den Tau von den Halmen und hoffen auf eine Gelegenheit, im Camp Nahrung zu stehlen. Sie hoffen also im Wesentlichen auf ein Wunder. Am Abend des dritten Tages erscheint der Shaytan und fragt sie: «What's the problem?» Die Brüder bitten ihn um Nahrung – Zitronenhühner, Kartoffeln mit Hack etc. –, und der Shaytan verschwindet wieder, angeekelt von der Dummheit seiner ihm lästig gewordenen Brut. In der Nacht hören sie Explosionen und Gewehrschüsse, sie sehen Rauch aus dem Camp aufsteigen. Am Morgen, getrieben von Neugier und entsetzlichem Hunger, trauen sie sich ins Camp. Überall ist Ruhe, Zerstörung und der Geruch gebratenen Fleisches. Ein paar Feuer brennen noch. Sie finden den Colonel in seinem Zelt, mit einem Loch im Kopf, den Kopf auf seinem literarischen Tagebuch, welches gehirngetränkt. Seine letzte Eintragung, nun unleserlich, lautet: «Die Unbedingtheit, mit welcher der Tod pokert, ist faszinierend. Diesmal sollte ich mich an seinen Tisch setzen. Er nimmt ein neues Blatt und gibt die Karten. Ich habe einen Royal. Was hat er?»

Auch die vierzig Kameraden, alle tot. Einige erschossen oder zerstückelt, die meisten in den Zelten verbrannt. Nur von der Norwegerin keine Spur, doch das fällt den Brüdern nicht auf. Sie schlachten und braten drei Hühner. Sie trinken den kalten Tee des Colonels. Es ist ihr erster Kontakt mit Earl Grey. Als politische Flüchtlinge, die die Folterkeller der indischen Kaschmiris durch weitere Wunder überleben, reisen sie drei Monate später nach Deutschland ein.

Ihr Asylantrag wird bald darauf anerkannt und Usman Ghauri stellt die beiden als kaschmirische Spezialitätenköche ganz legal im Italiano-Restaurant *Callas* ein. Seither backen sie in Hamburg Pizza.

Dem Kinde Dennis wird ein alter Kinderbuchautor schmackhaft gemacht. Die Mutter versucht ihr Bestes. Das Fernsehen aber sagt: Erich Kästner brauchte immer einen Kreis von Frauen. Iiieeh! Der soll Kinderbücher schreiben. Und nicht rummachen.

Und: Gibt es den Osterhasen wirklich, Mama? Gibt es den Weihnachtsmann wirklich? Gibt es das Christkind? Gibt es den Nikolaus mit der Rute?

Warum fahren wir nie nach Gotham City in Urlaub?

Sind Moby Dick und der Weiße Hai Freunde?

Warum kommt *Superman* nie nach Deutschland, wo er auch viel gebraucht wird? Warum nimmt sich die langweilige Micky Maus nicht endlich ein Beispiel an Donald? Gibt es 007 noch, wenn ich tot bin?

Aber meine Nase wird nicht so lang wie bei Pinocchio, auch wenn ich ein bisschen gelogen habe?

Wieso geht das Phantom nach der Oper nicht zu einem guten Hautarzt?

Haben Tommy und Annika keine anderen Freunde?

Gibt es so wenige Liliputaner, weil es nur sieben Zwerge gab, von denen alle abstammen?

Hat Onkel Dagobert seinen Geldspeicher endlich gegen eine Kreditkarte getauscht?

Haben sich Robin Hood und Jungfer Marian noch nieeeeeeee verlaufen?

In meinem Kindergarten früher hieß einer Elvis. Darf der das eigentlich?

Bleibst du mir bitte weg mit Frankenstein, bitte? Der hat den Spatz getötet.

War es für Jesus Christus Superstar schlimmer, im Frühling zu sterben?

Warum ergänzen wir uns nicht alle wie die Schöne und das Biest?

Was mag Frau Holle nur an kleinkarierter Bettwäsche?

Was wollte Luke Skywalker werden, als er noch ein Quark im Schaufenster war?

Hast du mein Tim und Struppi gesehen? Ich brauch den doch.

«All diese Fragen!» Mutti hat keine Zeit für so viele Fragen.

Das Kind fragt und fragt trotzdem. Dahinter steckt natürlich die Frage: Woher kommen eigentlich die kleinen Kinder? (Siehe auch Sperbers Theorie vom Ursprung der Sprache im Sexuellen.) Und wenn die Kinder, wie alle sagen, vom Papa kommen ... dahinter steckt natürlich die Frage: Wo ist der Papa geblieben? Wann kommt er zurück? Warum ist er weggegangen?

Seine Mutter kann ihm nicht erklären, wieso der Vater fort ist. Was soll sie schon sagen. Er brauchte immer einen Kreis von Frauen. Nein. Es passierte, sie versteht es selbst nicht ganz. Es ist traurig.

«Lieber Dennis, guck mal, was ich dir gekauft habe: einen neuen Fernseher.» Sie reicht ihm eine Fernbedienung. «Hier, schau, hast du einen Videorecorder.» Kassetten zum Aufnehmen gibt es auch dazu. Dennis wickelt alles aus. Er versteht sofort, wie die Geräte funktionieren und wie man sie miteinander anschließen muss.

«Bist du jetzt still?»

Dennis grinst. Das heißt nein. Der Spaß fängt an. So fing es an.

Sonja Schälmeisters Lieblingsdialog, was würde wohl ein Regisseur daraus machen. Zunächst glimmende Hoffnung, dann flammende Begierde, schließlich Glück und Verheißung. Weil das Leben daraus besteht, ureigentlich, tief im Innersten einer Frau. Meint der Regisseur, er steht im Zentrum der Filmkunst und haucht den Dialogen LEBEN EIN. Dann fotografiert er sie.

Er: Hast du am Wochenende Zeit?
Sie: Nein.
Er: Hast du am Wochenende Zeit, für mich?
Sie: Ja.

Es ist Freitagabend und Sonja macht sich schön. «Du solltest dir deine Drei-Tage-Beine rasieren», rät Angie, und Sonja fügt sich. Dann tupft sie sich etwas Parfüm an den Puls und unter die Ohrläppchen, *Pleasure* von Estée Lauder, zupft ein paar Brauen und zieht ordentlich die Konturen nach, bevor sie den Lippenstift aufträgt. *The Toast of New York*, ein heller Braunton. Er passt verteufelt zu Sonjas blonden Haaren. Ihre Beine brennen von der scharfen Rasur. Sie betrachtet sich zwei Sekunden im Spiegel, der Befund lautet *overstyled and underfucked*. Aber so sehen abends alle aus. Gut. Sie präsentiert sich Angie, die in der Küche sitzt, Tee trinkt und ein Buch liest.

«Gehst du auch aus?», fragt Sonja.

«Ich kann das alles nicht mehr sehen.»

«Aber man muss doch mal auf andere Gedanken kommen.»

«Ich bin doch fast nur mit Schauspielern befreundet. Die reden über Rollen und Bühnen, strengen mich an.»

«Ja, das verstehe ich.» Sonja mochte Angies Freunde nie besonders. Aber komisch ist es schon. Angie kann sich nicht beschweren. Sie ist ein Mädchen, das bei Konzerten immer auf die Schultern genommen wurde. Sie konnte die Arme ausstrecken, singen und schreien, ohne eng in der Menge stehen zu müssen. Sonja wurde nie auf die Schultern genommen.

«Die letzten Jahre war ich fast nur mit Dennis zusammen, jedes Wochenende waren wir zusammen. Jetzt merke ich, dass mein Leben leer ist.»

«Das ist doch Quatsch.»

«Ich beklage mich nicht, ich mag die Leere. Ich starre in sie hinein und die Leere starrt zurück. Bis uns etwas anderes geschieht.» Angie betrachtet Sonjas Aufzug, nur Frauen können Frauen so gnadenlos betrachten. Sie haben sich nichts zu sagen, nichts über die Irrungen der Liebe, die drei wichtigen Momente im Leben und den Klatsch am Hofe. Seit Angie nicht mehr mit Dennis zusammen ist, sprechen sie nicht mal mehr über das Fernsehprogramm.

«Du liest in letzter Zeit so viel», sagt Sonja und dämpft die Verwunderung in ihrer Stimme, alles andere wäre unhöflich. «Vor ein paar Tagen hast du ... was nochmal gelesen?»

«*Der Menschen Hörigkeit* von Somerset Maugham.» Angie sucht in der Erinnerung ein Zitat und findet es prompt. Sie hat das ausgezeichnete Gedächtnis aller miserablen Schauspielerinnen. «‹Und so nehme ich mir in der Hast des Lebens jene Zeit für Bücher, die man sonst nie erübrigt.› Ich habe Jane Austen, die Brontës, sogar Agatha Christie und Nick Hornby gelesen.»

«Ach herrje.» Sonja verdreht die Augen. «‹Has all the

makings of a cult classic.› Das wird ja das reinste Anglistikstudium. Vielleicht solltest du die Originalsprache lesen.»

Angie zeigt Sonja das Cover des Buches, ein englisches Paperback. Die Verwunderung in Sonjas Gesicht lässt sich nun nicht mehr leicht dämpfen. «Mach den Mund zu, Sonja. Das ist unhöflich.»

Sonja schlägt in einer Frauenzeitschrift ihr Horoskop nach. Sie merkt sich nur, was ihr am verheißungsvollsten erscheint: «Wassermann: Amor wird Ihretwegen Überstunden einlegen.» Sie nimmt den Bus, denn ein neues Fahrrad ist noch nicht gekauft. Sie ist mit Mirko im *Café Standard* verabredet, eine für diese Zwecke nicht zu modische, aber auch nicht zu weltabgewandte Lösung. Sie ist pünktlich, er nicht. Sie spaziert einmal um den Block, ganz langsam. Bei ihrer Rückkehr sitzt er an einem Tisch und schlägt die *Financial Times Deutschland* auf. Sie küssen sich die Wangen, bestellen Sekt auf Eis, machen Konversation:

Warum Sonja Hermann Müller mag: «Er ist ehrlich.»

Wie Mirkos Laden läuft – «fast von allein» – und wieso er unbedingt selbständig sein muss: «Schon immer Konflikte mit Autoritäten und Hierarchien gehabt.»

Weshalb sie Journalistin werden wollte: «Man bekommt so viele Einblicke.» Dann lacht sie über die Worte und trinkt vom Sekt. Sie hat eine ehrliche Sekunde und zitiert Hermann Müller, der in launigen Momenten stets sagt: «Journalismus besteht zum großen Teil darin, dass man Menschen, die nie gewusst haben, dass Lord Jones überhaupt lebt, verkündet, dass dieser nun tot sei.»

Sonja ist aufgeregt, aber überzeugt, dass er es nicht bemerkt. Sie spürt den Drang, mit einem Mann, der ihr dieses blutige und brutale Ritual abverlangt, so schnell wie möglich ins Bett zu gehen. Alles andere macht nervös. Es ist ein Warten, wie auf eine Schlacht, sonst nichts. So muss es in der zweiten Hälfte des Ersten Weltkriegs gewesen sein. Das Warten macht schlechte Laune. Innerlich ist man furchtbar ernst und versucht vorher noch, etwas zu lachen. Man könnte natürlich sterben, ja vielleicht auch das, aber daran denkt keiner. Für Krone und Vaterland. Es heißt, Krieg ist uralte Kunst und eine rein männliche Angelegenheit. Es herrschen gewisse Konventionen und Vereinbarungen, die man erlernen muss. Zur Not wird nachverhandelt, aber das will der Stolz vermeiden. Nun gut, es gibt auch etwas zu gewinnen, ein halbes Königreich vielleicht. Innerlich ganz ernst. Schließlich sagt Mirko auch das eine: «Du darfst dir niemals die Nase operieren lassen. Die ist Klasse. Das wolltest du hoffentlich nie, oder?»

«Nein. Wollte ich nie.»

Sie entwickeln Hunger, behaupten sie, bestellen Kartoffelpuffer mit Apfelmus und trinken Bier dazu. Im weiteren Verlauf des Gesprächs stellen sie fest, dass sie beide in Hamburg geboren wurden und auch immer hier lebten. Sie haben nie länger woanders gelebt. Sie mögen beide Fisch essen und gehen immer noch gerne am Hafen spazieren. Mit zunehmendem Alter sogar immer mehr, obwohl, es war schon von Kindheit an eine Faszination da. Eines Tages wird man mit seiner eigenen Familie ... aber das gehört nicht hierher.

«Man lernt, das Bekannte zu schätzen», sagt Mirko. Aber es gab eine Phase in seinem Leben, da konnte er den Fluß und den Hafen nicht mehr sehen. Vor Verzweiflung eröffnete er den Tanzclub und die Geschäfte liefen. Er wurde zu einer Institution, als habe die Stadt nur darauf gewartet, dass er einen Club aufmacht. Vielleicht machte man später etwas anderes. Er ist stolz darauf, dass man in seinem Café bis 22 Uhr frühstücken kann. Das gibt es in Hamburg kaum, das ist wie Hauptstadt. Sonja sagt, lange Frühstückszeiten fände sie auch gut, obwohl es schon wieder eine Konformität des Künstlerischen sei. Aber sie sähe selbstverständlich ein, man müsse nicht alles dekonstruieren. Das findet Mirko auch und sagt wie zum Beweis, er besitze zu Hause amerikanisches Popcorn für die Mikrowelle. Sie gehen zu ihm, er wohnt nicht weit entfernt. Es ist hübsch, so eingerichtet. Er wohnt hier schon neun Jahre, sagt er. Sie hören sich *Off the Wall* und *Thriller* an, die maßgeblichen Michael-Jackson-Platten. Jugend und Kindheit werden gegenseitig vernommen. Das dauert geschlagene zwanzig Minuten. Sonja quält sich etwas, sie will nicht über ihre oder seine Eltern reden und lenkt das Gespräch auf Schulfreunde, die wie Michael Jackson tanzen konnten, im Fernsehen als Video-Jockeys berühmt wurden und nun mit Ende zwanzig bereits von der Bildfläche der Popkultur verschwunden sind. Das Popcorn poppt in der Mirkowelle, dann verklebt es Zähne und Gaumen. Sonja und Mirko reden weiter, aber sie werden schnell müde und lüften nicht. Sonja traut sich und beugt sich zu ihm hinüber, nur ein paar Zentimeter. Auf seinem blauen Sofa küssen sie und streicheln sich die Arme. Sittsam, ohne Gier. In der Reduktion deutlich vom neuen Kollektiv beeinflusst. Einmal trinken sie Orangensaft aus der Flasche. «Ich bin nicht verliebt», denkt Sonja überrascht und freut sich über die Zärtlichkeit, die sie für Mirko empfindet. Sie küsst ihn und steckt ihren Finger in seinen Mundwinkel. Sie mag seine schmalen Ohren und seinen kahlen Kopf. Um den Hals trägt er eine silberne Panzerkette. Sonja zieht ihr Oberteil aus.

«Machen Sie bitte Ihren Oberkörper frei», befiehlt sie ihm streng. Er knöpft das Hemd auf und sie hört sein Herz ab. «Das ist aber ungewöhnlich ...? Bitte legen Sie sich zwecks genauerer Untersuchung ins Bett und machen auch den Bereich hier frei.»

Er nimmt ihre Hand, führt sie ins Schlafzimmer. Nackt im Bett umschlingen sie sich, als würden sie sich nehmen. Wild von vorn, zärtlich von hinten. Als würden sie, aber sie machen es nicht. Er küsst einmal ihren Rücken und streichelt ihren Po. Er hat eine Erektion, will aber keine Penetration. «Es ist doch auch so schön, oder?»

Sonjas Nerven machen das nicht mit, sie heult kurz in das Kissen. Nicht klar, ob er es merkt.

«Ich bin so feucht, in mir kann man die Titanic versenken.»

«Warum denkt ihr Frauen, dass Männer immer nur das eine wollen?»

«Ich habe Kondome dabei.»

«Aber es ist doch auch so schön!»

«Hast du Angst, dass du es nicht ... gut machst? Mir ist das egal. Auch schlechter Sex kommt vom Herzen.»

Schließlich reibt er mit den Fingern an der Scheide. Eine Vaginalpenetration wäre für ihren Erregungszustand angemessener, auch angesichts des Ständers. Sie will diesen Orgasmus, atmet sich hinein. Nach einem eher abgekappten Höhepunkt ist sie ruhig. Er will keine Befriedigung, dreht sich um und schläft ein. Die Zeit vergeht so schneller.

Sonja starrt ins Dunkle und überlegt, in welcher Sekunde sie aufstehen soll. In der nächsten oder in der nächsten oder in der nächsten oder in der nächsten ... und ob sie das kann, einfach gehen. «Wären wir bei mir zu Hause, er wäre schon längst abgehauen», denkt sie. «Aber Angie hätte ihn gesehen, dann hätte ich auch mal gepunktet.» Einfach gehen. Nie wiederkommen.

Neben ihr am Bett sitzt der Vampir. Sonja nimmt ihn nicht wahr. Jetzt versucht er, sich bemerkbar zu machen, jetzt, wo Sonjas Körper einen Höhepunkt hatte. Er will in eine gemeinsame Welt dringen.

Sonja glaubt, dass Mirko sie hässlich findet, dass Mirko eine Freundin hat, dass er sie abstoßend findet, dass er ein offensichtlicher Schlappschwanz ist, ein Mensch gewordener Friedhof der Kuscheltiere, einer von diesen konfusen Wanna-Bes, Cocktailphilosophen, Amore-Matikern.

Der Vampir spürt Sonjas Zorn, er steht ganz dicht bei ihr, zischt sie an.

«Gib mir diesen Mann, Sonja, und ich zerfleische ihn.

Gib mir einen Text, Sonja, und ich zerfleische ihn.

Gib mir einen Auftritt und ich bete ihn an. Ganz wie du willst. Der Typ versteht deinen fööörchterlichen Humor gar nicht. Aber ich! Ich bin ich! Ich bin ich! Welchen Namen trage ich eigentlich?»

Er lässt sich verzweifelt auf den Boden plumpsen, dicht am Bett, neben den Haufen abgeworfener Kleidungsstücke. Es sieht ja aus wie nach einem Massaker. Die Körper vergewissern sich, noch am Leben zu sein, es stinkt. Er ringt nach dem Namen. Starrt Sonja an. Geht ganz nah an ihr Gesicht.

«Geh doch endlich nach Hause und arbeite, du dummes Huhn! Heul nicht so rum! Geh zu Dennis und schreibe endlich meinen Film! Dein Film! Ich will leben. Ich bin Vlad! Bin ich Vlad? Du bist eine grausame Mutter, Sonja. Aber genau deshalb mag ich dich.»

Sonja schließt die Augen. Vlad erzählt ihr noch eine Gute-Nacht-Geschichte. Sie handelt von dem jungen Bram Stoker und wie lange es damals dauerte, bis Bram seinem Vorfahren Graf Dracula das Leben schenkte. «Es war das Jahr 1847 und Bram Stoker wurde in Dublin geboren. Da wurde es ihm bald fad, ein Leben als Verwaltungsangestellter, der von Horden blasser Jungfrauen träumt, dauernd erkältet ist, dazu eine schwache Blase, und von seiner finsteren Wirtin bekommt er zweimal die Woche Rote-Bete-Suppe aufgetischt. Wer mag es ihm verdenken, endlich zieht Bram nach London, er will in der großen Stadt sein Schicksal finden. An einem Theater bekommt er einen Job als Acting Manager. Der Applaus gefällt ihm, doch es ist nun mal nicht seiner. Überall Schauspieler, Strumpfhosen, Huren und dumme Lügen. Und zwischen den Samtvorhängen, den Mottenkugeln, Umkleidezimmern und Puderquasten erscheint ihm – Bram Stoker hatte von seinesgleichen nur gelesen – mein Vorfahr Graf Dracula! Ein schrecklicher, blutrünstiger Untoter! Bram belästigte gerade auf der Hinterbühne eine Königinmutter-Darstellerin und verachtete sich dafür, aber dessen nicht genug. Ihr Schweiß roch stark nach den Abbauprodukten des Knoblauchs, hatte sie doch Stunden vorher eine Butterstulle mit Knoblauchsardinen verspeist, grauenvoll. Ja. Das überlebensgroße Bild des Nosferatu mischte sich nun in den körperlichen Ekel vor dem schwefeligen Gewürz. Die Bühnenarbeiter befestigten in jenem Moment ein Kreuz im Bühnenbild, und in Bram ging die Sonne auf, ein mächtiges Morgenrot über den majestätischen Tälern der wilden Karpaten. Tag eins der Schöpfung.»

Sonja schläft jetzt ruhig. Sie hat sich an Mirkos Rücken geschmiegt. Vlad will zurück zu Dennis fliegen, doch etwas hält ihn noch zurück. Angst vorm Fliegen? Es ist leider wahr, er kann es nicht. Er muss zu Fuß. Er hätte gerne ein Auto, es gibt so wundervolle Autos, da täte ihm schon eines gefallen, ein schicker Flitzer, brumm-brumm Bella. Er ist ja erst am Anfang seiner Karriere. Dafür ist Vlad ein begnadeter Tänzer, und bevor er geht, tanzt er in Mirkos Zimmer den *Monster Mash.*

«He did the mash, the monster mash,
wahuu, watt-wahuu
where is the mash?
it's called the monster mash
watt-wahuu, wahuuu
what a lucky girl in the audience!»

Vlad kennt schon eine Menge Musik. Sein Freund Dennis überlegt sich bereits den Soundtrack zum Knoblauchfresser-Vampirjäger-Film. Vlad und Dennis sitzen oft zusammen und hören alte Musikkassetten. Jede Kassette ein Frauenherz, das sich einst nach ihm verzehrte. Vlad hört sich die Sehnsucht der Frauen an. «Hörst du das, Dennis? Das pochende Herz, das kochende Blut. Dieses Mädchen hat von dir geträumt. Ich finde das einfach ergreifend!» Dennis mag eine Kassette besonders. Angie schenkte sie ihm vor Jahren, kurz bevor Dennis sie erhörte und sie zur Freundin nahm. Ihre Musik versprach ihm ein Nebeneinander gemeinsamer Sehnsüchte. Das war viel, wenn nicht alles.

Dennis kann in dieser Nacht, in der Sonja neben Mirko liegt, nicht schlafen. Er sortiert seine Musik. Englischen und französischen Pop, deutschen und türkischen Schlager, er besitzt sogar Orgelkonzerte und freut sich über den gruftigen Grusel. Vlad hat das Problem längst durchschaut. «Dennis macht es zu schnell, unausgereift, holprig. Und Sonja muss man erst einmal in Gang kriegen. Wie einen alten Volvo. Aber seine Eltern kann man sich nun mal nicht aussuchen.» Vlad sieht in die Sterne. Er beeilt sich, nach Hause zu kommen. Bald geht das Licht an.

Ein junger, kurz gewachsener Regisseur, der für bizarre Kurzfilme, eine außergewöhnliche Schönheit des Gesichts (seine letzte Freundin Amara sagte auch: «Nice complexion. Not too light, not too dark») und ein hervorragendes Hockeyspiel bekannt ist, liegt nachts in seiner Londoner Wohnung wach. Bald kommt sein erster Spielfilm in die Kinos, *Night in Limbo*. Ein Independent, knapp unterfinanziert, doch er sieht nach was aus. Nach was Neuem. Ein großer Filmverleih hat gerade angebissen und wird ihn mit vielen Kopien im Sommer herausbringen. Johnny kann nicht schlafen. «Morgen lasse ich mich untersuchen. Ich habe Angst vor Ritter, Tod und Teufel. Ich muss es dem Arzt sagen. Hoffentlich versteht er mich. Nur das Schicksal kann es mir noch vermiesen. Unfall, Aufprall, Amputation. Ich bin oft versunken, so in Gedanken. Achte nicht auf den Straßenverkehr. Jede Ampel kann mir einen Strich durch die Rechnung machen. Bitte nicht.» In dieser Nacht schläft er nicht. Er ist überzeugt, früh sterben zu müssen. Er schwitzt und starrt aus dem Fenster. Er hatte Pläne. Er hätte etwas angefangen mit den Jahren seines Lebens. Es ist zu schade.

Um neun Uhr morgens, Johnny ist gerade auf dem Weg zum Arzt, ruft ihn aus Deutschland Gregory Price an. «Ich habe letzte Nacht Ihren Film gesehen. Wir sollten uns kennen lernen.» Sie verabreden sich für den nächsten Nachmittag im Büro von Johnnys Filmproduktion «opaque Film». Johnny lässt den Arzttermin sausen, fährt sofort ins Büro und sondiert telefonisch das Feld. Welche Bücher hat

Price gekauft, welche Regisseure zerstört, welche Darstellerinnen traumatisiert?

«Hi Darling, wir müssen uns unbedingt wieder treffen, was weißt du über Gregory Price? Er hat tatsächlich noch nie mit Hunden gedreht, was du nicht sagst, bye bye!»

«Er hat längere Haare als sonst? Und mit wem schläft er? Ach so, glücklich verheiratet, und zwei süße Mädchen haben sie. Was meinst du? Adoptierte Chinesenbabys? Bist du ganz sicher?»

Ein Kameramann, den er auf dem Handy in einem Stau in Barcelona erwischt, sagt ihm schließlich, Price sei unausstehlich und launisch, herrisch und egoistisch. Dann überlegt der Mann vier Sekunden, der Verkehr geht drei Meter weiter, und er verändert seine Tonlage. Doch es kostet ihn Überwindung. «Aber er ist auch warmherzig, freundlich und liebenswert. Er hat sich furchtbar über die letzten US-Bombadierungen aufgeregt. Er ist sehr menschlich.»

Johnny notiert hinter die Telefonnummer des Kameramanns «Was für ein blöder Schleimscheißer». Dann findet er in seiner Kartei die Nummer eines alten Schauspielers, der vor vielen Jahren einmal mit Price gedreht hat. Der erzählt ihm, Price sei ein Dämon: «Er steht jeden Tag um halb sechs auf! Dann macht er Krafttraining. Diese Amerikaner drehen noch durch. Nach der Arbeit geht er sofort nach Hause. Und weißt du, was er dann macht? Nochmal Krafttraining! Er achtet auf seine Diät, als wäre er ein alter Furz wie ich. Er trinkt nicht, er raucht nicht, lebt sehr spartanisch und kann kaum einen Scherz vertragen. Und er will immer proben.» Johnny bedankt sich bei dem alten Herrn, stellt ihm in etwa drei bis hundert Jahren eine Hauptrolle in Aussicht und streicht den Mann aus seiner Kartei. Solche Leute sollten möglichst viel Gelegenheit haben, sich auszuschlafen und Shakespeares Werke auswendig zu lernen.

Dann erreicht er eine junge Agentin, die erzählt, Hollywood plane ein All-Star-Movie, voraussichtlich das Remake von *All About Eve*. Da dürfe Price natürlich nicht fehlen. Aber das sei nur eine Vermutung.

«*All about Eve?* Geniale Idee», sagt Johnny.

«Wieso fragst du eigentlich?», fragt die Agentin, die ein Geschäft wittert.

Johnny nimmt sich vor, ihr eine Einladung zu seiner Premiere zu schicken. Am Nachmittag geht er doch noch zum Arzt.

«Ich habe Sie nicht als krank erkannt», sagt der Arzt nach der Untersuchung. Johnny schildert ihm, dass er große Angst hat, vor der Premiere von *Night in Limbo* zu sterben.

«Nachts werde ich paranoid. Und als ich im Schneideraum saß, hat mich das Wort ‹deadline› fast umgebracht.»

«Haben Sie Erektionsschwierigkeiten?»

«Nein, verdammt.»

«Sie dürfen keine Angst haben. Sie sollten Ihren Erfolg genießen», sagt der Arzt. «Die Sterbephantasie hat mit der Erschöpfung und der Abnabelung vom Werk zu tun. Das ist ganz normal. Übrigens habe ich diese Beschwerden schon bei vielen Künstlern erlebt.»

«Es ist die reinste Tortur.»

«Nehmen Sie Drogen?»

«Nein, verdammt.»

«Einige überwinden die Angst, indem sie mit den Toten sprechen. Nicht ausschließlich mit verstorbenen Familienmitgliedern, sondern mit den Ahnen im weiteren Sinne. Sie würden nicht für möglich halten, wie viele Schauspielerinnen nachts mit Romy Schneider reden. Schon seit ihrer Kindheit, bevor sie selbst Schauspielerinnen wurden. Warum wenden Sie sich nicht an Alfred Hitchcock? Ich an Ihrer Stelle würde mich an ihn wenden. Er wusste alles über Todesängste.» Der Arzt lacht, als hätte er etwas Drolliges gesagt, das man ihm verzeihen möge. Johnny fühlt sich missverstanden. Er hat niemanden, zu dem er gehen kann. Keine Frau, keinen Schrei.

Johnny geht ins Museum, um sich Dinosaurier-Skelette anzusehen. Das macht er von Zeit zu Zeit. Es gibt ihm das beruhigende Gefühl, dass alles Große endlich ist. Und dass es die Knochen sind, die übrig bleiben. Im Pulverstaub des Todes liegen sie, die Überreste einstiger Weltherrscher. In unserer Phantasie erwachen sie wieder, fletschen ihre Zähne, kämpfen und legen mächtige Eier, die wir nun als Versteinerungen betrachten. Sie zeigen uns, wie diese Welt einmal gewesen ist. Es ist nur ein Film, sagt er sich, nur ein Film, und starrt in eine andere Museumsvitrine.

Am Morgen des gleichen Tages will Britta Schälmeister zum Altglascontainer. Sie nimmt auch zwei Tüten voll leerer Wodka-Flaschen ihrer Nachbarin von Gardewitz mit, als gute Tat des Tages. «Ach, Frau Schälmeister, können Sie mir bitte noch zwei Flaschen Ei-Shampoo von Schauma und einen Absolut mitbringen, falls Sie noch zum Safeway kommen? Bitte, ich gebe Ihnen mal einen Fünfziger.»

Als Britta auf das Supermarktgelände fährt, tauschen zwei Arbeiter die Recycling-Tonnen aus. Sie stellen leere Container auf und wuchten mit einem Kran die vollen auf ihren Schlepper. Britta wirft die Flaschen in die leeren Container, die Flaschen zerdeppern laut, sie zuckt zusammen. Sie sieht den Arbeitern eine Weile zu, steigt in ihr Auto und wartet. Als alle Altglas-, Plastik- und Altpapier-Container ausgetauscht und aufgeladen sind, fährt der Schlepper los. Britta fährt ihm hinterher. Es geht gen Osten, aus der Stadt heraus, in ein Gewerbegebiet. Nach dreißig Minuten erreichen sie die Wiederverwertungsfirma. Britta parkt vor dem Firmengelände, dann betritt sie das Grundstück. Sie sieht

den Arbeitern beim Abladen zu. Die Arbeiter rauchen und glotzen sie an. Britta geht zurück zum Auto, bleibt eine Weile sitzen und fängt an zu heulen. Als sie sich beruhigt hat, fährt sie zurück zum Supermarkt. Im Safeway besorgt Britta Tee und Milch sowie den Wodka, vergisst aber das Shampoo. An der Kasse erwarten sie eine lange Schlange, dann ein Missverständnis und Kassensturz. Britta muss fünfzehn Minuten warten, um bezahlen zu können. Es ist ihr egal, sie spürt keine Wut, die anderen Kunden hinter ihr schon. «Das kann doch wohl nicht wahr sein!»

Vor dem Supermarkt wird sie von einer jungen Frau angesprochen, Marktforschung. Britta ist damit einverstanden, ihr ein paar Fragen zu beantworten. Sie gehen wieder hinein und stellen sich an den Stehtisch des Supermarktbäckers. Ob sie sich an die Sonderangebote der Woche erinnern kann, wird sie gefragt, ob ihr Aufsteller aufgefallen sind, ob sie die supermarkteigenen Artikel kennt und wie viel Frischobst und Frischgemüse sie aus dem Supermarkt bezieht. Eher wenig, eher mittel oder eher viel? Britta antwortet zerstreut und wahrheitsgemäß und die junge Frau bietet ihr zum Abschied ein Danke-Schön-Geschenk an: Aus einem bunt beklebten Karton darf sich Britta ein Sport-Duschgel oder ein Algen-Peeling aussuchen. Ihr fällt nun ein, dass sie das Ei-Shampoo für die von Gardewitz vergessen hat. Die Schlange an der Kasse ist noch länger geworden. Die Kassiererin ist neu, sie macht dauernd Fehler, dünne Personaldecke.

Britta fährt nach Hause, gibt von Gardewitz den Wodka, das Duschgel und auch den Fünfziger. Von Gardewitz merkt schon nichts mehr. Die Komponistenwitwe trägt ein mintgrünes Designerkostüm aus den 60er Jahren. Eine ausgeleierte Strumpfhose, Farbe *mauve*, schlackert ihr um die schlanken Beine, ihre Füße stecken in schwarzen Pantoletten. Mitten im Flur steht sie, alle Fenster sind weit offen, der Zugwind spielt mit ihren falschen Haaren. Damals, in den 60ern, war sie sehr schön.

«Das ganze Verlangen ist eigentlich lebensnotwendig», lallt sie. «Nein, Frau Schälmeister, lassen Sie es mich so sagen: Das Ganze verlangen ist eigentlich lebensnotwendig.»

In ihrer Wohnung legt sich Britta ins Bett und heult. Zwischendurch kotzt sie. Kocht Tee, den sie nicht abgießt, der kalt wird. Heult weiter. Sie hört nicht mehr auf damit.

Während Sonjas Mutter derart gepeinigt darniederliegt, wird Sonjas großer Wunsch, den amerikanischen Filmschauspieler Gregory Price zu treffen, vom Schicksal begünstigt.

Doch der Reihe nach. Es ist Zeit zum Mittagessen. Chris, der ordentliche Filmredakteur, mustert auf der Pinnwand hinter Gabrieles Schreibtisch eine Vielzahl von Flyern, die Pizza-, Pasta- und China-Bestellkost anpreisen. Er entscheidet sich schließlich für einen Italiener und dessen «Kleine Partyplatte *Callas*». Es soll für ihn und den Praktikanten Micha reichen. Gegen 13.45 Uhr liefert Usman Ghauri die Partyplatte an:

Pfannenrösti mit Räucherlachs, fünf Stück
Krabben in Mayo
Gebackener Camembert (von außen nach innen: Kruste, Ölfilm, Camembert), dazu ein Schälchen Kirschmarmelade

Ein Berg kleiner Frühlingsrollen
«Risotto» (Rundkorn-Reis in sahnig angerührtem Tomatenmark)
Diverse Saucen in Plastikschälchen (Mango-Chutney, Island Dressing, Zigeuner-Schaschlik)
Kräuter-Ciabatta mit einem Päckchen Knoblauchbutter
Dazu eine Flasche Cola
«Guten Appetit!», steht auf der Rechnung.

Der Filmredakteur und seine Verdauungsschwierigkeiten können um 15.30 Uhr unmöglich im Atlantic-Hotel zum Gregory-Price-Interview erscheinen. Und Sonja Schälmeister, einziges Redaktionsmitglied, das den Film auch gesehen hat, ist außer Haus.

«Das Handy ist abgeschaltet», bescheidet Gabriele dem elenden Redakteur. «Sie recherchiert gerade für den großen Donauwellen- und Dauerwellen-Vergleich.»

Sie soll das Thema, laut Hermann Müller, «so fruchtbar wie möglich» machen.

«Sag mal, Micha», fragt Chris den Praktikanten in einer Brechpause, «was machst du eigentlich gerade?»

Micha überlegt kurz. «Ich sabotiere den Kopierer, manipuliere die Belüftungsanlagen der Toilettenräume und überziehe die Computer mit Designerviren.»

Der über ausgezeichnete Magensäure und Darmzotteln verfügende Micha wird somit zum Interview entsandt. Es entpuppt sich als Gruppengespräch mit vier anderen Journalisten. Das Tolle am Job des Filmkritikers ist doch, dass er hochgekämpfte Weltberühmtheiten trifft und mit ihnen zwanglos über «die Bedeutung der Filmarbeit im Kontext von Filmgeschichte, der politischen Situation in Weißgottnichstan und in Anbetracht der Hotelblumen» reden kann.

Dazu ein bisschen über *la dolce*-Privatleben. Und nicht zuletzt versucht man dabei auch, sexy auszuschauen. Micha kann heute auf jeden Fall etwas lernen, zum Beispiel Durchsetzungsvermögen in einer Gruppe ausgebuffter Kollegen. Doch Micha hat den Film nicht gesehen, ist total gestresst, weil beeindruckt, und setzt sich gegen die ausgeschlafene Konkurrenz mit nur einer klitzekleinen Frage durch:

«What want you do your next project? I mean ... your next film ...»

Woraufhin Price das Interview abbricht und zur Regeneration eine Probefahrt bei Mercedes Benz einlegt. Er bekommt einen der weltweit auf 674 Exemplare limitierten SL Final Edition in Schwarz unter den Arsch geklemmt und los. Der Filialleiter dirigiert Price persönlich zur Autobahn.

«Sie sind ein ausgezeichneter Fahrer, Mister Price. Sie haben doch sicherlich schon einen Rennfahrer gespielt?»

Hat er nicht, und die Stimmung ist wieder bei null – bei 220 km/h. German Autobahn!

Sonja Schälmeisters Star-Interview hingegen würde sich in etwa so lesen:

«Zerstörte Schönheit.»
Gregory Price über seine despotische Ehefrau, Jesus Christus als soziale Plastik und das Rätsel der Scientology.
Ein Interview von Sonja Schälmeister.

SS: Wollten Sie schon immer Schauspieler werden?
GP: Als meine erste große Liebe mit meinem besten Freund Walter MacKenzie durchbrannte und ich in McMinnvell zu verenden drohte, schwor ich mir,

nie wieder an Liebeskummer zu leiden. Ich dachte, wenn ich ein Star bin, muss ich nie wieder leiden. Verstehen Sie das?

SS: Ausgeprägte Emotionalität scheint die Grundlage Ihrer Kunst zu sein.

GP: Und jetzt sitze ich hier in diesem Hotel und sterbe fast vor Langeweile. Ist das nicht so bedauernswert wie ironisch?

SS: Was macht Ihre Frau gerade? Kocht sie Marmelade?

GP: Meine Frau. Wie Sie das sagen. Ich bin so weit weg von ihr und fühle mich doch permanent von ihr beobachtet. Sie will Leistung sehen. Ich soll schon wieder Europa erobern. Ich darf nicht das Gesicht verlieren.

SS: Ich wünschte, das Leben hätte wirkliche Wunder bereit. *Er* spricht mich an, wir reden, wir küssen. Hört sich öde an, langweilig. Aber ich wünsche es mir so sehr. Kann es nicht einmal im Leben sein?

GP: Vielleicht muss ich akzeptieren, für den Rest meines Lebens unerfüllt zu bleiben. Zur Not werde ich doch noch Regisseur.

SS: Wie haben Sie Ihre Frau kennen gelernt?

GP: Ich sprach sie an, wir redeten. Wir küssten.

SS: Klingt öde und langweilig. Glauben Sie, dass Leid ein wesentlicher Bestandteil der Kunst ist?

GP: Sich verlieben, das ist ein komplizierter Weg, sich selbst zu idealisieren.

SS: Aber ich bin immer so verunsichert, wenn ich verliebt bin. Völlig unbrauchbar.

GP: Ich sagte ja – kompliziert.

SS: Die Frage ist doch: Haben Sie sich schon mal in jemanden verliebt, der meistens wegschaut, und es ist einfach nicht abzusehen, ob man miteinander reden wird. Und wenn man doch redet, versteht man einander nicht. Trotzdem ist man verliebt.

GP: Mein nächstes Projekt könnte von solch einem Problem handeln. Wir könnten in Italien drehen. Wie ist Italien?

SS: Die Amerikaner haben übertrieben romantische Ansichten von Italien, überhaupt von Europa. Als sei dieser Kontinent eine unendliche Kulisse für melodramatische Handlungen. Krieg, Verlust, Gondeln, Schlösser. Das ist Quatsch. Erwarten Sie nicht zu viel von Italien. Dort sind alle hauptberuflich Fußballtrainer. – Dieser Obstsalat ist wirklich gut!

GP: Haben Sie schon mal gedacht, dass Sie vor Kummer nicht essen können und alles ist wie zugeschnürt und Sie haben immer nur das Bild von einer bestimmten Person im Kopf und dabei merken Sie, dass Sie schon die ganze Zeit am Essen sind. So erbärmlich ist die Liebe der Menschen, da ist immer ein gieriger Körper, der die Schönheit zerstört.

SS: Sie waren gerade einkaufen, was haben Sie erstanden?

GP: Briefpapier. Sagen Sie, wie finden Sie meinen Detektiv?

SS: Ehrlich gesagt: Ich bin etwas in ihn verliebt.

GP: In die Düsternis und Gotik, in seine Nacht.

SS: Als Kind war ich in Justus Jonas von den drei Fragezeichen verliebt.

GP: Wie bitte?

SS: Nur eine Figur aus einer Kinderbuchserie. Fiktive Männer hatten auf mich schon immer die größere Anziehungskraft.

GP: Ich bin nur Schauspieler und buhle um Liebe und

Anerkennung meiner Ehefrau. Damit sie nicht mit MacKenzie durchbrennt.

SS: Schon morgen werden wir in der Zeitung lesen, dass Sie beide sich versöhnt haben.

GP: Weil es wahr ist. Weil MacKenzie ein Riesenidiot ist! Und das ist die entscheidende Wahrheit!

SS: Birgt nicht die Komödie das größte Maß an Wahrheit? Warum spielen Sie nie in Komödien?

GP: Der dramatische Schauspieler neigt in Komödien dazu, den Komiker zu kopieren, seine Spielhaltung einzunehmen und sich seinen spezifischen Charakter anzueignen. Wenn aber jeder auf dem Set ein Komiker ist, ist niemand mehr komisch.

SS: Wollen wir etwas über Seelenwanderung sprechen?

GP: Religion ist ein sehr ernstes Thema für mich.

SS: Sind Sie Scientologe? Und nun raus mit der Sprache!

GP: Ohne mein deutsches Erbe wäre ich vielleicht der, den Sie in mir vermuten. Ich wäre psychisch und in manch anderem Sinne abhängig von der Verehrung einer sektiererischen Gemeinschaft. Ich aber habe den deutschen Grübler in mir, grübel und grabe, grabe und grübel nach dem Kunstwerk. Zerschneide Glas. Ganz alleine, ohne Gefolge.

SS: Sehen Sie sich in der Tradition von Jesus-der-für-euch-gelitten-hat-Christus?

GP: Religionen sind Gruppenkunstwerke, soziale Plastik. Jesus war ein faszinierender, toller Kerl, aber sicherlich kein Schauspieler. Er war echt, wusste alles über die Menschen. Ich weiß gar nichts.

SS: Filme sind doch auch Gruppenkunstwerke!

GP: Moralisch, lichtdurchlässig, vulgär. Ja. In Hollywood nennt man Bibelverfilmungen *Sandalenfilme*. So sind wir. Was haben Sie eigentlich für Schuhe an?

Der Duft von Bergamotte-Öl klebt seit hundert Jahren an den vertäfelten Wänden von opaque-Film, einer englisch-holländischen Filmproduktion, die sich im Kontor des untergegangenen Londoner Teehandels Ferguson & Muirhead eingerichtet hat. Hardy, 25-jähriger Produktionsassistent, stadtweit bekannt als Kapazität auf dem Gebiet der gepflegten Gastlichkeit, kocht eine große Kanne Earl Grey und richtet einen Teller mit Biscuits an. Auf einem silbernen Tablett trägt er das Teegeschirr in das teakgetäfelte Arbeitszimmer, in dem Johnny eine geheimnisvolle Unterredung mit zwei amerikanischen Herren hat. Hardy erkennt Gregory Price nicht, der einen Sporthut und eine hellbraun verglaste Sonnenbrille trägt. Wenn überhaupt, dann lenkt Chevy Chesterton Aufmerksamkeit auf sich. Der Jurist ließ sich vor einem halben Jahr in einer Schweizer Klinik seine mütterlicherseits vererbten Tränensäcke entfernen und hat davon einen lüsternen Gesichtsausdruck zurückbehalten. Will der was? Die Herren schweigen ihn betont an, Hardy entfernt sich. Auch er unbedingt ein Profi.

Zwischen zwei Teeschlucken unterzeichnet Johnny eine Unterlassungserklärung. Nunmehr darf er über das, was hier gesagt und getan wird, kein Wort verlieren. Diese Vereinbarung ist sittenwidrig, gehört aber zum Geschäft. Die Herren sitzen auf hart gepolsterten Ledersesseln, um einen einfachen, unlackierten Holztisch. Price überschüttet Johnny mit Komplimenten für *Night in Limbo*, erkundigt sich nach der unbekannten Drehbuchautorin, nach den jungen holländischen Set-Designern, nach dem allgemeinen Ablauf der Dreharbeiten. Johnny gibt freundlich zu allem Auskunft, ohne Emotionen preiszugeben. Nichts ist so alt wie dein letzter Film.

«Sensationen wachsen leider nicht auf der flachen

Hand», seufzt Price und eröffnet damit das eigentliche Gespräch.

Chesterton nimmt ein Drehbuch aus seiner speckigen Kalbsledertasche und legt es Johnny vor. «Da, die Geschichte von Gutzon Borghum, jenem dänischen Bildhauer, der in den Fels von Mount Rushmore in Süd-Dakota die Porträts von vier amerikanischen Präsidenten haute. Eine wilde Lebens-, Leidens- und Liebesgeschichte, dazu das patriotische Moment und die Idee des Amerikanischen Monuments. Gregory Price ist Gutzon Borghum.»

Johnny ist überrascht. Hollywood bietet ihm also ein *bio-picture* an, die Verfilmung einer «echten» Lebensgeschichte. Über eine Offerte wie «Jane Austens Tierleben» wäre er weniger verwundert. *Night in Limbo* ist ein düsterer Film, verzichtet auf übliche Kompromisse. Dass es ein großer Unterhaltungsfilm ist, im Sinne des kommerziellen Potentials, liegt daran, dass Johnny weiß, er kann dem Publikum einiges abverlangen – wenn er ihm im Gegenzug viel gibt. *Night in Limbo* vermittelt den Eindruck einer Welt, die wir noch nicht kennen, aber nach der wir uns sehnen. Johnny hat eine Welt im Kopf, eine visuell realisierte Philosophie der Welt, die sich in mehr als den Kostümen, Farben, Bauten und Dialogen zeigt. Es ist die Art, in der die Darsteller sich bewegen, wie sie kleine Gesten führen. Wie ihre Mundwinkel melancholisch zucken, ihre Hände Dinge beschreiben, die Füße den Boden berühren. Als lebten diese Menschen in einer Welt, in der es einen Tanz gibt, den wir noch nicht kennen, der uns aber bald wahnsinnig macht. Johnnys Film erzeugt die Sehnsucht, in die Körper der Darsteller schlüpfen zu wollen. «Very cinema», wie die kluge Marjorie erkannte. Johnny ist seiner Zeit voraus, würde man in Hollywood sagen und kalkulieren, um wie viele Jahre genau. Ein Film braucht durchschnittlich zwei

Jahre von der Planung bis zur Realisierung und Premiere. Zwei Jahre der Zeit voraus sein bedeutet, zur Premiere genau den Nerv zu treffen. Mehr als zweieinhalb bis höchstens drei Jahre seiner Zeit voraus zu sein läuft dagegen auf Wahnsinn, bittere Kreuzzüge und einen späten, unverdienten Ruhm in studentischen Arthouse-Programmen hinaus.

Natürlich möchte Johnny mit den Mitteln einer wahrhaft üppigen und großzügigen Produktion nochmal eine Vision verwirklichen. Doch ein *bio-picture* über einen dänischen Bildhauer, der jahrelang einen nordamerikanischen Berg behaute und am Ende ein patriotisches Monument herausholte? Aber wie heißt es so schön: Wie bringt man Gott zum Lachen? Erzähl ihm von deinen Plänen.

«Klingt toll», sagt Johnny und schaut Price an. Da sitzt der amerikanische Held und trägt eine Sonnenbrille, als hätte das vor ihm noch niemand getan. Er bedeckt den Mund mit zwei Fingern und starrt Johnny wortlos an.

«Ich werde es gleich lesen.» Johnny weiß, das war nicht gerade eine originelle Bemerkung. Es ist ihm egal. Engländer werden von Amerikanern ohnehin ihrer originellen Bemerkungen wegen gehasst. Alles zu seiner Zeit.

«Sie kennen sicherlich die alte Regel: Setze deinen Hauptdarsteller in den Rollstuhl und die Oscar-Nominierung ist sicher. Aber über das Ende können wir nochmal reden. Und die Sauereien in der Mitte. Vielleicht ist das Ende wirklich zu ... melodramatisch», überlegt Chesterton.

«Altmodisch», sagt Price. Er starrt Johnny an und lässt Chesterton reden. Der erzählt Geschichten aus Hollywood.

«Wir sprachen natürlich auch mit Dave Devlin, er hatte großes Interesse am Gutzon-Projekt. Zack und aus, Pumpe leer. Er war ein verfluchtes Genie, das muss man ihm lassen.»

«Ja», sagt Johnny.

«Aber er hatte keine glückliche Hand für Ehefrauen. Was ja hinlänglich bekannt war. Sie haben ihn gejagt, die Bienen. Auf dem Set regierte Devlin mit eiserner Hand, aber auf den Partys war er die Kriegsbeute. Ich war bei seiner letzten Hochzeit dabei, mit diesem jungen Ding, Cindy. Hochzeit am Strand. Devlin war schnell betrunken, er schrie die ganze Zeit: ‹Meine Frau ist so jung. Meine schöne junge Frau. Meine schöne junge Frau.› Es dauerte nur wenige Monate und schon lebte das Paar in Trennung, es gab grauenhafte Streitigkeiten, sie hatten sich völlig auseinander gelebt. Von der Liebe nichts mehr übrig. Plötzlich hat er einen Schlaganfall, liegt im Todeskoma. Cindy, also die Kleine, gerade mal so alt wie seine jüngste Tochter, eilt an sein Krankenbett, schrecklich aufgetakelt. Als gäbe es seit *Pretty Woman* in Beverly Hills keine anständigen Geschäfte mehr. Sie schmeißt sich auf seinen Leib, er war noch nicht kalt, ich habe es mit angesehen, und schreit: ‹Oh, mein Ehemann, ich liebe meinen Ehemann, ich liebe meinen Ehemann!› Jetzt streitet sie sich mit den Töchtern um das Erbe. Die armen Dinger.»

«Ach ja», antwortet Johnny.

«Er war ein guter Regisseur, hatte den richtigen Instinkt. Aber ein Erotomane und Romantiker. Solche Leute gibt es kaum noch. Man sagt, wir Hollywood-Leute schätzten die Individualisten nicht genug.»

«Ach ja», antwortet Johnny.

«Aber Sie als Engländer werden weniger Probleme haben. Früher sagte man, wir Amerikaner hätten Sex und die Engländer Wärmflaschen. Haha Wärmflaschen ...»

Johnny lässt sich berieseln. Er interessiert sich nur bedingt für uralte Storys, und um es auf den Punkt zu bringen: Er spielt Hockey statt Golf. Aber Filme wollen sie machen, die besten ihres Lebens. Bild auf Bild und Rolle auf Rolle, und das eigene kleine Leben wird zwischen Ehen und Liebschaften gebettet, hinter hohen Mauern versteckt und in den späteren Autobiographien geschönt. Chevy Chestertons Gerede gehört zu der Vorstellung, die hier gegeben wird, unbedingt dazu. Price findet gerade heraus, wie er sich in Johnnys Anwesenheit fühlt. Ob es gehen könnte.

Chesterton spricht nun von dem großen englischen Genie Alfred Hitchcock und dem Mythos des «besseren» britischen Regisseurs. Dass Briten gute Filme machen, ist für Amerikaner fast so schlimm wie für Engländer die Tatsache, dass Tee aus Indien oder, noch schlimmer, Rotchina stammt.

«Sie wissen ja, was Lord Nelson gesagt hat?»

«Nein, was hat er gesagt?»

«*England expects that every man will do his duty.*»

«Jaja, das hat er gesagt.»

«Und wissen Sie, was ich persönlich unter diesen Pflichten verstehe?»

«Ich bin sehr gespannt.»

«Der Welt Manieren beibringen. Dafür seid ihr Engländer doch gemacht. Dass hinter den Manierlichkeiten ein enormes Barbarentum schlummert ... nun gut. Da gab es diesen blutbespritzten Massenmörder in Birmingham, wie hieß er noch. Die Bestie von Birmingham? Genau. Er stieg in einen öffentlichen Bus, setzte sich zu den Fahrgästen, fuhr ein paar Stationen und stieg wieder aus. Er verteilte eine gewaltige Blutspur über den Bus, die Fahrgäste und die Regenschirme, aber kein Mensch nahm von ihm Notiz, und alle waren furchtbar stolz auf ihre feine englische Art ... haha ...»

Johnny konzentriert sich mühsam auf Chestertons absurden Stahlblick und beobachtet aus den Augenwinkeln, wie Price aufsteht und zum Fenster geht. Er geht auf und ab und schließlich betrachtet er eine Arbeitswand. Dort hängen Bilder von Elfen, Kobolden, Drachen, Riesen und Hexen. Gälische Zeichen, englische Friedhöfe, schottische Gemäuer.

«Eine andere Welt», murmelt Price und blickt auf das echsenartige Gesicht eines Druiden, macht es nach, entwickelt es für den Bruchteil einer Sekunde. Seine Zunge spaltet und schließt sich wieder.

«Ja, so könnte man es eines Tages nennen. Ein richtiger Schocker für Kinder», sagt Johnny und steht auch schon neben Price. «Mein holländischer Partner Ferdinand Boels betreut das Projekt. Und das hier», Johnnys Hand gleitet über die Feen und Zwerge, «ist Material, um später die Kreaturen zu entwickeln.»

Price wendet sich abrupt Chesterton zu. Dieser springt sofort auf.

«Also, Johnny, wann hören wir von Ihnen?», fragt Chesterton.

«Ich melde mich, sobald ich das Script gelesen habe.»

«Fantastisch.»

Johnny erhält von Chesterton einen undurchbluteten Händedruck und führt die beiden ins Treppenhaus. Vor dem Aufzug steht ein Regal mit alten Teedosen, eine Hinterlassenschaft des Teehändlers. Viele davon angerostet, manche noch sehr schmuck. Price fragt, ob er eine haben darf.

«Aber bitte», sagt Johnny und bedeutet ihm, dass er sich eine aussuchen soll. Price wählt ohne Zögern eine Dose mit lindgrüner und weinroter Efeu-Bemalung. Er schüttelt sie, ein paar Teeblätter rieseln heraus. «Haben Sie vielen Dank», sagt Price und blickt Johnny einen Moment lang dankbar an.

«Und gleich haucht er ‹Rosebud›», denkt Johnny, denn Price kommt ihm so rührend unwirklich vor. Und als würde Price es in diesem Moment selbst merken, ist es schon vorbei. Price steigt zu Chesterton in den Aufzug und ist weg.

«Wer war denn das?», fragt Hardy, als Johnny halb benommen durch das Büro taumelt, laut ausatmet und stöhnt. «Sind das die berüchtigten Pornoproduzenten, die seit Jahren einen Regisseur für ‹Manu kann's nicht lassen – stolze Aufständler im Altersheim› suchen? Oder was waren das für drollige Kerlchen?»

«Es tut mir Leid, Hardy. Aber ich kann mir einfach nicht leisten, es dir zu sagen.»

Unten auf der Straße verabschiedet sich Price von Chesterton.

«Und wirst du morgen die Dave-Devlin-Geschichte nochmal erzählen?», fragt Price gelangweilt.

«Wenn es wieder ein junger Regisseur ist – ja.»

«Und wenn er alt und grau ist?»

«Dann frage ich ihn nach der lieben Tante Schneewittchen und den dreckigen sieben Zwergelchen.»

«Bis morgen, Chevy.»

Price nimmt ein Taxi zum Battersea Park und blickt während der Fahrt aus dem Fenster. Er ist erstaunt über das verhaltene Grün in London, über das viele Gestrüpp und die letzten schmutzigen Winterpfützen, die nicht weichen wollen. In Deutschland war der Frühling schon weiter fortgeschritten, die Berliner saßen bei schönster Sonne in Straßencafés, die Hamburger segelten vor seinem Hotel im Aprilwind. Er ruft Marjorie an, sie ist im Hotel. «Ich besuche meinen Sohn», sagt er. In einer Mansion am Battersea Park lebt der achtzehnjährige Andrew mit seiner Mutter

Melanie und ihrem Ehemann David Lloyd, einem Psychoanalytiker. Der Jungianer mit dem spitzbübischen Gesicht öffnet die Tür. Er verbeugt sich leicht.

«Der den König spielt, soll willkommen sein, seine Majestät soll Tribut von mir empfangen; der fahrende Ritter soll seine Klinge und seine Tartsche brauchen; der Liebhaber soll nicht unentgeltlich seufzen; der Launige soll seine Rolle in Frieden endigen; der Narr soll den lachen machen, der ein kitzliges Zwerchfell; und das Fräulein soll ihre Gesinnung freiheraus sagen oder die Verse sollen dafür hinken.»

«Das Willkommen der Schauspieler – Hamlet. Kein Wunder, dass ich jedes Mal Angst vor dir bekomme, Lloyd.»

«Es ist also kein Wunder, dass Melanie gerade im Theater ist, denn auch sie lebt in ständiger Angst vor mir», sagt Lloyd. «Sie probt ‹Der Kirschgarten›. Nächste Woche ist Premiere.»

«Süße Kirschen?» Price reicht Lloyd die alte Teedose.

«Oh, wie hübsch. Hattest du nicht gerade Geburtstag? Alles Gute nachträglich, alter Junge.»

«Ist ... ist Andrew da?»

Lloyd öffnet die Dose, schnuppert darin und deutet dezent auf den Sekretär. Dort liegt der Brief, den Price vorgestern in Berlin verfasste. Das aufgerissene Kuvert liegt daneben. Price steckt Brief und Kuvert ein.

«Bist du im Hotel oder privat untergebracht?», fragt Lloyd.

«Privat umgebracht?», witzelt Price. «Ich bin im *Dorchester*, wie immer.»

«Möchtest du was trinken? Oder essen? Was kann ich dir anbieten?»

Price schüttelt den Kopf. «Dank dir.»

Lloyd geht wieder in Rezitierstellung.

«Lieber Herr, wollt Ihr für die Bewirtung der Schauspieler sorgen?

Hört Ihr, lasst sie gut behandeln, denn sie sind der Spiegel und die abgekürzte Chronik des Zeitalters.»

«Nein danke. Ich mag wirklich nicht essen. Aber ich gebe dir jederzeit eine Rolle. Wenn es das ist, was du willst.»

Lloyd lacht. «Ich werde mir das Angebot ernsthaft überlegen. Vorläufig bleibe ich geschmeichelt. Andrew ist jedenfalls oben.»

An Andrew fällt vor allem eines auf: Er ist ein einarmiger Teenager. Er sitzt auf einem Sofa, sortiert mit der linken Hand Dias und raucht mit der Prothese, die seinen rechten Arm ersetzt, eine Zigarette. Die Musik ist laut, deshalb hört Andrew seinen Vater nicht eintreten. Die 22-jährige Kimberly liegt etwas abseits auf einem Futon, sie blättert in einer Musikzeitschrift und kaut Kaugummi.

– *Glaubst du, wenn du jetzt bald Vater bist, wirst du dieses Popstar-Ding weniger wichtig empfinden?*
– *Ich arbeite den ganzen Tag. Ich bin vermutlich ein workaholic. Vor kurzem sah ich einen Bericht über einen mexikanischen Lastwagenfahrer, der achtzehn Stunden am Tag arbeitet, sieben Tage die Woche. So wie ich.*

Kimberly gehört zu der Sorte Mädchen, die im Leben schon viel gesehen hat. Und so spielt sie mit ihrer Hosenkordel, liest und blättert weiter, während Price und Andrew miteinander reden. Price schaltet als erstes die Musik aus. Andrew steht auf, nimmt eine eingeschweißte Videokassette vom Regal und hält sie so, als müsste er sich mit einem Schild vor dem Vater schützen.

«Hier», sagt Andrew und überreicht Price das Video. «Olympia-Gewinner erklären ihre Techniken, alle Grundschwimmarten.»

«Ach, das ist toll. Du hast also doch an mich gedacht.»

«Und alles Gute nachträglich.»

«Und du sitzt den ganzen Tag hier herum und rauchst?»

«Ja.»

«Oh, du hast einen neuen Arm», bemerkt Price. «Hat der irgendwelche besonderen Funktionen?»

«Joints drehen und Bierdosen öffnen. Und, ach ja – und Onanie.»

«Natürlich. Ja. Sehr schön.»

Als Price die Tränen kommen, hört Kimberly doch noch auf zu lesen und schaut sich die Vater-Sohn-Szene an. So, wie sie sich schon manchen Gregory Price-Film angesehen hat. Menschen beobachten, Gefühle sehen, sich wieder erkennen.

«Ist ja gut, Paps. Ich werde euch im Sommer besuchen. Und grüß Brenda bitte von mir.»

«Das sagst du doch nur so.»

«Ja.»

Price weint und versteckt das Gesicht in den Händen. Er denkt über sein System nach und es kommt ihm erschreckend banal vor. Sein System hat ihn hierhergeführt, auf das Bett seines Sohnes, in diese Szene. Und wieder geht es nur um ihn selbst. Er weiß es und Andrew weiß es. Ein junger Mann ist er, dem er nichts vormachen kann. *Teenager riechen so stark, so plump. Wohl die Hormone. Ich weiß schon, weshalb er mich nicht besucht. Weil ich ihn anstarre. Was für ein Geschenk, mit Teenagern Zeit zu verbringen, ihre Gedanken und Ideen zu hören, sie zu beobachten. Dann die Idee, was damit anzufangen ist. Eine Geste, ein Lachen, eine Wut im Gesicht. Wie spiele ich das? Was ist das? Diese kurze Euphorie, etwas gesehen, etwas gefunden zu haben. Gefolgt von der Schmach. Die Scham, man selbst zu sein. Eine Hyäne ist in mir, eine Aasfresserin. Ist das alles wirklich so systematisch, gangbar, vorgefunden? Habe ich es der*

Biographie zu verdanken, die unveränderlich ist und einen miesen Charakter geschaffen hat: An den entscheidenden Stellen Phasen grausamer Disziplin, Selbstkasteiung und Einsamkeit (nein, wirklich ...). Dann folgt die Ermunterung – doch nicht zu viel davon. «Du hast wahrlich Talent», sagte Pacino einmal, «aber vielleicht ist es das schon ...?» Gab das Fragezeichen damals den Ausschlag? Ich spüre es wieder. Hat es so sehr in mir gebohrt, das Fragezeichen? Ich muss fort von hier. Er mag mich nicht, mein Sohn. Auch Pacino spricht kein Wort mehr mit mir. Ich bin selbst noch ein Kind. Das sagte Beatty beim Golden Globe. «Price hat die Kraft eines explosiven Teenagers.» Warum ist Andrew nicht mein Vater und ruft mir zu: «Kannst du mir verzeihen?»

Nachdem sein Alter mit dem Weinen aufgehört hat und voll gepumpt mit Emotionen in großer Hast gegangen ist, erzählt Andrew der nach wie vor unerschrockenen Kimberly eine Geschichte, die er einmal von seiner Mutter gehört hat.

«Früher», erzählte Melanie ihrem Sohn, «als ich mit deinem Vater in New York lebte, wir beide waren fast noch Teenager und es war kurz vor deiner Geburt, da war er ein ganz anderer Mensch. Wir besuchten die Schauspielklasse und er jobbte in der Verwaltung einer Spedition. Eines Tages, vor Arbeitsbeginn, verkleidete er sich mit etwas einfachem Make-up und dem grauen Anzug eines Freundes. Mit wenigen Mitteln, aber er war gar nicht wieder zu erkennen. So ging er in die Spedition und gab sich als Finanzbeamter aus, der aus Versehen einen Tag zu früh zur Buchprüfung erscheint. ‹Na, wenn ich schon hier bin, kann ich sicherlich einen Happen in Ihrer Kantine bekommen?!› Der Chef persönlich begleitete ihn und spendierte ein Gurkensandwich und Tomatensaft. Keiner in der Firma erkannte ihn, und alle hatten große Angst, dass am nächsten Tag das

Finanzamt anrollt. Es gab viel Aufregung. Er hatte seinen Job riskiert, aber er wusste, dass er absolut perfekt gewesen war. Die Konzentration, das Timing, dieses Schweigen um den echten Komödianten herum.»

«Witzig», sagt Kimberly.

«So witzig wie der Leibhaftige», antwortet Andrew. «Am nächsten Tag beschloss er, das alles nur noch traurig zu finden. Er hat nie im Leben eine Komödie gemacht. Und als ich zur Welt kam, war er schon dieser dramatische Charakter.»

Kimberly blickt Andrew versonnen an. Sie überlegt, ob sie sich nicht vielleicht doch in ihn verlieben könnte. Der Metallarm. Aber es war eine Überlegung wert gewesen.

«Ihr seht euch tierisch ähnlich. Er ist so jung.»

«Komm, lass uns rausgehen. Du schuldest mir noch einen Hamburger.»

Und Kimberly rafft sich auf, sie hat plötzlich unsägliche Lust auf süßes Popcorn.

Wie sehr man sich doch selbst stimulieren muss, wenn man schlecht unterhalten wird. Doch solange es keine Garantie auf gute Unterhaltung gibt und einzig der Wunsch nach «Guter Unterhaltung» regiert, wird es Menschen geben, die versuchen, es besser zu machen.

Dennis und Sonja liegen in einer Halbfestung aus Videokassetten, sie starren auf den TV-Bildschirm. Sie schauen sich Szenen aus alten Hollywood-Mammutproduktionen der 30er bis 60er Jahre an. Gezielt wollen sie nur solche sehen, in denen es Massen von Statisten gibt. David O. Selznick- und Cecil B. de Mille-Produktionen, einige in Warner-Colour, viele in Schwarzweiß, manche schon in Cinemascope oder VistaVision.

«Wofür steht das ‹B› bei Cecil B. de Mille?», fragt Dennis und ahnt, dass Sonja ihm die Antwort nicht schuldig bleiben wird. Sie holt brav das Filmlexikon.

«Rate!»

«Cecil Bibbi de Mille.»

«Fast.»

«Cecil Bigfoot de Mille.»

«Fast.»

«Cecil Bobby Bingo Barry Banane de Mille.»

«Blount. Cecil Blount de Mille. Hübsch, oder?»

«Komm her, setz dich wieder zu mir.»

«Und wofür steht das ‹O› bei David O. Selznick?», fragt Sonja, die neuen Gefallen an ihrem Lexikon findet. Dennis zuckt die Schultern, es interessiert ihn nicht mehr. Er hat zwar diesen großen Respekt vor den Werken der Pharaonen, doch er merkt gerade, deren Schuhgröße oder zweiten Vornamen muss er nicht unbedingt kennen. Er will sich nicht in Ratekisten und Rätselecken tummeln und angemülltes Wissen absondern. («Der zweite Vorname lautet Oliver! Applaus für unseren Kandidaten!»). Seine Leidenschaft für die Monumentalwerke von Hollywood ist Instinkt. Reiner, göttlicher Instinkt, ihm im Schlaf gegeben.

Sonja stellt das Lexikon zurück und legt sich neben Dennis. Sie teilen einen Joint, trinken Cola und konzentrieren sich einzig und allein auf die Statisten. Sie spulen vor, bis zur nächsten Statistenszene. Und zur nächsten. Dann die nächste Kassette und die nächste Szene. So viel Aufmerksamkeit haben sie nie gehabt: die Indianer-Statisten. Die Cowboy-Statisten. Die Südstaatler-Statisten. Die Yankee-Statisten.

Die Hoteljungen-Statisten.

Die Tänzerinnen-Statisten.

Die Spanier-Statisten.

Die Holzfäller-Statisten.

Die Saloon-Statisten.

Die Teeparty-Statisten.

Die Freundeskreis-Statisten.

Die Straßen-Statisten.

Die Verwaltungs-Statisten.

Sonja und Dennis lachen sich tot: diese Bemalung! Die Körperhaltung! Erstarrt, wartend, humpelnd, husch-husch. Eben mal durchgelaufen oder gemütlich geschlendert. Und diese Gesichter: Euphorie! Dieses Lebensglück, dabei zu sein.

Vom Pferd zu fallen. Und zack – vom Pfeil getroffen. Ums Feuer getanzt, zur Sphinx gebetet, Jesus berührt, Alexander den großen Zeh massiert.

Das Statistenleben ist doch gewaltig!

Dann konzentrieren sich Dennis und Sonja auf die Kleindarsteller, die ein bis zwei Sätze sagen.

«Famoses Blatt, alter Junge!»

«Bedaure, in einen englischen Club haben Damen keinen Zutritt.»

«Die Rettungsboote?! Was meinen Sie mit ‹die Rettungsboote›?»

«Lady de Winter empfängt heute keinen Besuch.»

«Käpt'n, wir haben keinen Dampf mehr.»

«Bitte um eine milde Gabe, Gott schütze Sie, mein Fräulein.»

«Anscheinend ist er Ihnen durch das ganze Land nachgereist.»

«Kochend heißes Wasser – und viel heißes Wasser!»

Sie überlegen sich gute Gründe, wieso aus bestimmten Kleindarstellern keine Weltstars wurden. «Der ist zu alt. Außerdem ist er zahnlos.»

«Eben ein genialer Kleindarsteller.»

«Ja, der Zahnlose ist ein genialer Kleindarsteller.»

«Die Frau da hinten ist hübsch, aber eben nur hübsch.»

«Und die dort hinten ist zu dünn, gar keinen Busen nicht.»

«Zu groß, der Mann.»

«Zu dick, der dahinter.»

Gute Statisten sind diejenigen, die sich nicht in den Vordergrund spielen, die einen nicht direkt anschauen, die sich nicht aufdrängen oder sich bei einem etablieren wollen. Viele Statisten sind lasch. Lasch, lasch, lasch, lasch, lasch. Und doch, manchmal begreifen sie es nicht: «Also weshalb der da hinten, mit dem schwarzen Hut, kein Star geworden ist, ist mir ein Rätsel. Hat doch alles!»

«Und sie da, dritte links, da hinten. Zum Verlieben. Fotogen, gewinnende Art, lange Beine.»

Dahinten, dahinter. Steckt manchmal eine tragische Geschichte.

Dennis stellt sich vor den Fernseher und nimmt *Performance*-Haltung ein. Er räuspert sich und macht ein allwissend trauriges Gesicht. Sonja spendet ihm Applaus.

«Was willste hören? Einen Vortrag über schwule Kung-Fu-Filmer?»

«Wie du willst», lacht Sonja.

«Man nehme eine weiche Droge, einen Videorecorder – denn wenn du den Videorecorder einschaltest, konfrontierst du dich mit deinen Sehnsüchten – und ein paar Leute, die, während der Film läuft, permanent dicke Ideen haben und dauernd reinquatschen. Die Aufgabe ist heute: ein Film über das Weinen. Wie lautet der Titel? Vorschläge, bitte.»

«Warum weinen in der Nacht», ruft Sonja.

«Rot geweint», kommt es aus der Ecke von Vlad. Er ist echt breit, aber das merkt wieder keiner.

«Während du weintest», sagt Sonja. «Die Tränen von Santa Dolomita.

Der Klang des Weinens! Eiskalte Träne! Helles Weinen! In Paris geweint!»

«Weinen und frei sein», flüstert Vlad. Er ist so matt.

«Mailand weint für dich», fährt Sonja fort. «Die Traurigkeit, die du mir gelassen. Das Salz einer Träne!»

«Um sein Leben weinen», hustet Vlad.

«Und sie weint vor der Kapelle!»

«Gut, gut», lobt Dennis. «Melodramatische Szenen, bei denen man weinen *muss*, gibt es zuhauf. Aber welche Rolle spielen Erkältungen? Wie weint man über Leukämie? Können blonde Frauen so gefühlvoll weinen wie Brünette? Der Filmer muss davon ausgehen, dass Gefühle manipulierbar sind. Das miese durchschaubare Geschäft mit den Tränen. Es gibt Tränen-Tests in Hollywood, da werden Taschentücher zu Arbeitswerkzeug. Spätestens im dritten Semester an der Filmhochschule von Los Angeles oder New York muss man das können: Flüsse umleiten, Niagarafälle entfachen, Tränen befehligen. Das ist keine Kunst. Das ist großer Kinderkram für Regisseure, die heutzutage nicht mal eine Show im Vormittagsprogramm eines Lokalsenders bekommen. Orte von Tränen sind: Hochzeiten, Zwiebelküchen, Friedhöfe und Kreißsäle, Schauspielschulen am Tag der Aufnahmeprüfung, Schloss Balmoral, Arbeitsämter, Herrenklos, Autowerkstätten, Zahnarztpraxen, Fahrradläden, Baustellen. Orte *ohne* Tränen sind: Büchereien und meine Wohnung. Accessoires zum Weinen: Herrentaschentücher – die sind in Größe und Gestaltung für Frauentränen eindeutig schöner –, eine Sonnenbrille zum Verbergen der aufgequollenen Augen, Teebeutel, Kälte-Maske, Sherry, Whisky, Sekt – zur Ernüchterung – und ein schalldichtes Kissen zum Bedecken des Hauptes. Auch bei verlorener Liebe zu gebrauchen.»

Ein Schlüsselbund rasselt, die Haustür öffnet sich, Angie kommt nach Hause. Sie guckt kurz ins Gemeinschaftszimmer, Sonja und Dennis gucken zurück, als hätte man sie beim Apfelklau überrascht. Angie sagt: «Hallo» und schließt die Tür. Dennis nimmt nervös die Fernbedienung und schaltet den Recorder aus. Er sagt zu Sonja: «Warte mal kurz» und geht aus dem Zimmer. Im Flur begrüßt er Angie. Sonja blickt auf den schwarzen Bildschirm, der ihr die Nummer des Videokanals anzeigt. Zehn. Das war's wohl. Sie geht durch den Flur auf ihr Zimmer. Angie erzählt gerade, dass sie müde vom Sport ist. Dennis behauptet, ah ja, zu verstehen. Aber Angie denkt, er versteht sie nicht. Während sie hüpfte, lief und schwitzte, kam sie zu keinem Ergebnis über ihre Zukunft. Sie freut sich auf den Roman, der auf ihrem Bett liegt. Ein Friede, im Bett liegen und lesen. Das versteht Dennis nicht, das hat sie nicht bei ihm gefunden. Er raucht im Bett und starrt die Decke an. Wie ein ums Vieh betrogener Cowboy, der auf die Fieberstrahlen der Morgensonne wartet. Dennis schweigt intensiv, raucht intensiv, starrt intensiv aus dem Fenster. Als käme so der Durchbruch. Er sah gut dabei aus, sodass Angie ihn gewähren ließ, jahrelang.

«Wir gucken alte Filme. Mann trifft Frau, er rettet sie und bekommt am Ende Eintopf und das halbe Königreich.»

«Ach, Dennis. Lass mich bitte in Ruhe damit.»

«Hast du kurz Zeit?»

Er wird sagen, lass es uns nochmal versuchen. Er möchte sich mehr Mühe geben, sich verändern. Sie will aber nicht, dass er ihr Zimmer betritt. Dort stehen Flohmarktkisten, in ihnen stecken alte Geschenke von ihm. Pullover und Taschen, die sie nie wieder tragen wird. Sie gehen vor die Tür, stehen auf der Straße, es ist windig. Angie hört sich alles an und friert. Nachdem er seinen Standpunkt viermal wiederholt hat, schickt sie ihn mit einem Wangenkuss nach Hause.

«Du wirst sehen, es ist besser so. Gute Nacht. Wir sehen uns.»

Rock Hudson: Ab morgen werden wir uns nie wieder trennen.
Jane Wyman: Ab morgen. Ach.

Als sie wieder oben in der Wohnung ist, hat Sonja den Videorecorder ausgeschaltet, die Kassetten zurückgespult und in die Hüllen getan. Sie hat die Coladosen weggeschmissen, das Gemeinschaftszimmer gelüftet und Mirko angerufen. Er ist nicht da. «Besser so», denkt sie. Aber sie weiß genau: Er arbeitet heute nicht. Männer verachten Frauen, die anrufen. «Reiß dich doch zusammen, zeig dich nicht so bedürftig», denken sie, wenn man trotzdem anruft. Obwohl, sie plaudern nett und sind freundlich. Irgendwann fragen sie, welche Musik hörst du im Hintergrund, und ahnen, dass man rot wird. Zufällig ist es ein Lied mit einer Phrase, die man nicht aussprechen kann. *Darling, what went wrong* ... Männer tun so, als würden sie sich über den Anruf der Frau freuen, die sich bedürftig zeigt. Dabei ist es in dieser brutalen Welt völlig normal, wenn sich ein Mann sechs Wochen lang nicht meldet. Wenn er sich nie meldet, egal, ob ihr einmal Sex hattet oder nicht.

Es macht Sonja krank und sie geht ins Bett. Aber das Einschlafen fällt ihr schwer, sie hat mit Dennis zu viel Cola getrunken. Sie phantasiert, wie Mirko sie begehrt. Wie er stöhnt, ihren Hals küsst, in sie stößt und schnaufend den Geruch ihrer Haare einatmet. Diese Sehnsucht nach dem Begehrtwerden hatte sie, genau diese, keine andere, schon als 12-jähriges, 13-jähriges, 14-jähriges, 15-jähriges Mädchen. Sie hatte noch keine Bilderfolgen und wissenden Worte dazu und war doch schon im Gewühl. Dann bekam die Sehnsucht einen Namen. Und wieder einen und wieder. Immer so fort und so weiter für alle Tage. Bis ans Ende des Lebens. Warum nicht auch «Mirko». Man kann sich doch daran gewöhnen, an diesen Namen. Bis der nächste kommt. Man sieht also: Es gibt in der Liebe mehr Erfahrungen als die Unklarheit über Anrufe.

Vlads Mattigkeit ist wie weggepustet. Der Vampir stellt Dennis in dessen eigenen vier Wänden und nutzt die verzweifelte Situation schamlos aus. «Die Rache ist mein!», brüllt er und probiert aus, wie sehr sein Domino flattern kann. Beeindruckend ist das nicht. Jedenfalls noch nicht.

Dennis will Angie zurückhaben, das weiß er jetzt. Er nimmt Stift und Papier, geht in die Küche, schließt die Tür, setzt sich an den Küchentisch. Der Drang zu schreiben, ja sicher, aber da ist dieser gewaltige Reigen von Umständen, der ihn daran hindern möchte. Auf dem Anrufbeantworter locken Stimmen, mitzumachen, dabei zu sein. Ein Essen, eine Spritztour, ein Koma. Dennis aber schreibt jetzt und Seiten entstehen. Ein Dialog, ein neuer Charakter, eine Szene. Und in Skizzen: noch eine Szene. *Action is character.* Weil Action die Ausnahme ist. Meist wartet man, ist ein sich langsam verzehrendes Krokodil, still und müde fastend, und hofft auf fette Beute.

Vlad wird kräftiger, der Domino flattert, immer mehr, als würde Vlad fliegen. Als würde er vor einer Windmaschine stehen. Eine, die man bei Filmarbeiten einsetzt. Aber die Frisur bleibt streng gekämmt und elegant, nach Art der *roaring twenties.*

«Ich komme! Berliner Blut – ich komme!», ruft Vlad. «Hahaha – harrrr.»

Die Fingernägel werden lang und spitz, weißes Horn ist ihm gewachsen. Nach dieser Nacht kann Vlad schon Auto fahren. Er bekommt einen schwarzen BMW.

«Was wird Sonja dazu sagen?», fragt sich Dennis, bevor er ins Kopfkissen sinkt. «Ich werde es morgen ändern. Morgen ist auch noch ein Tag. Sonja zuliebe: Ein roter BMW.»

«Rot wie Blut, mein Lieber», seufzt Vlad und beißt Dennis auf die Brust, dort, wo das Herz ist. Dennis zuckt zusammen.

«Ich weiß, es ist ein entsetzliches Gefühl, sein Blut aus sich herausrinnen zu spüren, ganz gleich, wie bereitwillig man es gibt», tröstet Vlad. Er leckt und trinkt, aber nur ein klein wenig. Dann darf Dennis schlafen, tief und traumlos.

«Welch köstlicher Tropfen. So jung und stark», sagt Vlad und verschwindet in dem Rest der Nacht.

Wie der Türke sagt: Wasser schläft, der Feind jedoch ist schlaflos.
Graf Dracula (Bram Stoker, Dracula)

Hamsa Ali Amin und Nassir Ali Amin werden in wenigen Minuten Wiebke und Maike kennen lernen, zwei zierliche Sozialpädagoginnen Mitte dreißig. Diesmal wird es keine Verletzten oder Beschädigten geben. Nicht unter den Frauen. Gelobt und versprochen.

Hamsa und Nassir fläzen sich auf weißen Plastik-Liegestühlen im Entspannungsbereich der Alster-Schwimmhalle. Sie fragen sich, ob die beiden Frauen, die neben ihnen liegen, schwimmen können. «Vielleicht finden wir einen Anhaltspunkt. Durch eine neue Methode namens Kombinieren», eröffnet Hamsa seinem Bruder. Denn das hatte er einmal vom Colonel gehört.

«Sie wird von der britischen Polizei angewandt!»,

pflichtet Nassir begeistert bei, der zu den glorreichen Zeiten des Colonels ebenfalls davon Wind bekommen hatte.

«Bei Frauen und Tabak bloß nicht zieren, erst mal alles durchprobieren!», zitiert Hamsa den Colonel, denn er war ihm oft wie ein zweiter Vater.

«Was sprecht ihr denn für ein Kauderwelsch?», ruft die hellblonde Frau herüber. Hamsa und Nassir haben sich auf Urdu, der Sprache ihrer Provinz, und Englisch unterhalten.

«Ja, deutsch», antwortet Hamsa.

«Deutsch, ja», sagt Nassir. Die Männer nennen ihre Namen und geben den Frauen die Hand. Wiebke und Maike.

«Seid ihr Mohammedaner? Ich interessiere mich sehr für den Islam», fragt Wiebke, die Hellblonde im schwarzen Badeanzug.

«Ich habe mich auch mal sehr für den Islam interessiert», erzählt Maike. Ihre Haare sind wie Nusskuchen und ihr Badeanzug erinnert an Wassermelone. «Ich hatte mal einen türkischen Freund, das war der Göksel, und der wollte, dass ich Mohammedanerin werde. Hatte mich schon gründlich informiert. Aber die Sache platzte dann.»

«Kannst du schwimmen?», fragt Hamsa.

«Geht ins Wasser, schwimmen», sagt Nassir.

Wiebke und Maike erheben sich, streichen sich über Bauch und Oberschenkel, als prüften sie, ob noch alles da ist. Langsam und geziert, mit gespreizten Fußzehen, rot lackiert, stolzieren sie zum Becken. Dieses Bild findet Eingang in die Seele der Amin-Brüder. Sie folgen ihnen.

«Erst mal du und du», sagt Nassir und tippt die Frauen an. Sie gleiten ins Wasser und die Brüder bleiben am Beckenrand zurück. Sie beobachten die Bewegungen der Frauen und tippeln mit den Füßen erregt auf der Stelle. «Kraul! Kraul!», ruft Nassir den Frauen zu, die das Brustschwimmen beispielhaft betreiben, und er macht deren Bewegungen nach. «Jetzt schau doch hin, Hamsa. Schau doch!» Wiebke und Maike legen energisch zwei Bahnen zurück. Sie tuscheln miteinander und kommen aus dem Wasser. «Sollen wir euch zeigen, wie das geht?»

Hamsa und Nassir lächeln. «Wieder sitzen?», sagt Hamsa und will zurück zum Liegestuhl. «Jetzt müsst ihr schwimmen!», sagt Maike und versperrt ihm den Weg.

«Los! Mitmachen!», ruft Wiebke und nimmt Nassirs Arm. Er zuckt zusammen.

«Zu kalt!», sagt Nassir.

«Zu früh!», sagt Hamsa.

«Die können gar nicht schwimmen», erkennt Wiebke.

«Stimmt das?», fragt Maike.

«Wir können schwimmen!», brüllen die beiden Jungs, tippeln wie verrückt auf der Stelle, reißen die Augen auf und springen plötzlich ins Wasser.

Oder wurden sie geschubst? Sie sind selbst gesprungen. Sie glauben, alles zu können. Sogar ertrinken. Sie halten sich aneinander fest, gluckern unter. Sie versuchen, sich gegenseitig rauszustemmen,gluckern unter. Kraulen nicht, schlagen aber. Kämpfen miteinander. Einer ist immer unten und schluckt Wasser, hat Todesangst und stemmt sich wieder hoch, sucht Halt an seinem Bruder. Der gibt nach, gluckert unter, hat Todesangst und stemmt sich hoch. Die Frauen lachen und kreischen vor Vergnügen. Schließlich erbarmen sie sich und retten die Pakistanis, die auf Teufel komm raus nicht zugeben können, dass sie etwas nicht beherrschen. Vor allem etwas, was in Deutschland jede dreijährige Frau kann. Mit Freischwimmer, Abzeichen und allen Ehren. Da heißt es: Gesicht bewahren!

Hamsa und Nassir ist furchtbar übel, sie haben literweise Chlorwasser geschluckt. Sie schnaufen und stöhnen. «Hei, hei.» – «Uff, uff.»

Halb bewusstlos liegen sie auf weißen Plastikstühlen und hören sich das Gerede ihrer Lebensretterinnen an. Wiebke hat sich an der Bar der Relax-Zone ein gezapftes Bier geholt, Maike hält eine Weißweinschorle mit Zitrone und Eis in der Hand. Sie setzen sich zu den Geretteten.

«Ich möchte wieder mit dem Göksel zusammenkommen. Mein Ex, der Göksel. Er hält mich vom Alkohol ab.»

«Und dass die Mohammedaner beschnitten sind, finde ich viel besser. Das ist hygienischer.»

«Und die können länger. Der Göksel jedenfalls. Hihihi.»

Hamsa und Nassir husten und stöhnen, wollen besser gar nichts hören.

«That's a fine mess, you have got me into, Hamsa.»

«That's a fine mess, *you* have got me into, Nassir.»

Die Brüder begreifen nun, dass sie sich in ihrer Freizeit nicht in Schwimmhallen aufhalten sollten. Sie hatten davon gehört, wollten es aber nicht glauben: Hier werden Ausländer sexuell belästigt. Dabei sahen Wiebke und Maike ganz harmlos aus.

Dennis muss aufstehen, er bleibt liegen. Er muss zur Arbeit, aber er gammelt im Bett, will träumen und diesen Traum betrachten. Handelt er nur von Ruhm und Anerkennung? Handelt er von Angie, ihrem Lächeln, dem Haar im Sonnenlicht? Wie sieht so ein Traum eigentlich aus, bevor der Tag beginnt. Ist es nur ein Kitsch, also feister Zuckerguss auf Festtorte. Tatsächlich so etwas wie ... Liebe am Strand. Dennis starrt an die Decke und sieht auf den ersten Blick, es ist ganz anders. Er sieht den Traum in der Ecke kauern. Er hat sich dorthin verzogen, um den Tag und den Job zu überstehen. Es ist der Traum, sich selbst zu glauben: Ich bin gut! Sich selbst zu glauben: Ich bin gut für diese Welt, in die ich geboren. Das macht nur traurig. Kein Wunder, dass sich der Traum verzogen hat. Vergammeltes Träumen am Montag, es fliegt durch die Zwei-Zimmer-Wohnung und betrachtet eine kleine Welt.

Im Toilettenraum hängt eine Filmpostkarte von Sylvester Stallone, aus *Rocky*. Mit Blut und Schweiß im Gesicht, gebenedeit sei dein Leib, Erlöser, *The Italian Stallion*. Über der Spüle hängt ein Bild Al Pacinos in der Rolle des jungen Michael Corleone aus dem Film *Der Pate*. Die Schauspielerin Demi Moore klebt als Soldatin Jane auf dem Spind. Das Bett ist 1,40 mal 2 Meter groß, ein einfacher Bettkasten auf Ziegeln. Dennis besitzt zwei rote Cordsessel, schöne Stücke aus den 70er Jahren, dazu passend einen grau lackierten Holztisch. Auf dem Balkon hängt ein Galgen, daran ein Sandsack der Marke «Alex Sport». In der Küche gibt es türkische Teegläser mit Goldrand, ein paar stumpfe Messer, weiße Teller und Stahltöpfe. Seine Bücher und Videokassetten sind unter dem Bett in einer Holzkiste verstaut. Daneben in einem Pappkarton eine Partie gezockter hellblauer Levis-501-Jeans der Größe 36/34, die niemandem passen. Eine weiterer Pappkarton mit illegaler Unterhaltungselektronik und geklauten Laptops liegt auch noch unter dem Bett. Macht einen unschuldigen Eindruck. Dennis bewahrt die Ware zeitweise für einen Kumpel auf. Allerdings ist Ali-Peter schon seit Monaten nicht mehr aufgetaucht und die Kartons verstauben. Ein alter Fernseher steht direkt am Bettende, ein Videorecorder daneben. Die Musikanlage ist in der Küche. Die Wohnung riecht nach frisch gewaschener Wäsche und Zigaretten. Im Flur hängt ein Schwarzweißfoto: der Vater Erkan Okan als junger Mann. Das Bild der Mutter Marion Neumann ist in Dennis' Portemonnaie. Das Foto von Angie liegt einen Moment am Bett, einen anderen in der Küche, Dennis bewegt es ständig durch die Wohnung.

«Alle wollen mir vorschreiben, wer ich bin und was ich

werde», hatte Angie gesagt und sich nach dieser Hauptanklage unter seine Bettdecke verkrochen. «Wenn ich Schlittschuhe wollte, musste ich gleich eine Eisprinzessin werden. Als ich Gitarre spielte, sollte ich Schlagersängerin werden. Und als ich in der Schulaufführung eine kleine Rolle wollte, gab mir der Lehrer gleich die Julia. Mein Ehrgeiz war nie größer als die Träume, die die anderen für mich hatten.»

«Sei doch froh», tröstete sie Dennis. «Als mein Alter abhaute, gab es noch nicht mal jemanden, der mit mir Fußball spielte und mich in der Nationalmannschaft sehen wollte. Ich finde es gut, wenn es Leute gibt, die Phantasien über einen haben. Vielleicht ist das die einzige Chance, die man im Leben hat.»

«Die Phantasien anderer Menschen sollen die einzige Chance sein, die man hat im Leben? Du willst mich gar nicht trösten. Du bist gemein.»

«Glaubst du, ich sollte woanders hinziehen? In eine andere Stadt. In ein anderes Land.» Dennis sah sie erwartungsvoll an und sie versteckte sich wieder unter die Bettdecke.

«Weiß nicht. Vielleicht. Mach doch, was du willst.»

Dennis wollte von ihr wissen, wer er ist und wo er hingehört. Seine Schönheit versprach ihm was, schon früh im Leben, doch niemand gibt es ihm. Schönheit ist ein eitles Blei, falsches Versprechen, schnelles Geschäft. Dennis erklärte Angie auch nie, wer sie ist. Sie ist sein Mädchen, sie gehören zusammen. Mehr brauchte sie nicht zu wissen. Er sprach von sich, drehte sich im Kreis der Vermutungen, wurde wild und verzweifelt davon. Angie nahm ihn in die Arme, küsste, legte sich auf ihn. Die Liebe bewirkte, dass Dennis ruhig und müde wurde. Deshalb ist wahr, was sie sagte: «Sex ist für mich die einzige Möglichkeit, vernünftig mit Dennis zu reden.» Nach der Liebe konnte Dennis sich im Fernsehen einen Film anschauen, ohne zu fluchen, weil dieses oder jenes einfach schlecht gemacht war.

Angie schaut Filme nicht bis zum Ende. Sie hat nicht mal einen Lieblingsfilm. Wenn man sie fragen würde, dann wüsste sie so schnell keinen. Jeder hat einen Lieblingsfilm, mindestens zehn.

Dennis steigt aus dem Bett und sucht die Goldkette, die ihm sein Vater zum zwanzigsten Geburtstag schenkte. Mit seinem Sternzeichenanhänger, einem goldenen Skorpion. Weder Kette noch Vater hat er in den letzten Jahren gesehen. Er findet sie im Spind, in einem aus der Mode gekommenen Jacket. Er hängt sich die Kette um den Hals und ruft die Chefin vom Autoverleih an. Er nimmt sich den Tag frei. «Kein Problem», sagt die Chefin. «Nimm dir einen Wagen. Heute ist nichts los, wir haben keine dreißig Prozent Auslastung.»

In der Tiefgarage des Autoverleihs sucht er sich etwas Passendes.

«Fließheck ist besser, ne?» Vlad hüpft durch die Garage.

«Ein Abenteuertag mit Auto!», ruft er begeistert. «Ich kenne da eine Geschichte, Dennis. Hör mir zu: Eine Frau möchte ein Auto kaufen! Das ist keine Geschichte, das ist ein Vorhaben. Es kann schiefgehen. Wie viel Geld hat sie denn? So viel, dass sie getäuscht und betrogen werden kann. Ist es möglich, dass die Frau kein Auto sucht, sondern ein Abenteuer? Welch absurde Frage! Jeder Mensch, der ein Auto kauft, sucht ein Abenteuer! Einen langfristigen Wert. Aber wir reden von Autos, nicht von Diamanten. Sie muss sich entscheiden. Zwischen rasant und sicher, sportlich und elegant, spritzig und zuverlässig, auffallend und dezent, ausladend oder kompakt. Doch Abenteuer beginnen nicht mit so viel Überlegungen! Sie beginnen mit Emotionen, mit spontanen Entscheidungen, mit einem guten Willen.»

«Wir verstehen uns», murmelt Dennis, als er den Wagen entdeckt, den er wollte. Vlad sitzt schon drin, in dem roten BMW Z3, und hat eine Sonnenbrille auf. «Brummbrumm.» Er schmiert seine Haut mit Sonnencreme Lichtschutzfaktor dreißig ein. «Mein geliebter Dennis, du geniale Ratte. Das mit dem Sonnenschutz ist doch bestimmt eine Originalidee. Du verfluchter Schlaumeier. Sonnenblocker! Sonnenblocker! Sonnenblocker!», singt der Vampir mit krächzender Stimme.

Dennis schaltet das Radio ein. Killing Joke quält sich: «Love like blood.» Schön, wenn der Soundtrack stimmt. Im Himmel gibt es einen *Supervising Music Editor.* «Love like – blood! Aaah!», räkelt sich Vlad und klappt die Sonnenblende herunter. Elegant lenkt Dennis den Wagen durch den dichten Verkehr der Innenstadt. Er fährt mit einem Sportflitzer zur Universität, wenn schon, denn schon. Er möchte zur Sprechstunde von Professor Jeremias. Nach manchen Irrwegen und noch mehr Erkundigungen findet er heraus, dass er ins Hauptgebäude muss, in den elften Stock. Im hintersten und dunkelsten Gang wartet er auf den Beginn der Sprechstunde. Er scheint früh dran, weit und breit kein Mensch zu sehen. Dies ist der rechtmäßige Ort der Verbannung. Die Luft setzt Dennis zu. Nach einer halben Stunde ist das Gehirn wattig. «Was will ich hier?»

Vlad atmet schwer. «Wie das hier riiiiecht: verkochtes Gemüse. Lass uns abhauen, Dennis! Das ist nichts für mich. Komm, mein Kumpel.» Vlad zieht an Dennis' Ärmel. Dennis steht langsam auf. Die Tür zum Sprechzimmer öffnet sich.

«Willkommen! Treten Sie aus freien Stücken ein! Gehen Sie wohlbehalten fort und lassen Sie etwas von dem Glück hier, das Sie bringen!»

Dennis tritt in das Sprechzimmer, und nachdem er auf eine Aufforderung gewartet hat, die nie erfolgen wird, setzt er sich an einen kleinen Tisch, der etwas weniger bepackt

scheint als die anderen.

«Erinnern Sie sich an mich?», fragt Dennis.

Der Professor reagiert nicht. Er beugt sich über ein Notizbuch, schreibt etwas auf ein loses Blatt, wühlt plötzlich in einem Karton mit vergilbten Papieren zu seiner Rechten, schreibt wieder in das Notizbuch. Der Kugelschreiber streikt und der Professor peitscht mit dem Stift in die Luft. Dann schreibt er wieder. Als wäre Dennis nicht anwesend. Vlad, plötzlich regeneriert, hämmert mit langen Fingernägeln auf den professoralen Schreibtisch. Ta-tapp, ta-tapp. Endlich wendet sich der Professor, schenkt Dennis zu.

«Entschuldigen Sie bitte. Ich bekomme in meinen Sprech ... zeiten ... Sie sind seit ... Aber jetzt höre ich gerne ... äääh ... Ja, wir kennen ... Sie uns.»

Dennis bittet darum, an den Vorlesungen teilnehmen zu können. Er sei allerdings kein Student.

«Warum sind Sie kein Student? Was sind Sie denn?»

«Arbeiter. Aber ich möchte mehr über Film wissen.»

«Aber Sie können kein Arbeiter sein, der mehr über Film wissen möchte. Das ist doch Unsinn!» Jeremias lacht, als kitzelte ihn jemand mit schöner Ausdauer zwischen die Rippen. Nachdem er sich beruhigt hat, hakt Dennis nochmal nach. Ob es nicht vielleicht doch ginge? Er habe Abitur.

«Kein Problem ... sehe ich da. In der Bibliothek finden Sie einen ... aah Ordner. Vorlesungsprotokolle und Literatur ... listen. Häm-häm. Etcetera. Und im Sekretariat ... Immatrikulations ... unterlagen, ja ... da können Arbeiter ... Student werden.»

«Er will aber kein blutleerer Akademiker werden, alter Mann!», protestiert Vlad. «Also bitte nicht so geschwollen.»

«Möchten Sie eine Aufgabe?», fragt der Professor und fixiert Dennis mit funkelnden Augen.

«Ich? Was denn zum Beispiel?»

«Ich arbeite an aah ... Verführung. Ja ... Mechanik der Verführung im ... ja. Film. Ihre Dramaturgie.»

«Echt?»

«Als junger Mann, da ... Dieser alte Film. Ich möchte ihn wieder sehen. DEN SCHÖNEN ALTEN FILM MÖCHTE ICH UNBEDINGT WIEDER SEHEN. Können Sie mir helfen? Bitte.»

Die Erinnerung an den schönen alten Film überwältigt ihn, er kneift die Augen zusammen.

«Wie heißt der Film? Der Regisseur? Vielleicht kann man ein Video besorgen.»

«Ja ... Video? Sagten Sie etwa Video ... interessant.» Ein Funke nackter Hoffnung öffnet ihm die Augen. Simsalabim.

«Wie heißt der Film? Wovon handelt er denn?»

Professor Jeremias geht zum Fenster, starrt auf den Campus unter ihm. Er steht mit dem Rücken zu Dennis, die Hände auf der Fensterbank abgelegt. Irgendwann spricht er. «Bitte stellen Sie sich folgende Situation vor: Zwischen einem wissenschaftlichen Assistenten der juristischen Fakultät und der Gattin seines Doktorvaters herrscht eine entsetzliche erotische Spannung. Der Assistent geht dem Doktor eines Abends zur Hand, es wird spät. Also verbringt er die Nacht im Hause des Paares. Die Frau schleicht nachts auf sein Zimmer. Sie will Liebe! Er nimmt sie in den Arm und sagt: ‹Ich kann dich befriedigen und du gehst mit einem Lächeln in das Bett deines Mannes zurück. Doch das ist nicht genug! Ich will dich immer lieben. Heirate mich und lass dich von ihm scheiden!› Sie überlegt einen Moment. Und erwidert, sie kann ihren Mann nicht verlassen. Aber er habe sie durch das Angebot sehr glücklich gemacht. Dann geht sie zurück in ihr Schlafzimmer. Dort, wo der alte Mann liegt.»

Vlad kringelt sich vor Lachen und Dennis ist platt.

«Wie heißt der Film? Aus welchem Land ist er?», wiederholt er, um eine Gelegenheit zum Atmen zu haben.

Professor Jeremias setzt sich wieder an seinen Schreibtisch. Befingert erneut den Kugelschreiber, peitscht damit in die Luft.

«Hmm? Ääh ... wir sehen uns in der Vorlesung. Ja ... Herr ... Wie lautet eigentlich Ihr Name?»

«Dennis Neumann.»

«Und Ihre Adresse?»

Jeremias notiert. Dennis erhebt sich und reicht die Hand zum Abschied. Vlad schnuppert dem Professor am ausgestreckten Arm entlang bis unter die Achsel und verzieht das Gesicht. «Die Gästeseife lässt herzlich grüßen.»

Dennis bleibt an der Tür noch einmal stehen. Offensichtlich möchte der Professor ihm noch etwas mitteilen. «Ja?», fragt Dennis.

«Ich werde über ein Syndrom sprechen, wenn Sie sich vorbereiten mögen. Neumann, aahh. Das Syndrom des ... äh ... des ... Mit Leuten schlafen, die man selbst gerne wäre – für kurze Zeit zumindest. Die näher an der Wunschidentität sind als man selbst. Schauspieler erleben dies ständig. Mit den unsteten Menschen, die ihnen hinterherrennen. Auch andere Künstler ... erleben dies. Auf Partys. Hinter der Bühne. An den Eingängen und Ausgängen. Die Forschung sollte sich hier nicht ... ausschalten. Im Wege stehen. Wie heißen die noch, diese ungeduldigen Menschen mit diesem ... Syndrom. Sexuali... auf der Suche nach sich selbst.

Viele Stars hatten das Syndrom selbst, bevor sie ... ähm, sich selbst ... erfolgreich gefunden ... wurden. Die Verwechslung des Begehrens, jemanden eigentlich nicht *haben* zu wollen, sondern *sein* zu wollen.»

«Star-Fucker!», ruft Vlad und hebt ringend die Hände zum Himmel. «Star-Fucker! Um Gottes willen! Das Star-Fucker-Syndrom, alter Mann!»

«Lehrreich ist es. Ja. Jerry Lewis sagte ... über Federico Fellini: ‹Die einzige Möglichkeit, wirklich von ihm zu lernen, wäre, mit ihm zu schlafen, ihn denken zu hören und dann sein Produkt zu sehen.› Ich glaube, man lernt die Kunst – oh ja, die Kunst – manches Mal wirklich auf diese uralte Weise. Mögen Sie Fellini? Was gibt es eigentlich ... wer geht mit mir ... Mittag essen.»

Vlad schiebt Dennis aus dem Zimmer und schließt schnell die Türe. «Wirsingeintopf, alter Mann. Nein danke. Vielleicht in einem anderen Leben.»

Für diesen Drehtag hatte A.D. Meyer Sonne erwartet, doch es schneit. Alle frieren, stehen ratlos am Set. Drehort: ein Golfplatz. Das Gelände ist mit schwerem, feuchtem Schnee bedeckt und lacht unter dem neuen Pelz. Polarfuchs. Einige Sperlinge tanzen darauf herum. Denn es sind Zeichen grauser Dinge, die dem Schicksal stets vorausgehen, und als Vorspiel der Entscheidung, die naht.

«Mich quält ein Vorgefühl!», haucht A. D. Meyer in den kalten Aprilwind.

«Was ist dir, Meyer?», schnaubt der Produzent. Seine Jacke hat er zu Hause vergessen. «Seit wann quälen *dich* Vorgefühle?»

«Die Dinge ändern sich, immerzu.»

«Nein. Die Dinge ändern sich nie. Wir müssen nachdrehen.»

Zwei Monate später

In der offenen Abteilung gibt es Angstpatienten in jedem Alter. Seit fünf Wochen ist Britta Schälmeister hier untergebracht. Sie wird medikamentös behandelt und befolgt einen abwechslungsreichen Therapieplan, Stress gehört dazu. Ein erster Erfolg liegt bereits vor. Gerüche sind nicht mehr schlimm. Aber es gibt eben auch keine üblen Gerüche im Krankenhaus, die Menschen riechen alle gleich, pharmakologisch beruhigt, turnusmäßig ernährt.

Usman Ghauri besucht Britta und bringt Töpfe mit Curry und Reis. «Du bist dicker geworden, und blonder.» Er bringt immer Essen mit. Wenn jemand möchte, gibt Britta gern etwas ab. Einen Topf mit Linsen und Ingwer hat Usman speziell für die Vegetarierin Sabine gekocht, Brittas 26-jährige Zimmergenossin. Usman hat selbst eine Tochter in ihrem Alter.

«Du musst essen, Sabine. Du siehst sehr schwach aus! Und blass.»

«Schwach? Aber ich esse doch den ganzen Tag.» Sie entblößt ihren Bauch und kneift sich in eine stattliche Speckrolle.

«Hahaha! Sehr lustiges Mädchen!»

Weil Sabine es so will, haben ihre Eltern Besuchsverbot. «Meine Eltern sind mir zu frustran», sagt sie. Alle paar Tage kommt ihre beste Freundin vorbei und bringt Frauenzeitschriften mit, auch Musikkassetten. Sie sitzen dann auf dem Bett und lesen sich die neuesten Erkenntnisse auf den Gebieten der angewandten Jagd- und Triebwissenschaften vor.

«Zunge mit Zahnbürste massieren – eine rote Zunge lockt.»

«Ein Stück Pelz im Bett – das kickt.»

«Vor dem Blow-job heißen Tee trinken. Ein warmer Mund ist sexy.»

Usman und Britta gehen in den Krankenhauspark und breiten auf der Wiese eine indische Decke aus.

«Ich liebe Blumen», sagt Usman und läuft von Rosenhecke zu Rosenhecke. «Beautiful! Look, Britta – sind sie nicht ...!?»

«Was bitte?» Britta zieht Schuhe und Socken aus, legt sich auf die Decke und lässt die Zehen im Gras spielen. Sie beobachtet Usman, wie er von einer Rosenhecke zur anderen läuft und seine große Nase in die Blüten taucht. «Kein Duft!», ruft er vorwurfsvoll. «Gar kein Duft. Oh doch, die gelben Rosen riechen gut. Ahh!»

«Der reinste Behördenpark», denkt Britta, «und er gefällt mir. Niemand verwirklichte hier seine intimsten Visionen und Phantasien, kein Gartenbau-Ego, das sich vor dem Wahnsinn rettet, mich bedroht oder belehrt. Die Welt ist voll gerümpelt mit verwirklichten Träumen. Die Welt ist Müllhalde befreiter Psychen und Kindsköpfe. Überall stehen materialisierte Albträume, die wir durch unsere Bewunderung erlösen sollen. Dieser Park aber hat Ruhe, er ist Behörde, er ist akzeptiertes Scheitern. Wie ungemein beruhigend.»

«In Pakistan», ruft Usman ihr zu, «haben wir die schönsten Gärten. Riesige Palastgärten. Mit Brunnen, Rasenbänken, Schatten spendenden Bäumen und den buntesten Blumen. Die Gärten der Moguln.»

«Du solltest nach Paris fahren und dir Versailles ansehen. Die müssen LSD im Trinkwasser gehabt haben.»

Usman setzt sich zu Britta auf die Decke.

«Was soll ich tun? Wohin soll ich fahren?», fragt er und packt Mineralwasser, Pistazien und Bananen aus einer Tasche. «Du musst essen, Mädchen. Du bist schwach.» Britta nimmt ein paar Nüsse.

«Wie läuft dein Geschäft? Du stellst doch jetzt die Tische raus?»

«Wunderbar. No problem.» Er lügt. Andrea, seine beste Kellnerin, hat vor ein paar Wochen aufgehört, ohne ein Wort. Dann kam eine Mieterhöhung und für die nächste Woche hat das Gesundheitsamt eine Inspektion angekündigt. Aber die Tische stehen draußen und das Weizenbier verkauft sich bei gutem Wetter wie von selbst. Wenn es nur jemand richtig einschenken könnte, so, wie Andrea es konnte. Hamsa und Nassir schäumen es hoffnungslos, viele Biere müssen wieder weggekippt werden. Alles Schaum und zerbrochenes Glas.

«Fast vergessen – ich habe dir ein kleines Geschenk mitgebracht.»

Usman reicht ihr eine Karstadt-Tüte.

«Ein Radio?»

«Du hast zu viel Ruhe. Ist nicht gut für dich, so viel Ruhe. Ich könnte so nicht leben.»

Britta legt sich hin. Ihr Blick bleibt in der Baumkrone einer Kastanie hängen. Puppen hängen im Baum. Aus Plastiktüten und Folien geformte Körper, lebensgroß, verdreht und verspielt hängen sie. In den ganzen Wochen ist ihr das nicht aufgefallen.

«Meine Generation», überlegt Britta bei der Betrachtung der Kunstgebilde, «hat Natur verniedlicht und romantisiert. Die Naturschutzbewegung wollte die Brutalität der Natur nicht sehen. Dagegen habe ich angeschrieben.» Britta überlegt, ob und wie sie es Usman erzählen könnte.

«Die Figuren in meinen Büchern sterben in der Natur, leben in der Kultur. In der Oper, für wenige Sekunden Glück. Im Zirkus, wenn sibirische Tiger Kunststücke machen und durch das Feuer springen. Kunststückchen müssen alle machen. Sie sitzen an der Tafel, nach einem Schlachtfest. Trinken Eiswein, und auf dem Tisch steht ein gespickter Braten. Und vor dem Essen muss ein Kind ein Gedicht aufsagen.»

Usman singt auf Urdu das Lied einer Frau, die alle Männer an der Nase herumführt. Eines Tages kommt ein Dämon des Weges und verliebt sich in sie. Die Frau glaubt, sie kann auch ihn an der Nase herumführen. Sie täuscht sich. Der Dämon und alle Männer, denen sie jemals das Herz gebrochen hat, singen einen Refrain: Die hochmütige Frau soll sich die Füße blutig tanzen, auf Glas und Dornen sterben, entscheidet sie sich nicht für den Dämon. Britta versteht natürlich kein Wort. Sie liegt auf der Decke und starrt in den Himmel. Sie stellt sich vor, das Lied ist aus einem indischen *massala-movie*, irgendein albernes Zeug. Aber das Lied ist alt, es ist älter als das Urdu, in das es einging. Doch wer weiß schon, aus welch wilden Träumen es wirklich stammt.

Nachdem Usman sich verabschiedet hat und es Abendbrot gab, geht Britta auf ihr Zimmer. Sie ist alleine. Sabine sitzt mit einer Kettenraucherin im Fernsehraum und lackiert sich die Fingernägel korallenrot. Sie feilt und poliert die Nägel, trägt Unterlack auf, dann zwei Schichten roten Nagellack und zum Schluss noch Nagelhärter. In den Trockenphasen liest sie in einer Programmzeitschrift, blättert mit gespreizten Fingern um. Um 22.40 gibt es *Apocalypse Now*, aber der Film handelt von Krieg und Gewalt, und den will sie nicht gucken. Auf keinen Fall. *Vor dem Blow-off Tee trinken. Ein warmer Krieg ist sexy.*

Britta setzt sich an den Tisch am Fenster. Letzte Sonnenstrahlen hängen in den zugezogenen Stores. Sie schaltet das Radio ein, sucht einen Sender. Sie lauscht Schlagern, jeweils ein paar Takte lang, und dreht weiter. Eine Sinfonie endet, eine Wettermeldung folgt. Große Hitze und vereinzelte Sommergewitter. Die Mozart-Arie «Nehmt meinen Dank, ihr holden Gönner» endet, und eine Gesprächsrunde über die jüngsten Bombardierungen der Amerikaner beginnt. Britta sucht weiter. Sie hört die Stimme einer Frau, die sich nicht geschont hat: Eine Schauspielerin liest aus ihren Memoiren.

... leben mit Männern, die sie quälen. Lassen sich verunsichern, kritisieren, demütigen. Verunsichern, das kenne ich. Ich habe mich von Männern verunsichern lassen und diese Männer dafür begehrt. Die Erinnerung an den großen Quäler, mit dem ich verheiratet war, koste ich nun aus. Er war nicht wirklich stark, heute ist mir das klar. Schauen Sie sich die alten Paare in den Zugabteilen oder Parkanlagen an: Was tun sie anderes, als gemeinsame Speisepläne bis in die Ewigkeit zu diskutieren und Tagesausflüge mit Rückfahrkarten zu planen? Wenn man über Liebe schreibt, muss man sich mit allen möglichen Gefühlen beschäftigen. Gefühlen nachhängen. Aber wie soll man das – im Kino Titanic sehen? Romeo und Julia verschlingen? Romantische Lieder hören, vielleicht. Ich habe Freundinnen in einer glücklichen Beziehung wachsen und ihre Persönlichkeit entwickeln sehen. Die meisten verschwendeten sich in leidvollen Beziehungen. Wie wäre wohl ein unterkühlter Mann, der mich samt seinen Tränensäcken gnadenlos anhimmelt? Will ich das ...

«Blablabla! Blablabla!» Britta schaltet das Radio aus, sie hat Kopfweh. Von den Schläfen kommt der Schmerz und drückt sich auf das Gesicht, kriecht über die Nasenhöhle zurück in den Kopf bis unter die Augen. Sie legt sich ins Bett und macht eine Atemübung, die sie vor kurzem gelernt hat. Bald schläft sie ein. Nach einer Stunde wacht sie auf und schreit in ihr Kissen. Weint. Endlos. Verzweifelt.

Um 22.40 Uhr kommt Sabine ins Zimmer und macht eine Lampe an.

«Was ist denn los?», fragt sie.

Britta erschrickt über die roten Fingernägel, schüttelt Sabines Korallenumarmung ab.

Künstler müssen rauschhaft sein! Echte Künstler sind rauschhaft! Zwei Tage nach der Premiere von *Night in Limbo* besucht Johnny seine Drehbuchautorin Clara Woolff. Es ist ein Krankenbesuch, er bringt einen blauen Plastikeimer mit. Sie sitzen bei einer Tasse Tee auf dem Sofa, Johnny malt sein Autogramm auf den Gips an Claras linkem Bein.

«Diese Schärpe, von dem neuen Kleid ... dauernd fiel ich hin. Fergie soll mir geholfen haben, als ich die Treppe hinunterfiel. Ich konnte Ebbe nicht von Flut unterscheiden, wahrscheinlich hat man mich böse angeflunkert. Ich muss definitiv mehr Milch trinken, sagte der Arzt im Krankenhaus. Er sah übrigens verteufelt gut aus. Holst du mir bitte Milch aus dem Kühlschrank, Darl?»

Johnny greift in den mit Eiswürfeln gefüllten Eimer und fördert eine Flasche Moët & Chandon zutage. «Wie wäre es damit?»

«Bevor's verrottet ...»

Er sucht in der Küche nach Gläsern und wäscht die Erdbeeren, die er mitgebracht hat. «Ich gebe roten Pfeffer über die Erdbeeren, was meinst du?»

Sie stoßen an, es ergibt einen Klang, der traurig sagt: Die Zusammenarbeit ist beendet.

«Dein Telefon klingelt ja gar nicht», wundert sich Johnny.

«Ich habe es ausgestellt.» Dann sagen beide gleichzeitig: «Ich muss nachdenken», und lachen.

«Was bietet man dir an?», fragt Clara.

«Alle haben einen Film in der Schublade, junge Autoren, alte Autoren. Und was erstaunlich ist: die meisten den gleichen.»

«Aus aller Welt?»

«Die Inlandproduktion reicht mir.»

«Aber sonst? Ruft die große weite Welt?»

«Worauf willst du eigentlich hinaus?»

«Ich habe etwas läuten hören. Hardy erzählte, du hattest Besuch von Hollywood-Leuten.»

«Ist länger her.»

Clara schenkt Champagner nach. «Ich will dir nicht jeden Satz einzeln aus der Nase ziehen. Sprechet nun oder schweiget für immer.»

«Ich musste eine Unterlassungserklärung unterzeichnen.»

«Soso. Aber warum sitzt du auf dem Sofa einer gebrechlichen englischen Autorin und nicht an einem gigantischen Swimmingpool in Beverly Hills? Und sag bitte nicht: ‹Ich dachte, ich gehe nach Hollywood und krieg haufenweise gute Drehbücher. Und alles, was ich bekam, war ein Sonnenbrand.› Also bitte!»

Die Champagnerbläschen tanzen in Johnnys Glas. Jeden Tag tun sie es, nur für ihn. Er bekommt Einladungen zu wichtigen Partys und Dinners. Frauen begegnen ihm kokett und eindeutiger, als ihnen gut stünde. Zwei Minuten lang ist es recht spaßig, Trophäe zu sein. Johnny ist nicht edler als seine Gastgeber, er ist nicht klüger, er hat nur etwas mehr Angst. Eigentlich ganz niedlich, das sieht man. Champagner ist Nebel. An wen klammert man sich im Nebel? An die feuchten Typen, die rumlallen, nein. Blinde tanzen um ihn, gierig nach dem Stern, der leuchtet und ihnen den Weg zur nächsten Party weist. Hell und immer heller. Johnny weiß jetzt, er arbeitet nicht, um zu feiern. Gerade erst hat er begonnen, der zu werden, der er ist. Er hat sich nur einen Vorsprung gegönnt. Gleich nach dem Treffen mit Price und Chesterton las er das Gutzon-Borghum-Drehbuch. Es ist leider ... großartig. Ein paar Tage später rief er Chesterton an. Genau zwei Tage später rief er an. Hätte er länger warten sollen ... Vielleicht. Chesterton hatte keinen Termin frei, und Johnny sagte am Telefon, was er denkt: «Ich bin interessiert.» Chesterton versprach, man werde einander bald wiedersehen. Signalisierte Enthusiasmus, *easy-going* und Kaugummi-Gequatsche. Johnny hörte nichts mehr von ihm. Wen wundert's. *Night in Limbo* hat unterdessen einen exzellenten Start hingelegt. Mächtige Geldquellen wollen sich Johnny öffnen, Stars und Strippenzieher stehen Schlange.

«Ich brauche diese Leute nicht», sagt Johnny, «aber sie haben mir ein gutes Buch gegeben. Boyle könnte es brauchen. Oder Jordan, meinetwegen auch Kasdan. Ein Buch für ein Händchen. Eine Hand. Und der Star ... Himmelherrgott. So ein richtiger Star, wie aus einem dieser totalen Filme. Es ist, als würden sie dir deine Traumfrau vor den Altar stellen und in der letzten Minute doch wieder einpacken. Haben keine Manieren, die Amerikaner, aber ein gutes Buch.»

«Vielleicht haben sie dir eine *lemon* gegeben.»

«Ein faules Ei?», fragt Johnny.

«Es läuft anders. Im Hollywoodjargon ist das ein Drehbuch, das nicht glücken will.»

Das Gutzon-Borghum-Projekt ist nach Claras Meinung also eine raffinierte *lemon* – viele würden sich danach die Finger lecken.

«Selbst großartige Drehbücher werden so für politische Zwecke gebraucht, nie verfilmt, sind Perlen vor die Säue. Sie testen und verführen damit und haben doch die Hosen voll. Der Star will keinen Opportunisten. Wenn er dich so kaufen kann, dann kann er dich auch ersetzen. Meine Güte, er ist so teuer, dass er keine Gagen mehr verlangen kann. Also muss er selbst produzieren. Er kriegt keine Gage, er will den Markt. Und wer ist auf dem Markt? Du. Und machst mit *Night in Limbo* innovatives Kino, dazu eine gigantische Gewinnspanne. Und da wäre noch sein albernes Hollywood-Drehbuch. Wahrscheinlich eine altmodische Gurke, an der seit Jahren sein kaltes Herz hängt und in der ein traumatisch-autobiographischer Knackpunkt lauert, wie eine Zeitbombe, die keiner ahnt. Ich kann mich natürlich irren. Das ist nur, was ich von amerikanischen Kollegen gehört habe. Vielleicht ist es Fiktion.»

«Eine *lemon*? Fiktion? Aber es würde einiges erklären.»

«Das typische Zeichen von Fiktion ist doch – sie erklärt so viel.» Clara seufzt und ihr Gesicht verhärtet sich.

«Was ist los? Entspann dich! Es läuft doch toll für dich», sagt Johnny und streicht ihr über den Gips.

«Ich arbeite gerade an etwas. Vielleicht funktioniert es nicht.»

«Worum geht es?»

Sie überlegt, wie sie es ihm erzählen könnte.

Der Film handelt von der einen Woche im Leben des langweiligen Burt, in der er zwei Freundinnen hatte, Anna und Rebecca. Wieso funktioniert so ein Leben im Film, wenn ich es will? Was muss ich erfinden, um diesen Film eines Tages sehen zu können? Was daran kann laufen? Ich will es wenden und umkrempeln, bis es geht. Normale Menschen und normales Drama, ganz ernst genommen.

«Wie heißen Burts Kinder», wird Johnny fragen.

«Wieso?», antworte ich.

«Burt ist dein Exfreund, und du hast ihm verziehen, weil er ein hässlicher, dicker Daddy geworden ist, und zur Krönung schreibst du einen Film, der in seiner Menschlichkeit ergreifend ist. Im Ausland wird er wegen des echten britischen Humors und der wunderbaren Charakterstudie gefeiert. Bravo. Sprich weiter. Also, wie heißen seine fetten Kinder?»

«So kann ich nicht arbeiten», antworte ich ihm. Ich bin von der Treppe gefallen. Mein Bein ist gebrochen. Ist mir noch nie passiert. Ausgerechnet auf der Premierenfeier. Wie pathetisch. Ich habe eine Krise. «Man fällt in ein Loch.» Ja. Ich habe mir etwas vorgemacht. Seit vier Jahren mit keinem Mann mehr geschlafen. Seit vier Jahren lebe ich vom Schreiben. Bald kaufe ich ein Haus. Und Vicci wird tatsächlich mit mir leben. Meine Güte, ich liebe sie. Ich verliebe mich nicht mehr dauernd, bin nicht permanent gebeutelt vom Liebeswahn. Vicci ist meine Dompteurin. Ich kann nicht mehr für jeden Film den Kreislauf der Gelüste und Obsessionen anschmeißen. Ich habe jetzt eine Familie, Katzen, eine Freundin. Um ihren depressiven Bruder soll ich mich auch noch kümmern. Er muss zum Zahnarzt, das wird teuer. Ich werde alt, mein Bein bricht. Das seelenlose Geplotte ist der Dreck, den man überall stinken sieht. Ich bin für Gefühle bekannt. So fing es an, vor vielen Jahren. Film ist Gefühl. Und Clara Woolff hat Gefühl, bringt es in Struktur.

«Hee! Träumst du? Worum geht's», wiederholt Johnny.

«Ich möchte darüber nicht reden. Aberglaube. Außerdem entwickelt sich die Story, die sieht in einem Monat ganz anders aus. Aus einem Agentenfilm wird ein Taucherfilm. Und andersrum ein Märchen. Was macht eigentlich dein Privatleben?»

Er nimmt eine Erdbeere in den Mund, zerbeißt ein rotes Pfefferkorn.

«Sag mal ... kannst du mir eine Wärmflasche leihen?»

Während Johnny sich über Erfolg freuen darf und auch von der guten Kritik nicht verschont bleibt, sieht es für *The Last Trace* in den USA nicht wirklich gut aus. Das erste US-Wochenende war gemäß der hohen Erwartungen akzeptabel bis erfreulich: Nach drei Tagen das x-beste Einspielergebnis seit x. Doch dann drehte der Wind. Die Besucherzahlen sind vertretbar, aber mit aller Macht erzwungen, Tausende Kopien in den Kinos blockieren die Konkurrenz. Die anderen Majorverleiher halten sich vorsichtig zurück, starten ihre Hits erst vier bis sechs Wochen später. Der Kopienschnitt ist lausig. Ein Creature-Film, der nichts zu verlieren hatte, aber das Glück der Frechheit besaß, überholte nach zwei Wochen, führt jetzt die Kassen an und zeigt sich hartnäckig im Erfolg. Sechs- bis Zehnjährige regieren in den Kinosälen des Sommers. Price, hört man, hat eine kleine Rolle in dem *All about Eve*-Remake angenommen. Ein *All-Star-Movie* der altmodischen Sorte. Dialoglastig, lange Szenen, wenige Schnitte, Theater für die Leinwand. Die Stars wollen es den Bits, Bytes und Spezialeffekten noch einmal richtig zeigen. Das Original von 1950 inszenierte der große Joseph L. Mankiewicz – nach der Erzählung «The Wisdom of Eve» von Mary Orr –, auch das Drehbuch stammte von ihm. WHY REMAKE A SCREEN CLASSIC?, fragt Europa. Aber Hollywood feiert sich selbst, was wiederum auch in Europa gern gesehen wird.

Price spielt einen Filmkritiker. In seiner ersten Szene, zugleich die erste Sequenz des Filmes, sitzt er befrackt auf einer Feier, die zu Ehren der großen Eve gegeben wird. Seine Hände spielen mit einem Brillenetui, er betrachtet die feierliche Runde und sagt *off voice*: «Allen, die niemals Radio hören, fernsehen, nie die Zeitung lesen, nicht ins Theater gehen, nicht ins Kino – Ihnen sage ich, Eve ist die bedeutendste Schauspielerin unserer Zeit. Aber das wissen Sie vermutlich schon. Eves Fähigkeiten haben einen einzigartigen Platz in der Geschichte des Schauspiels, doch Eve selbst muss einen hohen Preis zahlen. Genie verlangt seinen Tribut ...» Und so weiter. Es geht im Wesentlichen um die Frage, was aus einem Starfucker wird, wenn er selbst ein Star geworden ist.

Details Of The Last Trace, das aus dem Film gekoppelte Computerspiel, macht hingegen einen bemerkenswerten Eindruck. Es führt in das Labyrinth der eigenen Biographie und Herkunft, arbeitet mit den vom Spieler bewusst und unbewusst eingespeisten Informationen über dessen Leben, Charakter und Bestimmung, führt in die Kulturgeschichte der Welträtsel und Geheimnisse ein. Mathematische, graphische, musikalische Animationen und Aufgaben fördern das nichtsprachliche Denken, massieren jene Zentren des Gehirns, die assoziativ, traumhaft und vorsprachlich denken, ins Unbewusste und Kollektive münden. Eine detektivisch-jungianische Software, anspruchsvoll und vertrackt psychodramatisch, der große kommerzielle Erfolg war nicht vorauszusehen. Programmierer und Creative Director absolvieren zur Zeit eine PR-Tournee durch Europa und geben einem Heer begeisterter Journalisten und Fans Auskunft über ihre Visionen. Doch auch der Film ist noch nicht ganz vergessen. Die deutschen Zeitungen und Magazine berichten beeindruckt bis loyal von dem guten Startwochenende in den USA. Deutschland ist eine Stadt voller Lichtspielstätten und Multiplexe. Jeden Donnerstag verändert sie sich.

Wir können ihn nicht wirklich lieben. Gregory Price und die Verweigerung der Hingabe. So der Titel eines seriösen Feuilletonartikels: «Gregory Price war ein American *good guy*, wurde ein *smart guy* und schließlich auch ein *interesting guy*. Doch niemals *our dream guy*, der uns dazu verführt, er selbst sein zu wollen, ihm seine immer aufwendiger buhlenden Identitäten abzunehmen. Kann es in der Geschichte des Unterhaltungskinos noch mal ein europäisches Publikum geben, das einem zeitgenössischen amerikanischen Schauspieler die Hingabe (oder Hysterie!) entgegenbringt, die man einem Cary Grant, Marlon Brando oder James Dean entgegenbrachte? Wer verträumt heute noch den Montagmorgen und stellt sich vor, er könne einen anderen Tag beginnen, einen Gregory-Price-Tag vielleicht. Wir ahnen, er wäre selbst gerne das, was wir in ihm sehen. Wir gönnen ihm die Rolle des Filmstars, bewundern seinen Perfektionismus. Wir gönnen ihm, dass er die Helden spielt, Agenten und Detektive. Damals in den Schulaufführungen seiner High-School, heute in den Blockbustern, die uns den Sommer markieren. So großzügig sind wir in unserer Mittelmäßigkeit. Die Welt des amerikanischen Filmstars ist unsinnlich geworden, nicht mehr an die hart erkämpfte Befriedigung nimmersatter Sehnsucht und tränenschönen Glamour verknüpft. Vielleicht scheitert uns Price zu wenig, verkörpert er ein zu vollkommenes Sinnbild der Traumkontrolle. Sein aktueller Film *The Last Trace*, das letzte und zugleich ambitionierteste Werk des gerade verstorbenen Regisseurs Dave Devlin, ist als Versuch zu verstehen, uns nochmal zu verstören, bevor wir auch diese Verstörung wieder akzeptieren und sie dem ehrgeizigen Price gönnen. Wir sind unser eigener Maßstab geworden, geben uns zufrieden mit der Verwirklichung von Sehnsüchten auf Sommerkino-Niveau. Weil es anti-materielle Träume nicht mehr geben darf, liefert der Kinohit die Befriedigungsindustrie gleich hinterher. Wer samstagabends noch im Kino träumt, der tut es gewiss nicht Montag früh. Das tut, nolens volens, auch dem Kino weh.»

Die Deutschlandpremiere von *The Last Trace* steht vor der Tür. Jeder kommt und alle werden da sein. Der Wein, wie man sagt, wird in Strömen fließen, und die *beautiful people* ignorieren wie gewohnt ihren Gastgeber, in diesem Fall den Filmverleih. Gregory Price kommt auch, noch ist er zu Hause in Beverly Hills. Er lernt den *All About Eve*-Text, formt sich zum Filmkritiker. Price als Kritiker, ausgerechnet. Ein Kritiker ist jemand, der aufschreibt, was er gesehen hat. Ist er ein Schreiber oder ein Seher? In Hollywood, so will es die Redensart, ist jeder hauptberuflich Filmkritiker und nur nebenbei Schauspielstar oder Maskenbildner. Price legt seine Rolle gerade erst an, probiert einmal den aalglatten, einmal den hintergründigen Mann. Sein Filmkritiker ist im Grunde genommen gelassen, er verdient gut, seine Zeitungen haben hohe Auflagen, die Texte finden ungeheure Verbreitung und Resonanz. Er lernt Eve kennen, als sie noch keine Karriere gemacht hat, aber dem Drang nachgibt, ihre Zeit am Rande des Rampenlichts zu verbringen, bei den Stars. Ihnen zur Hand zu gehen, scheinbar selbstlos. Er beobachtet Eve und begreift etwas Hässliches an ihr, etwas äußerst Systematisches, das sich nicht maskieren lässt. Doch davon schreibt er nicht, als sie beginnt, Karriere zu machen. Er spielt ihr Theater mit, denn er will von Eve geliebt werden. Er verfällt ihrer Hässlichkeit, was seine Art der Liebe ist, und schreibt über die Schönheit ihrer Kunst. Sie wird ihn niemals lieben, doch die Illusion – verstärkt durch eine erpresste Eheschließung im Finale – ist unglaublich stark. Obsessionen sind nicht weiter aufregend, deshalb legt Price bei der Anlage dieser Rolle mehr Wert auf Eleganz und Nonchalance denn auf ungesättigtes Verlangen, bei dem man viel zu sehr ins Schwitzen geraten würde.

Zwischen Rollenstudium und Fitnesstraining beschäftigt sich Price mit seinen Babys Athena und Paris. Seine Frau Brenda gibt ihm fast täglich eine Qi-Gesichtsmassage und manchmal revanchiert er sich. Die aus Japan stammende Brenda beherrscht die wundersame Massage-Technik voll und ganz – und brachte sie ihm bei, damit auch er ihren Körper auf diese Weise ehren und verjüngen kann.

«Die guten Frauen, die intelligenten, starken Frauen, akzeptieren kein exzentrisches Verhalten», hatte Gregorys Freund, der Komponist Burt Haring, vor ein paar Jahren gejammert, nachdem seine Freundin ihn verließ. «Sie ehrte meinen Körper und ich ruiniere ihn mit Drogen. Damit entehrte ich sie. Ich habe vor ihr mein Gesicht verloren. Das hat sie mir direkt ins Gesicht gesagt.» Haring weinte bitter und zeigte Price Fotos von Brenda, halb nackt am Strand von Hawaii liegend. Price lernte prompt Japanisch und besuchte dann Brenda in ihrem Spa in Los Angeles. Er ging auf sie zu und sprach sie an. So kam der eine zur anderen.

Diese Frau hat ihr Leben lang hart gearbeitet, bemüht sich um eine von Disziplin geprägte Erziehung ihrer Töchter und ist fasziniert von der Hingabe, die Gregory für seinen Beruf aufbringt. Von den grüblerischen und rastlosen Phasen einmal abgesehen, in denen er ihr so fremd vorkommt. Das Paar lebt liebevoll nebeneinander her und teilt alles, was Spaß macht: Qi-Gesichtsmassage, gutes Essen, Sex und den Stolz der Elternschaft. Was sehr viel ist. Von Burt Haring hat man dagegen schon lange nichts mehr gehört. Man sagt, er lebe in Thailand, weil dort auf Kokainbesitz die Todesstrafe steht. Aber das ist nur ein Gerücht.

Im *headquarter* vom Juni fällt die Filmkritik zu *The Last Trace* wohlmeinend aus, wenn auch im Umfang geringer als geplant. Der deutsche Verleih hat schließlich «Letzte Spuren ins Ich» als Untertitel gewählt. Die Kritik verfasste Chris, der zuständige Redakteur, und das ausgefallene Price-Interview ersetzte er durch einen wohlwollenden Bericht über jenen bulgarischen Agrarfilm, den ein Dorfschullehrer aus der Nähe von Sofia mit Laien drehte und der inzwischen auf Festivals Erfolge feiert. «Fulminant», sagt man. Was kann es für ein mieseres Lob geben?

Das Adjektiv «fulminant» wurde schon von Gustave Flaubert auf den Mond geschossen («prima Wort»), aber ständig fahren junge Journalisten dorthin und holen es zurück.

Am nächsten Tag findet die deutsche Premiere von *The Last Trace* in Hamburg statt. Sonja möchte unbedingt auf die Party und sogar Angie ließe dafür die englischen Romanhöhen ruhen. Man fühlt sich gleich auf dem richtigen Weg im Leben, wenn die richtigen Einladungen zu den richtigen Partys eintreffen. Die Damen haben nur ein Problem – und keine Einladung.

«Man kommt rein, wenn man als *look-a-like* erscheint», berichtet Sonja.

«Als amerikanischer natürlich.» Angie beschließt sogleich, als die würdevolle Lauren Bacall zu erscheinen.

«Und ich?», fragt Sonja. «Barbra Streisand? Sofia Coppola? Welche Schauspielerinnen haben heute noch große Nasen? Das kann doch nicht alles sein. Wo landen bloß all die abgeschnittenen Nasenspitzen und Nasenflügel?» Sie reibt auf ihrem Nasenrücken.

«Sie schmeißen die Nasen in das kalte Meer vor Kalifornien und die kleinen Haie fressen sie zum Nachtisch», sagt

Angie, als sei sie dabei gewesen. «Warum willst du nicht als Ingrid Bergman gehen?»

«Und die besonderen Kennzeichen?», überlegt Sonja. «Ein Regisseur an meiner Seite, der mich auf Italienisch verflucht und meinen Leib doppelt segnet?»

«Marilyn Monroe!», bestimmt Angie. «Die Haare werden etwas aufgehellt, du hast das perfekte Dekolleté, ich schminke dich und wir suchen dir secondhand ein Kleid aus den späten 50ern. Dazu Strumpfhosen mit Naht. Vielleicht noch eine kleine Ukulele.»

Sie gehen sofort einkaufen. Angie hat ein gutes Auge, sie lässt Sonja nur mit Kleidern in die Kabine, die sie nicht entmutigen, die ihr schmeicheln. Sie verbringen einen schönen Nachmittag miteinander. Sie setzen sich mit ihren Einkäufen in ein Café. Sie lachen und albern. So gut haben sie sich lange nicht mehr verstanden. Ein Mann nähert sich ihrem Tisch und reicht Angie einen gefalteten Zettel. Er lächelt, dann verlässt er das Café. Angie öffnet den Zettel nicht, ihre Finger kneten nervös das Papier. Sie ist schlagartig traurig geworden. Sagt, sie habe Angst und die Langeweile lähme sie. Sie warte, nicht wissend, auf was. Ohne Dennis zu sein fiele ihr schwerer, als sie gedacht hat. Sonja fragt, ob sie sich vorstellen kann, zu ihm zurückzugehen. Niemals, sagt Angie. Sie öffnet den Zettel, keine Überraschung. «Ich bin Fotograf. Bitte rufen Sie mich an.» Er hat drei Telefonnummern notiert. Sie wirft den Zettel in ihre leere Milchkaffeeschale.

Später am Abend nimmt Sonja ein Buch aus ihrem Regal und schenkt es Angie. Lewis Carrolls *Alice in Wonderland.*

«Das Buch ist wie ein LSD-Trip», sagt Sonja, weil sie das einmal gehört hat. «Vielleicht der erste Drogenroman überhaupt.»

Angie nimmt das Buch mit ins Bett. Es ist ein drückend warmer Abend, das Fenster bleibt weit offen. Sie schlägt die Decke zurück, nur die Füße, selbst im Sommer eiskalt, stecken darunter. Früher ging Angie an schönen Abenden ins Freie. Wer täte das nicht, man könnte so viel verpassen. Die

Luft ist voller Freude, alle sind draußen und trinken sich an der Luft glücklich, aus den Autos dringen Gepfeife und Musik. *I am horny, I am horny, horny, horny tonight.* Angie stand auf einem der Plätze, im Herzen der Stadt. Umgeben von Gelächter und Vergnügen, mit einem Getränk in der Hand, das sie nicht verstand. Einem Cocktail, der alles schrumpfen ließ. Ja, dazu war es freilich zu spät ... *it was too late: she went on growing and growing, and very soon had to kneel down: in another minute there was not room even for this, and she tried the effect of lying down, with one elbow against the door, and the other arm curled round her head. Still she went on growing ...* So, dass ihr schließlich nichts weiter übrig blieb, als einen Arm zum Fenster hinauszuzwängen und ein Bein den Kamin hinauf und sich dann zu sagen: «Mehr geht nun nicht mehr, was auch geschehen mag. Was soll nur aus mir werden?»

Im Krankenhaus kommt es zum Krach. Sabine fühlt sich von Britta abgelehnt und kritisiert. Sabine besteht bei der Stationsleitung auf einem anderen Zimmer. Britta bedauert den Zwist und hält Sabine vor, dass alles nur auf ihrer Einbildung beruhe. «Die pure Phantasie. Ich weiß nicht, was ich getan haben soll», verteidigt sie sich.

«Das ist unterschwellig. Das merke ich schon lange. Tatsache ist, ich darf noch nicht einmal in Ruhe lesen.»

«Du liest doch nie! Ein warmer Mund ist sexy und so weiter, ist das etwa lesen??»

«Was? Wovon spricht die?»

Der Konflikt bewirkt, dass die behandelnde Ärztin Dr. Heffner Brittas Verhältnis zur Tochter Sonja ansprechen kann. Britta kam von selbst darauf: «Sabine hat wohl ein Tochterproblem mit mir.» Britta räumt das Zimmer und wird zu einer dreißigjährigen Burn-out-Patientin gesteckt, der vor einer Woche der Appendictus entfernt wurde. Diese sitzt meist im Park und telefoniert abwechselnd mit ihrem Verlobten und einem Anlageberater. Dr. Heffner bat Britta, ihr ein Foto von Sonja zu zeigen. Sie hält das Porträt in der Hand: Sonja, mit ungefähr Anfang zwanzig, sitzt auf einem Sofa, schaut ernst in eine Welt, die sich rechts von der Kamera befindet.

«Sie sieht Ihnen nicht besonders ähnlich. Kommt wohl mehr nach dem Vater.»

«Niemand in meiner oder seiner Familie hat diese Nase.»

«Das ist doch eine schöne Nase! Ausdrucksvoll.»

«Ich glaubte, man habe sie nach der Geburt vertauscht.»

«Jetzt glauben Sie es nicht mehr?»

«Ich habe einen Bluttest machen lassen, sie war acht Jahre alt. Als mein Mann sich von uns trennte. Da wollte ich ganz sicher sein.»

«Weiß Sonja von dem Test?»

«Natürlich nicht. Sie ist meine Tochter. Ich liebe sie, das ist es nicht. Aber ich wollte sichergehen. Wegen Scheidung und Unterhalt, dass es fair bleibt.»

«Acht Jahre hatten Sie Zweifel?»

Wie soll sie es erklären. Sie hatte gehofft, dass das Kind keinen Vater hat. Jedenfalls nicht diesen. Sonja sieht ihm ja nicht mal ähnlich.

«Das liegt so lange zurück.»

«Dann beschreiben Sie die Geburt des Kindes.»

«Sie wollte nicht rauskommen.»

«Aber sie ist doch gekommen?»

«Das hat mich auch gewundert. Ja.»

«Was macht Ihre Tochter?»

«Studium abgebrochen, lebt in einer Wohngemeinschaft, arbeitet als Redakteurin bei einer albernen Zeitschrift.»

«Die Begabung für das Schreiben hat sie von Ihnen? Das Interesse?»

«Ich schreibe seit zehn Jahren nicht mehr.»

«Ich habe mal einen Ihrer Romane gelesen, im Urlaub. Sie haben doch Preise bekommen.»

«Ja. Preise. Die Gunst der alten Männer. Ich habe ein Problem mit Männern. Das ist kein Geheimnis.»

«Wann hatten Sie das letzte Mal Verkehr?»

«Vor acht Jahren ist meine Tochter ausgezogen. Kurz danach. Acht Jahre her. Bedeutet das etwas? Natürlich. Aber was genau bedeutet es Ihrer Meinung nach? Dass ich ein Problem mit Männern habe.»

Die Therapeutin schweigt. Britta betrachtet ihre Hände und sagt, als würde sie es an den Handflächen ablesen:

«Mehr als die Bombardements und sonstigen tragischen Weltereignisse sind es die Liebesdramen, die die Menschen tatsächlich und ausdauernd interessieren.»

«Hat Ihre Tochter eine Beziehung, einen festen Freund?»

«Nein.»

«Sie haben sie seit einem Jahr nicht mehr gesprochen oder gesehen. Wie können Sie da so sicher sein?»

«Wie kann ich da sicher sein ... ich weiß es nicht. Sie hat ein Problem mit Männern.»

«Sie wissen, dass Sie körperlich vollkommen gesund sind. Das sind Sie.»

«Das ist wohl so», flüstert Britta. «Was ist das Ziel dieser Therapie?»

«Schauspielerei», antwortet Dr. Heffner, ohne zu zögern. «So, wie der amerikanische Schauspieler James Cagney sie verstand: Man geht hinein, stellt sich hin, blickt dem anderen in die Augen und sagt die Wahrheit.»

«Dann möchte ich bitte eines wissen: Wo steht die Kamera?»

So feindselig klingt Britta, dass die Heffner nicht antwortet. So läuft das.

Die anti-amerikanischen Demonstranten, die vor den TV-Kameras am Premierenkino medienwirksam hätten protestieren können, bleiben aus. Vielleicht, so vermuten die Journalisten, weil Gregory Price hierzulande als regierungskritischer Star gilt, was in Europa noch etwas besser ankommt als *back home.*

Gregory Price lässt sich vor dem Cinemaxx feiern, er lächelt und winkt den Fotoapparaten zu. Brenda trägt ein auberginefarbenes Kleid, mit Pailletten und Federn bestickt, einfach atemraubend. Sie hält seine Hand und schmiegt sich an ihn. Sie drehen sich, winken, zeigen sich von allen Seiten. Selbst die Abendsonne applaudiert. Dann betreten sie das Kino und verlassen es unauffällig durch einen Hinterausgang. Chesterton rief vor drei Stunden an, Price muss sofort nach London: Andrew wurde beim Klauen erwischt.

«Er hat nur einen Arm!», brüllt Price Andrews Mutter Melanie am Telefon an. Er ist auf dem Weg zum Flughafen. «Wieso will er ausgerechnet ein Taschendieb sein? Als Behinderter! Was soll das?! Er will mich doch nur wieder provozieren! Das stimmt doch!»

Andrew war im Kino, in irgendeinem irischen Filmchen. Er beklaute den Sitznachbarn, einen militanten Hausbesetzer, und wurde erwischt. Die Angelegenheit kann vertuscht werden. Gegen eine gewisse Summe wären ein paar IRA-Sympathisanten bereit, nichts verlauten zu lassen.

«In England? Das klappt doch nie!», brüllt Price. Früher oder später hat er den Skandal: *DER EINARMIGE KINODIEB von LONDON: Sohn von US-Star GREGORY PRICE. Der will UNSER Sherlock Holmes sein!*

«Sie wissen nicht, dass er dein Sohn ist», sagt Melanie. «Wir sagen, er ist von Lloyd. Sie wollen doch nur ein paar erziehungsunfähige Vertreter der Upperclass schröpfen.»

Price beruhigt sich langsam, schnauft erschöpft, drückt Brendas Hand, bis ihre Knöchel weiß werden. Er starrt aus dem Fenster. Die Abendsonne lässt Hamburg im schönsten Licht erscheinen. Die Straßen sind sehr grün, die Limousine fährt am Stadtpark entlang. «Okay», sagt Price. «Dann sollen sie Weihnachten im Sommer feiern. Ich sage Chesterton Bescheid. Er überweist die Summe und macht einen verdammten Vertrag.» Er legt auf, und noch bevor Price den Flughafen erreicht, ist Chesterton informiert.

Der Anwalt isst gerade mit Hund Fairbanks in seinem Londoner Haus zu Abend. Chesterton legt die Gabel beiseite und schaut seinem besten Freund nachdenklich in die Augen. Fairbanks, ein rostbrauner Rottweiler, ist aufgrund einer noch nicht diagnostizierten Diabetes so gut wie blind und daher bestens imstande, den absurden Stahlblick des Chevy Chesterton auszuhalten.

«Fairbanks», sagt Chesterton. «Fairbanks, die Kinder von außerordentlich Begabten sind oft große Idioten. Drogensüchtige, Playboys, Tunichtgute und Nichtsnutze. Außer, der Erstgeborene ist ein Mädchen, dick und mit einem ordentlichen Zinken im Gesicht. Da stehen die Dinge natürlich anders.» Chesterton blickt zärtlich auf das Foto seiner Tochter Caroline, das über dem Kamin hängt. Sie ist Jurastudentin in Harvard und möchte später einmal genau so ein Schlitzohr wie ihr Vater werden. Sogleich empfindet Chesterton eine tiefe Sorge für Gregory und Andrew Price. Diese Angelegenheit, fürchtet er, wird nicht die einzige ihrer Art bleiben. Die Sache hat gewiss ein Nachspiel.

«Wahnsinn bei Großen darf nicht ohne Wache gehen», seufzt Chesterton, nimmt die Gabel wieder auf und isst seine Würstchen.

Nachdem die Unannehmlichkeiten um seinen Sohn telefonisch geregelt scheinen, fliegt Price doch nicht nach London. Er begleitet Brenda nach Hause. Die Deutschlandpremiere bleibt davon unberührt. Die Menschen strömen vom Kinofoyer in den Saal. «Amüsierst du dich?», fragt ein Kartenabreißer den anderen. «Ich amüsiere mich nie. Ich kenne nur Stadien größerer und weniger großer Langeweile.» Eindeutig aus dem Film *Lebendig begraben* zitiert, der 1961 nach Edgar Allan Poe entstand. Aber auch im echten Leben und außerhalb von Filmpremieren gerne gehört. Die Vorführung beginnt.

Eine Frau verlässt vorzeitig den Saal und lernt an der Kinobar einen Mann kennen. Mit seinen Schlupflidern erinnert er sie wahnsinnig an einen Liebhaber aus ihrer Jugend, den sie nie verwinden konnte. Sie wiederum mit ihren Segelöhrchen erinnert ihn an eine Liebe, die er niemals vergessen wird. Was passiert dann? Sie sagt: «Ich erläutere ihm, dass wir uns mehr oder weniger als Abziehbilder von anderen Personen betrachten. Weiterhin ordne ich dieses Verhalten in den Bereich der Obsession ein und gebe Hitchcocks wahllose Vorliebe für Blondinen als Hinweis an. Er hat keine Chance mehr. Schade eigentlich. Er war ganz nett.»

Nach dem Film findet man sich zur Premierenparty im Museum für Völkerkunde ein. Marilyn Monroe und Lauren Bacall, die nicht in der Vorstellung waren, nehmen sich ein Taxi zum Museum. Der Kontrolleur am Eingang erkennt die gute Absicht und lässt die Frauen zwinkernd rein. Sie stehen mit einem Glas Sekt in der Halle, die sich schnell mit vielen Schönen, einigen Berühmten und wenigen Einflussreichen füllt. Ein Elvis im goldenen Glitzerjacket *(1 000 000 Elvis Fans Can't Be Wrong)* tritt ein, blickt sich um und winkt ihnen lässig zu. Sonja wird von einer männlichen Marilyn taxiert. Sonja blickt amüsiert zurück. Zuerst war es Norma Jean, dann Marilyn Monroe. Sie wurde der Traum von Fremden, Abertausender Menschen. Immer und immer wieder. Verführerisch sein, reif, aber unschuldig. *Budupidu.* Schön, wenn der Traum Film wird, und alle können sehen, da hat jemand wirklich gelebt. Charlie Chaplin eröffnet das Buffet, welches mehr als alte Lederschuhe und großartige Gelegenheit zum allgemeinen Schieben und Drängeln bietet.

«Was bedeutet ‹Grüne Heringe›?», fragt ein älterer britischer Regisseur eine ernsthafte junge Frau, die ihre Magisterarbeit über ihn und die Elemente der bildenden Kunst in seinem Werk schrieb. Sie weiß es nicht. Darauf trinkt sie Kentucky Straight Whisky und er nimmt Multivitaminsaft, aber nur aus Versehen.

Auch A. D. Meyer lässt sich blicken. Er sitzt mit einer großen deutschen Filmdiva am Tisch. Er stellt sich ihr mit patschigem Handkuss vor, und vor Aufregung sagt er nicht «A. D. Meyer, Regisseur», sondern «Gestatten, Meyer». Worauf ihm die 90-jährige Diva unumwunden mitteilt, was sie bereits dem Führer 1943 auf den Kopf zusagte: «Ich würde für die Liebe nach Berlin ziehen! Aber für den Verstand? Vermutlich nicht.»

Später schreibt Meyer ihr noch ein Rezept für Napfkuchen auf. «Kann ich denn auch Trockenhefe nehmen?», fragt sie.

«Aber Sie müssen die Milch leicht anwärmen!», mahnt Meyer.

«Nun sicherlich», gurrt die Legende gewohnt mehrdeutig.

Angie steht alleine in einer Ecke des Raumes, die zum afrikanischen Maskensaal führt. Sie beobachtet das Treiben und nippt uninspiriert an einem grasgrünen Cocktail. Sie hört Leute sagen, dass Gregory Price nicht mehr kommen wird und dass sein Verhalten so enttäuschend wie arrogant sei. Sonja steht am Buffet und sieht Mirko mit einer Frau im Arm. Er besitzt den Blick der Medusa, wenn Sonja ihm in die Augen sieht, wird sie Stein. Also lässt sie es. Sie stürzt sich mit besonders großem Eifer ins Amüsement, bedenkt Unbekannte mit vertraulichen Gesprächseröffnungen und plumpen Bemerkungen, stellt sich fremden Freunden entfernter Bekannter vor und vergisst gleich wieder deren Namen. Schließlich unterhält sie sich mit einem Kollegen an der Bierzapfe und lässt sich ein großes Freibier ausschenken. Und vergisst zunehmend, dass sie wie Marilyn Monroe aussieht.

«Marilyn hat sich in ihrem Körper nicht wohl gefühlt und war trotzdem die schönste Frau der Welt», erfährt Sonja vom Kollegen, der ihr Dekolleté mit tiefen Blicken würdigt.

Elvis schlendert mit einem Eimer Tombolalose auf Lauren Bacall zu. «It's now or never», flötet er und schüttelt den Eimer.

«Und was kostet der Spaß?»

«Es ist für einen guten Zweck, zugunsten der Kinderkrebshilfe. Ein Zehner pro Los. Jedes vierte Los gewinnt.»

«Was gewinnt man?»

«One broken heart for sale.»

«Ich nehme fünf.»

Um Mitternacht schmeißt Angie die elegante, auf Dauer jedoch arg betuliche Vornehmheit der Lauren Bacall über Bord. «Spielen kann ich nicht, singen kann ich nicht. Tanzen kann ich etwas», kichert sie. Sie betrinkt sich an allem, was Spuren hinterlässt, freut sich des Lebens und feiert den Augenblick. Sie hat das große Los gezogen, eine Reise nach London gewonnen. Eine Woche für zwei Personen in einem schicken Hotel, dazu hübsch Taschengeld.

«Mus i denn, mus i denn zum Städele hinaus, Städele hinaus, und du, mein Schatz, bleibst hier?», singt Elvis in Angies Ohr, und sie bekommt einen Kuss für Gewinner. Sonja möchte auch einen haben und sie kriegt ihn. «Come on pretty mama!» Die Party geht, wie man so schön sagt, bis in den frühen Morgen.

THE LONDON-FLIRTGUIDE

Sonja, du wirst schwer enttäuscht. Wie gehst du damit um?

a) Ich bin genervt.
b) Ich lass es an mir abprallen.
c) Ich mach das Beste daraus.

Aufgepasst, Angie! Der Typ ist echt süß. Was riskierst du?

a) Ich lass mich überraschen.
b) Ich kann mich auf meinen Charme verlassen.
c) Ich überlege mir eine Taktik und greife an.

Dennis' Drehbuch ist fertig und Vlad spurlos verschwunden. Dennis händigt Sonja vor ihrem Abflug das Buch zum «Knoblauchfresser-Vampirjäger-Movie von

Dennis Neumann» aus. Sie soll lesen, was er in den letzten Wochen geschaffen hat. Er hat gelesen, geschrieben und nachgedacht. Auch die Vorlesungen von Professor Jeremias hat er besucht. Sonjas Kommentar: «Du weißt, man macht sich ziemlich verletzbar, wenn man jemandem einen Text gibt.» Sie packt das Script in den Koffer. Es bahnt sich eine Katastrophe an: Sie bekommt auf der Nase einen Pickel. «Überall sonst gerne, aber ausgerechnet jetzt und ausgerechnet auf meiner großen weiten Welt!» So ist das nun mal.

Während Sonja und Angie an einem blauen, heißen Sonntagmittag in die englische Metropole fliegen, macht sich Dennis auf den Weg zu seinem Freund Jan Eisler. Eisler wohnt auf der anderen Seite der Alster, in einer Neubausiedlung am Kanal. Es sieht aus wie in der Siedlung, in der Dennis aufgewachsen ist. Jetzt sind es dreistöckige Häuser, sozialverträglicher als die vierstöckigen Bauten seiner Kindheit. Gemütliche Enge, Ziegel und Gras. Hier leben adipöse, redlich bemühte Verlierer. Und hohe Wahlbeteiligung, trotz allem. Kinder spielen, bekommen Mumps, Scharlach und Masern voneinander, liegen auf Sofas in schlecht belüfteten Wohnzimmern und pupsen kalten Blumenkohl. Und so verliefen Dennis' Kinderkrankheiten, Mutti servierte zum Trost Fürst Pückler-Eisrolle vom Aldi.

«Danke, liebe Mama.»

Und weil durch alle Nachbarwände der TV-Ton dringt, darf das kranke Kind lange fernsehen und Videos gucken. Mutti geht um 18.00 Uhr arbeiten, sie ist Nachtschwester im Universitätskrankenhaus Eppendorf. Dennis bleibt alleine, aber Robin Hood aus dem späten Sonntagnachmittagsprogramm wacht über ihn. Auch Sir Lancelot tut es, die Ritter der Tafelrunde, König Artus und der Druide. Den Videorecorder kann nur Dennis programmieren. «Würstchen?», ruft Dennis. Niemand antwortet. Mama ist arbeiten, Erkan Okan ist ganz weg. Der Vater hat noch mehr Kinder, ganz woanders, weiß Dennis. Mit einer türkischen Frau in der Türkei von ganz früher, vor Dennis' Geburt. Und jetzt hat er ein Kind mit einer neuen Freundin in Berlin. «Ich habe vier Halbgeschwister, die kenne ich nicht!», gab Dennis auf dem Schulhof vor seinem Freund Jan Eisler an. Weil Jan geprahlt hat, dass er bald ein zweites Geschwisterchen bekommt. Als Erkan Okan in der Hamburger Siedlung lebte, gab es nie Würstchen. Da war ein Mohammedaner im Haus, hatte die Hosen an und Angst und Ekel vor Schwein. Sein Kind durfte abends lange aufbleiben, nicht nur am Wochenende, es durfte mehr fernsehen als die deutschen Kinder, mehr Fleischspieße essen, buntere Kleider tragen, mehr Taschengeld ausgeben. Mehr Spaß im mohammedanischen Höhlenleben. «In der Türkei gibt es viel mehr nagelneue Mercedesse als hier», erzählte der Vater von seinem Land. «Die Reichen in der Türkei sind viel reicher als die deutschen Reichen. Mein Schulfreund hat ein Haus mit zwölf Badezimmern.»

Das glaubte Dennis eine Weile. «Aber Vater, die Türken verstehen noch nicht einmal die Gebrauchsanweisung vom Handschuhfach», wollte er ihm umgehend antworten, als diese Weile vorbei war und die Wut hochkam. «Würstchen? Bist du noch da, Mama? Würstchen?», ruft der kleine Dennis. Sie ist schon weg. Nachts im Krankenhaus hilft sie Leuten, die in der Nacht vor der Operation nicht trinken dürfen, damit sie nicht sterben. Aber Robin Hood ist der König vom Sherwood Forest, rächt die Armen und Enterbten, gewinnt das Ritterturnier und die Liebe der Jungfer Marian und macht dem Treiben des bösen Sheriff ein Ende. Auf ihn ist Verlass. Noch schöner ist allerdings ein ganz bestimmter Film, den hat Dennis aber leider nicht:

«Ich bin dein Vater, Luke», pestet der schwarze Ritter durch seine Maske.

«Nein!», schreit Luke Skywalker und springt entsetzt in die Tiefe des Weltalls. Das Böse kann nicht Vater sein. Seine Freunde im Raumschiff fangen ihn auf. Ja.

Jan Eisler wohnt im dritten Stock von Haus Nummer sechs. Seine Eltern und die beiden Schwestern wohnen im ersten. Jan hat zwei Zimmer mit Bad und Balkon, von der Küche überblickt er den Spielhof. Kreischende Kinder, schlecht gelaunte, aber modisch gekleidete Teenager. Mit Campingstühlen und einer Getränkekühlbox gehen Dennis und Eisler an den Kanal.

«Meine Füße! Mein Rücken, meine Beine», klagt Eisler und lässt sich auf den Stuhl nieder. «Aaah.» Die letzten zwei Wochen hat er eine Fabriketage ausgebaut, schwarz und Cash-Kralle. «Jetzt hab ich erst mal Ruhe. Ende August gibt's einen großen Ausbau am Hafen, und wenn du willst, kannst du arbeiten.»

«Mal gucken. Vielleicht», sagt Dennis und stiert auf den Kanal.

Eisler greift in die Kühlbox, entnimmt ihr zwei Flaschen Bier, öffnet sie und reicht eine weiter. «Zum Wohle.»

«Wohle.»

Schluck-die-schluck. Der Kanal existiert. Die Sonne existiert, das Gras existiert. Ein großer schwarzer Hund hat einen Haufen hinterlassen. Ein Jucken auf dem Kopf existiert. Der Fisch im trüben Wasser. Bis Eislers 16-jährige Schwester Steffi vorbeikommt.

«Habt ihr Kippen?»

«Nix da», sagt Eisler, obwohl eine eingeklemmte Marlboro-Schachtel sichtbar seinen Gürtel ziert. Dennis will ihr Geld für Zigaretten geben. «Ich lass was springen.»

«Lass den Scheiß», sagt Eisler.

«Aber sie ist doch alt genug.»

«Sie ist Mitglied in einem Rache-Club. Sie kriegt nicht einen Pfennig, solange sie dort Mitglied ist. In einer Weiberbande. Bäh!»

«Arschloch», sagt Steffi, streckt ihrem Bruder die Zunge heraus, nimmt Dennis die Münzen ab und empfiehlt sich.

«Rache-Club?», fragt Dennis und steckt nachdenklich das Portemonnaie in die Hose.

«Rache-Club», antwortet Eisler und reicht Bier nach. Schlimm, das. Aber der Kanal existiert bald wieder. Und die Sonne existiert, bei dreißig Grad ohne Schatten, mit großer Überzeugung. Und das Gras kommt zurück. Das Jucken auf dem Kopf. Der Fisch im trüben Wasser. Ein paar fette Fliegen existieren seit kurzem und lassen sich auf dem Haufen des schwarzen Hundes nieder.

«Bier?», meint Eisler, und er meint in der Tat Bier.

Schluck-die-schluck. «Mir läuft so die Suppe runter!»

Drei leere Flaschen später. «Pläne, Projektionen, Parodontosen», lallt Dennis.

«Mal im Kino gewesen?», fragt Eisler.

«Ich hab mehr zu sagen als so ein Schauspielaffe.» Ein Standard von Dennis, strafte vornehmlich Angies männliche Schauspielkommilitonen.

«Ich nicht», sagt Eisler mit dem Stolz des Betrunkenen.

«*Last Trace* war gut», sagt Dennis.

«Ach ja? Nee, diese glatten Amifilme.»

«Ist nicht so glatt.»

«Aber glatter als meine Rasur», sagt Eisler und kratzt sich im Schritt.

«Angst vor schlechten Filmen», überlegt Dennis. «Die sollte man nie verlieren, diese Angst.»

«Okay», antwortet Eisler. «Kein Problem.»

«Am Freitag war ich auf einer tollen Party.» Dennis sagt es, als beschreibe er seine Henkersmahlzeit. «Frauen ohne Ende.»

«Am Samstag war ich auf einer furchtbaren Party», bescheidet Eisler, und es klingt viel besser. «Ein Gartenfest von einem Kunden, dem ich einen Grill gemauert habe. Und rate mal, wen ich getroffen habe. Lars Ackermann. Rate mal, was der jetzt macht.»

«Generalbundesanwalt.»

«Er hat sich ein Wochenendhaus in der Holsteinischen Schweiz gekauft. Er will ein Zwei-Wasserwege-System installieren, mit Trinkwasser einerseits und Regenwasser andererseits.»

«Ach ja?»

«Der ist in Ordnung. Wir haben zusammen ein paar Berechnungen gemacht, wie man das lösen könnte. Hat richtig Spaß gebracht.»

«Kann ich nicht mit dienen», sagt Dennis, und Eisler erzählt nicht weiter von seinem Wiedersehen mit dem alten Kameraden. Scheint Dennis ja mächtig die Laune zu verhageln.

Sie legen es darauf an, einen Sonnenstich und einen echten Schädel zu bekommen. In der Luft wird ein Flugzeug gesichtet.

«Ach, tue ich mir Leid», seufzt Dennis, der einen starken Schmerz am Herz spürt, den gemeinen Stich der Sehnsucht und unerfüllten Liebe. «Niemand ahnt mein Leid.»

«Die Luft ist schlecht», weiß Eisler. «Besonders hier. Der Kanal stinkt und die Hundescheiße kann man dampfen hören.»

«Im Herbst geht es wieder», antwortet Dennis und

hofft, das gilt nicht nur für die Luft am Kanal. «Wird der Sommer nie vergehen?»

«Zum Wohle», sagt Eisler, der verstanden hat.

«Wohle.»

Nach einem gemeinsamen remouladehaltigen Abendbrot in «Wickies Croques-Stube» torkelt Dennis in Richtung Heimweg. Eisler hat ihm das Gästesofa angeboten, aber nein. Dennis entscheidet, ein kurzer Abstecher in die Martina-Bar muss noch sein. Er lernt eine ältere Frau kennen, sie kommen in Stimmung. Dennis macht Späßchen, bringt sie zum Gackern, macht einen Türken nach, wie aus einer, ja, TV-Comedy: «... meine Onkel hat eine Gemösseladen, weißt du!» Macht einen Araber nach, wie aus einem alten Film: «Weit drüben sind die Feste meines Vaters, des Kalifen.» Und etwas dazwischen: «Meine Preise sind so klein wie diese Pistazie.»

Sie lacht tüchtig und hält sich an seinem Knie fest. Dennis' Schwanz wird steif.

«Du verdienst bestimmt viel Geld, lässt hin und wieder die Sau raus, und dann geht's noch effektiver im Job», sagt er. Das mag sie, von jungen wilden Kerlen geneckt werden. Sie streichelt sein Knie und den Oberschenkel, mustert ihre Hand mit den vielen Ringen an jedem Finger. Täglich pflegt sie die Handrücken mit einer Sonnencreme, aus Angst vor Altersflecken. Sie schenkt Dennis einen Du-hast-mich-absolut-durchschaut-Blick. «Du machst mich an, weil du mich an die 80er Jahre erinnerst», sagt sie. «Ich habe diese Sorte in den 80ern nicht genug probiert.»

Dennis will keine ehrliche Haut ficken. Heute nicht. «Was hätte Vlad getan?», überlegt er zu Hause und zieht sich umständlich aus, besoffen. «Die Alte war bestimmt unter seinem Niveau. Ach, lass mich doch in Ruhe, du blöder Vampir», brummt er, fällt auf die Matte und schnarcht sich einen Wald. Zehn Stunden. Er verpasst die Vorlesung über die Affen im Kino. Das hätte Vlad gefallen, dass Dennis die Vorlesung verpasst. Vlad mochte den Professor nicht sonderlich, er erinnerte ihn zu sehr an einen van Helsing.

Der homo sapiens entwickelte in einem stärkeren Maße als der Neandertaler eine ausgeprägte Mimik. Die Fähigkeit, Mitleid, Freude, Leid und Lüge auszudrücken oder zu verbergen, erwies sich gegenüber dem steifgesichtigen Neandertaler als eklatanter Überlebensvorteil. Larger than life zu sein bedeutet, besser kommunizieren zu können. Die Gesellschaft lernt so unanständig viel aus Filmen, lernt aus Stücken und Büchern. Lernt, was einen Überlebensvorteil verspricht. Wer schon einmal vor Gericht stand, weil betrunken gefahren, gemeingefährlicher Nebelraser et cetera, kennt diese Atmosphäre: Strafrichter, die zu viel Gerhard Hauptmann und sonstiges Abonnement-Theater sehen, geben Trunkenbolden ungleich mehr Kredit und Gnade, wenn diese nur bühnenreif und naturalistisch winseln:

«Durch den Entzug des Führerscheines hab ick meene Arbeit verloren, Frau Richter!» Wenn Richter «keene Arbeit» hören, hämmert es im richterlichen Kopf: «Elend! Elend!» Das ertragen sie nicht, dieses Unrecht, und darauf ist auch die Philosophie der Strafe gegründet, dass man Hauptmann einzig beweisen will: Nein, Gerhard! Unsere Gesellschaft ist besser. Wir haben gelernt! Wir machen jetzt Filme! Und wenn es sein muss: auch deine Filme. So zeigen wir: Keiner will leben wie in einem sozialkritischen Rührstück. Niemand hat das verdient.

Sonja liegt im Hotelbett und pflegt ihren *hangover.* Angie ist schon früh aufgestanden und gegangen, sie will sich eine Ausstellung ansehen. Im TV läuft ein Bericht über bedeutende Sportlerinnen.

«Where are they, the new *wunderkinder*?»

Natürlich kann die Tennisspielerin Steffi Graf nicht fehlen. Sie ist der größte Sportler des 20. Jahrhunderts. «Sie hat Beine», denkt Sonja und schaut vor allem auf Grafs Nase. Die Nase liebt die Kamera. Sie flirtet mit der Kamera. Steffi Graf spielt auf Sand, sie flucht, weil sie einen Ball nicht kriegt. Was selten genug vorkommt. Nach einem in zwei Sätzen gewonnenen Match erklärt Steffi Graf dem Dokumentaristen, warum ein bestimmter Ball misslang. Sie sitzt in der Spielerkabine und ringt um Worte. «Ich habe mich einen Moment nicht konzentriert.» Sie weint fast. Sich einen Moment nicht konzentriert haben. Wie konnte das geschehen, Himmel.

«Ich wollte den Ball. Ich kann mich nicht daran gewöhnen, zu verlieren.»

Der Dokumentarist fragt, ob es das ist, was man lernen muss. Sich zu konzentrieren. Steffi Graf sieht ihn entgeistert an. Dann dreht sie sich von der Kamera weg und rubbelt mit einem Handtuch die nassen Haare. Die Nase lugt aus dem roten Handtuch.

Sonja schaltet das Gerät aus. Sie bleibt im Bett, liegt in Embryonalstellung und erhofft sich einen Frieden. Sie reibt an ihrer Nase, wie auf einem Glücksbringer. Dann erinnert sie sich an die Tatsache, auf diese Weise neun Monate im Leib von Britta verbracht zu haben, und findet es abstoßend. Sie steht auf und geht zum Tisch, darauf steht ein großer Blumenstrauß. Ein Kärtchen vom Filmverleih sagt «with compliments». Sie schnuppert daran. Hotelblumen sehen gut aus, aber sie riechen staubig. Bei der Betrachtung der hoch gezüchteten Schönheit kommen Sonja fatale Gedanken. «Jede Blume fragt sich ein Leben lang, ob sie schön genug ist. Zaghaft blüht sie, auf die Biene wartend, die von ihrem Nektar trinken mag. Die Natur ist brutal, alles da draußen.» Wie gerne hätte sie sich abschleppen lassen. Letzte Nacht an der Hotelbar, von ihm, diesem hoch gewachsenen blonden deutschen Mann. Nur von ihm. Weil sie ihn nicht kennt. Ist visuell.

Als sie mittags den Esssaal betritt, geht es sofort viel besser. Er sitzt alleine am Tisch und isst Rührei mit Würstchen. Er blickt von seiner Zeitung auf. Akkurate Frisur, weißes Hemd, beige Hosen und helle Sportschuhe. Sonja findet, er sieht famos aus. Tadellos sozusagen. Sie riecht seine frische Rasur auf viele Meter Entfernung. Sie ist ein Tier. Tritt näher heran, schaut auf die leeren Buffettische, als würden sie sich durch den Blick wieder füllen. Er grüßt sie auf Deutsch. Sonja setzt sich zu ihm.

«Kann man noch bestellen?»

Er verneint und bietet ihr von seinem Frühstück an.

«Das müsste doch fast für zwei reichen, oder?»

Auf seinem Tisch ist reichlich vorhanden. Ein Korb mit Toast und Croissants, ein Teller mit Käse, Wurst und Marmelade. Genug für eine ganze Familie.

Sonja bekommt immerhin noch eine Tasse Kaffee und Besteck. Sie stellt sich dem noblen Gönner vor. Er heißt Henning und kommt aus München. Seit kurzem Volljurist, spezialisiert auf Internationales Recht und Geldwirtschaft, und bewirbt sich jetzt in ein paar Londoner Kanzleien. Zuvor war er in Paris und Barcelona, doch jetzt reizen ihn London und der englische Wirtschaftsboom. Die Bank von England macht ihm zufolge die interessanteste Geldpolitik Europas.

«Und ob das Essen hier wirklich so schlecht ist, wollen wir doch erst mal sehen. Man muss nur wissen, wo man hingehen kann, nicht wahr?»

Sonja hört heraus, dass sein Zweckoptimismus schon Schwierigeres im Leben bewältigt hat. Er scheint sehr mit sich im Reinen zu sein, wirkt beherrscht und selbstgenügsam. Eine Kombination, die Sonja von Anfang an fesselt. Penibel faltet er die Zeitung zusammen und plaudert weiter. Über dies und das. Sonja lauscht, wirft zwischendurch ein «Wirklich?» oder «Aha» oder «Ja, das habe ich auch gelesen» ein. Sie gießt ihm Tee nach. Als sie die Gabel aus der Hand legt und sich den Mund abwischt, zwinkert er ihr zu.

«Du hast aber reingehauen. Jetzt schuldest du mir einen Drink.»

Sonja freut sich. «Klar. Jetzt gleich?»

«An meinem Anzug ist ein Knopf abgerissen. Kannst du nähen?»

Sonja nickt, wie ein Häschen in der Grube.

Sonjas Mutter geht es unterdessen viel besser. Sie hat ihre Gespräche, Gruppen, Medikamente und Mahlzeiten. Am Nachmittag wird sie müde und studiert in der Tageszeitung die Radioprogramme. Am Abend eines heißen Tages hört sie eine Sendung über eine bayrische Millionärserbin, die plötzlich und unerwartet ins Kloster ging und zur Nonne wurde. Britta legt Stift und Papier bereit, sie lacht über sich. Legt man nicht Stift und Papier bereit, weil ein Gewinnspiel angekündigt ist, weil die Preise verlockend sind? Man notiert schnell Lösung und Adresse, schreibt eine Postkarte und gewinnt doch nie. Britta weiß nicht, dass ihre Tochter eine Traumreise gewonnen hat und sich in London aufhält. In Brittas Jugend nannte man London «die Hauptstadt des Sex».

Charlotte war gerade zwanzig Jahre alt. Ein paar Tage, bevor sie ihrer schockierten Familie verkündete, dass sie das Gelübde ablegen will, tanzte sie auf der Geburtstagsparty einer Freundin noch ihre Schuhe durch. «Ich habe geschrien und geweint und sie angefleht, es nicht zu tun», erinnert sich die Mutter. «Wieso machst du nicht eine schöne Reise, machst mal ein Jahr Pause und lernst die Welt kennen! Sie war noch so jung! Sie hatte doch alles, was sich eine Frau wünschen kann. Sie interessierte sich besonders für moderne Kunst. Sie wollte Sammlerin werden, Ausstellungen organisieren.» Doch Charlotte hatte sich entschieden. «Ich weiß, dass ich meiner Mutter Schmerz zugefügt habe. Aber einer solchen Berufung muss man folgen.» Am schwersten fiel ihr der Abschied von dem Reitpferd. Mit einem Bund Möhren ging sie in den Stall, das Tier wieherte ihr zur Begrüßung freudig entgegen. «Schsch ...», beruhigte sie, streichelte das Fell und die Nüstern, kämmte ein letztes Mal Mähne und Schweif. Kein Ausritt mehr, nie. Sie verfütterte die Möhren, umarmte den Hals des Pferdes und weinte eine Träne in das Fell. Plötzlich fasst sie sich wieder, schließt die Box und geht zurück ins Haus. Sie kennt nicht einmal mehr den Namen auf der Stalltür. «Sie nahm ihren Schmuck ab und legte ihn auf die Kommode.» Die Mutter weint. «Es hat mir das Herz gebrochen, ihre Juwelen dort liegen zu sehen. Dann verabschiedete sie sich vom Personal, von jedem einzeln. Seitdem war sie nie wieder in meinem Haus.»

«Ich vermisse dieses Leben nicht», sagt Charlotte heute. Seit acht Jahren lebt sie im Kloster. «Ich spürte immer mehr die stumpfe Traurigkeit und Resignation. Die Frauen in meiner Familie und in meinem Freundeskreis dekorieren, schmücken und repräsentieren ihr Leben lang. Ich wollte keinen Halsschmuck entwerfen oder exotische Hotelblumen importieren. Die Liebe zu Gott ist einfach und bedingungslos.»

Im 15. Jahrhundert war es den Patriarchen am liebsten, dass die Tochter ins Kloster geht, wenn sich kein standesgemäßer Bräutigam interessiert zeigte. Kann eine heftige Enttäuschung in der Liebe auch heutzutage eine junge Frau dazu bringen, Nonne zu werden? «In der Tat», so der Religionswissenschaftler Professor Grein, «ist die Enttäuschung von romantischen Vorstellungen oft mit ein Beweggrund für den Eintritt ins Kloster. Das war schon immer so. Absolut typisch ist im Fall von Charlotte, dass die Entsagerin den Cinderella-Moment erlebt. Eine große Party mit Gleichaltrigen feiern, die Schuhe durchtanzen und dann um Mitternacht ins Kloster rennen. Falls der Prinz sie nicht aufhält. Noch auf der Treppe.»

Die Radiosendung handelt weiter vom Alltag im Kloster, auch von modern geführten Kloster-Hotels, in denen Managerseminare und Kochkurse stattfinden. Britta notiert einiges, dann geht sie schlafen. Es ist so heiß und Britta hat viel Zeit, nachzudenken. Die Gedanken kommen von alleine, wenn die Pillen am Abend weniger wirken, so stellt sie es sich jedenfalls vor. Sie erinnert sich an eine Kinderkassette, die Sonja oft hörte. Grimms Märchen, Aschenputtel, da gab es einen Singsang, Sonja fand ihn schaurig.

«Was bedeutet das bloß, Mama?», fragte sie. «Rukidigu, rukidigu? Rukidigu, rukidigu, Blut ist im Schuh. Der Schuh ist zu klein, die rechte Braut ist noch daheim.»

«Rukidigu ist der Laut der Tauben. Sie gurren und warnen den Prinzen, dass er nicht die falsche Braut nimmt», erklärte Britta.

Die Tauben haben sich seither vermehrt. Sie fliegen durch ganz Europa, Sonja hinterher, und stoßen die Warnrufe aus. Warnen aber auch jeden Märchenprinzen, den sie trifft.

Rukidigu, im indischen Restaurant: Einen Tag lang wurde der Fisch in einer sämigen Soße aus gehacktem Thymian, Liebstöckelblättern, Koriander, schwarzem Pfeffer, Honig, Essig, Sardellenpaste, Olivenöl, Grapefruitsaft und Mehl eingelegt und dann gegrillt.

«Stimulating!»

Der Vanillepudding, mit Jasmin verfeinert: Frische Blüten mit Zucker bestreuen, eine halbe Stunde ziehen lassen und unter den Pudding rühren.

«Exquisit!»

Das Ingwer-Eis mit erhitzten Erdbeeren aus Norditalien, «delicious», die Suppe Mulligatawny, «just more than hot», die Suan La Tang, «superb», die Zitronenhühner, «formidabel», der knusprig-gefüllte Kichererbsenteig, das zarte Lamm, die Fische à la Madras, «fantastic», der duftende Basmati-Reis aus der Tiefebene des Himalayas, die rauchigdünnen Tandoori-Brote und der mit Kardamom gewürzte Tee.

«So einen guten Inder habe ich noch nie erlebt», staunt Henning nach dem Mahl. «Dieser Inder ist noch besser als der Inder, den ich einmal in Amsterdam besuchte. Es liegt wohl daran – in London ist die Konkurrenz gewaltig. Die Asiaten brauchen den Wettbewerb, um auf entsprechende Leistung zu kommen. Es liegt in ihrer Natur.»

«Und wie gekonnt Elemente der fernöstlichen und italienischen Küche integriert wurden», lobt Sonja und kichert. Alles, was sie und Henning seit dem Nachmittag sagen, findet sie eher brüllend komisch als ernst gemeint.

Geschwisterlich wird die Rechnung geteilt, wobei Henning immerhin das Trinkgeld übernimmt. Sie spazieren zu Fuß zurück ins Hotel. Im Foyer küsst Henning Sonja auf die Wange, setzt sich an die Bar und raucht dort eine Dunhill. Auch das findet Sonja furchtbar komisch. Kichernd geht sie auf ihr Zimmer. Angie liegt im Bett, mit dem Telefon auf dem Bauch.

«Ich platze gleich», Sonja schmeißt sich zu Angie aufs Bett. «Ich habe diesen Münchner von gestern Abend kennen gelernt. Ein Gourmet mit dem Appetit eines indischen Elefanten.»

Sie erzählt von seinem gerichtsfähigen Beruf, dem wirkungsvollen Geruch und dem taktilen Bewerbungsanzug.

«Du hast ihm Knöpfe angenäht?»

«Ich dachte, es sei ein Trick, um mich ins Bett zu kriegen. Als er es dann ernst meinte, musste ich nähen. Dass

ich es überhaupt konnte! Die ersten Anzugknöpfe meines Lebens! Vielleicht hängt seine Karriere davon ab, wenn er sich bewirbt. Morgen Abend gehen wir wieder essen. Du musst unbedingt mitkommen, er kennt phantastische Restaurants in London. In der ganzen Welt kennt er phantastische Restaurants. Ich glaube, ich bin etwas verliebt.»

«Mach dir um mich keine Sorgen. Ich amüsiere mich.»

«Ach komm, Angie. Wir können fein ausgehen.»

«Nein, wirklich. Obwohl ich die Knöpfe gerne sehen würde, möchte ich morgen keinen Feinschmecker aus München treffen.»

Sonja drängt nicht weiter. «Was hast du heute erlebt?»

Angie setzt ihre Sonnenbrille auf und sieht gleich wie eine große Schauspielerin aus, die in ihrem Hotelbett Interviews gibt. Müde, aber gelassen, professionell, aber von den dunklen Gläsern auf ihrer Nase zutiefst abhängig. Eine Schauspielerin ist immer furchtbar nackt, sie trägt oft nur ihr Parfum, und die Gläser schützen nicht die Augen vor Licht, sondern die Seele vor dem Gedanken der Nacktheit. Keiner darf in diesem Moment in sie hineinsehen, und was aus dem Mund kommt, ist Geplapper. Das Geplapper einer schönen Frau, die einmal eine schlechte Schauspielerin hätte werden können.

«Ich war im Museum of Natural History und habe mir die Skelette der Dinosaurier angesehen. Es gab eine große Zeremonie, der amerikanische Forscher David Huxley rekonstruierte ein interkostales Schlüsselbein. Als ich gehen wollte, brach mir draußen auf der Museumstreppe der Absatz ab. Ein paar Leute halfen mir, auch den Absatz vom anderen Schuh abzubrechen. Das war gar nicht so einfach, keiner schaffte es. Nur einem Mann gelang es, und so konnte ich einigermaßen zum Schuhladen gehen.» Sie deutet auf ein Paar Sandalen und zwei volle Einkaufstüten.

Sonja hüpft vom Bett und schaut sich all die neuen Sachen an. Sie probiert den Rock an, aus blauer und weißer Chiffonseide und recht raffiniert geschnitten.

«Wo findet man nur so was? Toll.»

Sonja nimmt sich vor, morgen einkaufen zu gehen. Und abends beim Essen mit Henning in einem schicken Restaurant kann sie die Sachen dann tragen. Sie ist sicher, es wird eine wundervolle Woche werden. Angie setzt die Sonnenbrille ab, stellt das Telefon auf den Tisch und blickt Sonja versonnen an. Jetzt sieht sie wieder aus wie ... sie.

«Er ist toll? Ich glaube auch.»

Früher spielte Sonja ein Spiel mit der Mutter, das hieß: «Mama, was isst ein Boxer?»

«Mama, was isst ein Boxer?» Britta zählte daraufhin einen gewaltigen Menüplan auf. Das war noch schöner als Märchen vorgelesen bekommen. «Zum Frühstück isst er zwölf Brötchen, drei Sesambrötchen mit Erdbeermarmelade, drei Roggenbrötchen mit Tilsiter-Käse, drei Milchbrötchen mit Bierschinken und drei Mohnbrötchen mit Eiersalat. Dazu trinkt er eine Kanne Kakao und vier Tassen Malzkaffee.»

Lebensmittelworte wie «Eiersalat» und «Tilsiter-Käse» machten Sonja famosen Spaß und sie klatschte vor Vergnügen in die Hände.

«Mama, und was isst ein Boxer zum Mittagessen?»

«Zum Mittag isst er drei gegrillte halbe Hähnchen, ein

Kilo Kartoffelsalat mit Essig und Öl, neun Flaschentomaten, ein Glas saure Gurken und zwei Maiskolben mit Butter und Salz. Und zum Nachtisch isst er ein Stück Johannisbeertorte, drei Berliner mit Pflaume und vier Dany plus Sahne, zwei mit Schokolade und zwei mit Mocca. Zu trinken gibt es zwei Liter Apfelsaft.»

«Und sag, gute Mama, was isst ein Boxer zum Abendbrot?»

«Abendbrot? Hm. Zuerst isst er vier Toast Hawaii. Danach gibt es fünf Wiener Würstchen mit mittelscharfem Körnersenf, drei Scheiben Graubrot mit Teewurst, zwei Scheiben Schwarzbrot mit Harzer Käse und Zwiebelringen. Dazu eine Dose Sardinen in Pflanzenöl. Eine Dose Heringe in Tomatensoße mit Paprika, was Piratenmahlzeit genannt wird. Dazu trinkt er eine Kanne kalten Kakao und zwei Flaschen Pilsener.»

So viel isst ein Boxer, daran glaubte Sonja fest. Wie aufregend, dass ihre Mutter alles so genau wusste. Die Mutter ist eine bekannte Frau, die interessante Bücher schreibt. Viele Menschen lesen Mutters Bücher. Die sind für große Leser, hatte Britta gesagt, als Sonja wissen wollte, um was es in den Büchern geht. Mit den Büchern verdient die Mutter Geld für die Familie. Sie hat schon ein Ferienhaus gekauft.

«Meine Bücher sind für Kinder sehr langweilig. Willst du gar nicht wissen, was ein Boxer am Sonntag isst?»

«Au fein!»

Rukidigu im kontinentalen Restaurant. Im Reiseführer eines Schweizer Verlages lobend erwähnt. Heute ist Sonjas letzter Abend in London. Am Nachmittag war sie beim Friseur und hat sich ein neues Oberteil gekauft.

«Wieso bist du nicht Restaurantkritiker geworden?»

«Wie meinst du das? Ich verstehe nicht.»

Dafür dämmert Sonja: Henning ist Restaurantkritiker. Nur verdient er sein Geld anders. Ein Rechtsanwalt für Internationales Recht und Geldwirtschaft verdient in London mehr als ein Restaurantkritiker mit Französisch, Ungarisch und Angelschein.

«Wie konnte ich nur fragen?», denkt sie und fängt an, sich zu schämen. Das Oberteil sitzt nicht bequem, und sie hat Angst, dass es Flecken vom Achselschweiß annimmt. Allgemein ist die Qualität schlecht.

«Mir macht es Spaß», sagt Henning, «Restaurantkritiken zu überprüfen.»

Der Kellner serviert einen Chablis. Sie stoßen an.

«Herzlichen Glückwunsch, du wirst dir in Zukunft bestimmt einen Strafzettel in London leisten können», sagt Sonja.

Henning erhielt genau das ausgezeichnete Angebot, das er sich erhoffte. Nach dem gestrigen Bewerbungsgespräch hatte er bereits ein gutes Gefühl, heute Morgen kam die definitive Zusage.

«Die Temperatur ist auf dem Punkt.»

«Und deine Freundin zieht jetzt auch nach London?», fragt Sonja und gibt sich Mühe, dabei entspannt zu wirken.

«Ich denke doch. So war es vereinbart.»

«Was macht sie beruflich?»

«Innenarchitektur.»

«Wie schön.»

«Darauf läuft es hinaus.»

Sonja ahnt, dass dieser Abend entgleiten kann. Etwas unpassend Dramatisches könnte passieren. Sie möchte fragen: «Ist Liebe auch ein leicht verdauliches Lebensmittel? Wie viele Sterne bekommt so eine kleine miese Affäre von einem Münchner Gourmet zugebilligt? Was fühlst du, wenn du eine Dorade isst, was fühlst du, wenn du einen korsischen Rohmilchkäse verzehrst, was fühlst du, wenn ich deinen Körper berühre, wenn du dein erstauntes Gesicht in meinen Augen gespiegelt siehst. Wie ein stummer Fisch in sauerstoffarmer See. Womit wir wieder bei der Dorade wären.»

«In London kann man sicherlich viel Interessantes machen, mit Innenarchitektur», sagt sie stattdessen.

«Ich nehme Menü zwei. Und du?»

«Wie du.»

«Och, das ist doch langweilig. Nimm etwas anderes!»

Sonja sieht nicht in die Karte. «Menü eins.»

«Ausgezeichnet», freut sich Henning und winkt den Kellner herbei.

Der erste Gang besteht für beide aus Langustinen. Henning zeigt ihr, wie sie zu essen sind.

«In einer Welt ohne Liebe und Fürsorge sind es die Tischsitten und Umgangsformen, die uns Halt geben. Ist es nicht so, armer Liebling?» Sonjas Augen flehen stumm um die Bestätigung der Annahme, dass sich im Genuss grundsätzlich eine gewaltige Enttäuschung verbirgt. Nach den Langustinen säubern sie sich die Hände in Schalen mit Zitronenwasser und trocknen sie an gestärkten Leinentüchern. Der zweite Gang ist weniger anstrengend, es gibt Suppe. Fisch für Henning, klares Huhn für Sonja.

«Was ist bürgerlich?», fragt Sonja.

«Was meinst du?», fragt Henning.

«Ich meine ganz einfach: Was ist bürgerlich? An die Liebe glauben, heiraten und fünf Jahre vom Scheidungsanwalt entfernt sein? Beziehungsweise heiraten und verzweifelt an Liebe glauben und darüber bitter werden, dass man nur schlechten Sex zu bieten hat (was ist schlechter Sex?) und gar nicht an die Liebe herankommt, die man sich erträumt.»

Henning schlürft Suppe. Diese Antwort kann Sonja akzeptieren. Sie lernt jetzt von ihm. Er darf sich nicht von ihr provozieren lassen. Dann ist es gut. Das akzeptiert sie und schlürft nun auch.

«Die Suppe ist wunderbar», sagt sie.

«Freut mich, dass du das sagst. Man muss es genießen. Probleme und Sorgen einmal vergessen können.»

«Aha», denkt Sonja triumphierend. «Das also bedeutet die hohe Kunst des Genießens: Vergessen! Wie vulgär. Aber vielleicht kann ich das lernen.»

Während des dritten Ganges, Dorade für ihn, Wachteln für sie, schafft es Sonja. Beim Dessert denkt sie wieder nach und bekümmert sich. Die fade Süße in ihrem Mund, auf ihrer Zunge, in ihrem Blutkreislauf hat Schuld daran.

«Wieso überhaupt von ihm lernen? Er reißt sich fürchterlich zusammen. Ich mache Abenteuerurlaub! Er ist Anwalt – ich habe eine Reise gewonnen. Alles ist ganz einfach. Es wird keinen weiteren Versuch geben. Er hält mich nicht mehr aus. Es ist ihm zu emotional. Und mir ist es zu unappetitlich.»

«Man schmeckt differenziert mit der Nase. Nicht mit der Zunge. Die Zunge unterscheidet nur süß und bitter. Wusstest du das?», fragt Henning. Er blickt dabei auf den Teller. Dahinter, denkt Sonja, steckt natürlich die Frage: Kann man mit so einer großen Nase wie deiner besser essen? Besser schmecken? Jetzt versteht sie ihn. Er neidet ihr die Nase, die größere Genussfähigkeit, die größere Anzahl von Differenzierungsnerven.

Sonja nimmt die Serviette, hält sie sich an die Nase, verharrt kurz, dass er auch guckt. Und rotzt. So laut wie eine Elefantenherde im Busch, rotzt laut und dröhnend in die Serviette. Der Mann am Nebentisch verschluckt sich vor Schreck, seine Frau lacht und klopft zwischen seinen Schulterblättern, gleich unterhalb des Halses. Als würde sie ihn für eine seltene Aufmerksamkeit loben.

Im Hotelfoyer küsst Henning Sonja auf die Wange und zieht sich auf eine Dunhill und einen Whisky in die Bar zurück. Es hat dort Männer und rationale Gespräche. Sonja kämpft im Aufzug mit Tränen, erinnert sich an zwei besondere Grausamkeiten aus seinem Munde.

Erstens: «Man sollte sich keinen Illusionen hingeben und nur jemanden aus einer soliden Familie heiraten.»

Zweitens: «Jemand, der Sex unbedingt *braucht*, ist nicht so erregend wie jemand, der sich dafür entscheidet.»

Solche Sätze, sie sollte sie aufschreiben. Was Männer nicht alles in ihrem Repertoire führen, wenn sie «Es liegt nicht an dir, es liegt an mir» einmal zu oft gesagt haben und sich etwas anderes ausdenken müssen. Wenn sie Geschmack an Sätzen finden, die ... präzise wehtun, den anderen bei seinem Selbsthass packen. In der Minibar findet sie für den Kampf Verstärkung. Sie wird heute Nacht allein mit ihrem Kummer bleiben, denn Angie ist mit einem neuen Bekannten aus London zu einem Hockeyspiel aufs Land gefahren. Ein Treffen von ehemaligen Internatszöglingen, die ein Sportfest veranstalten. Englisches Dinner und englische Übernachtung im englischen Schlossinternat. Sonja mag England nicht mehr sehen. So trostlos, Samstagabend in England. Wenigstens gibt es im Fernsehen einen Film, den Sonja liebt. Nett von dem Film, gerade jetzt aufzutauchen. Denn anno domini 1872 schloss der Brite Phileas Fogg eine Wette um zwanzigtausend Englische Pfund ab. Er behauptete, eine Reise um die Welt in achtzig Tagen zu schaffen. Sein Butler Passepartout begleitete ihn. Fünf Oscars erhielt der Film, nachdem Fogg und Passepartout von Detektiven bedroht, Indianern verfolgt, mit Schiff, Zug, Elefanten und Ballon um die große weite Welt gereist waren. In Indien trifft Fogg die indische Prinzessin Aouda, die als Menschenopfer verbrannt werden soll. Prinzessin Aouda ist in England aufgewachsen. «Das ist entscheidend», bestimmt Phileas Fogg, als er davon erfährt, und befreit sie. Später entdeckt er die Liebe, denn Aouda hat eine Schwäche für seine Poker-Geschichten: «Wie ich einmal in der Grafschaft Kent ein Bombenblatt hatte.» Aber Sonja kann sich nicht auf den Lieblingsfilm konzentrieren. Sie versammelt eine Anti-Tränen-Truppe auf dem Doppelbett, ein Bataillon von Minibar-Fläschchen. Der Wodka opfert sich zuerst. Schnell fühlt sie seinen Trost in sie fließen, mit jedem Schluck etwas mehr. Sie zieht die Kleider aus. Splitternackt zappt sie sich durch das Fernsehprogramm. «Good things come to those who wait», heißt es in dem Werbespot für Guinnessbier. Der Porno ist verschlüsselt. Sonja guckt trotzdem. «Meet me with the eyes of a child.» Die Pornodarsteller vögeln sich im dichten Verschlüsselungsschnee die Seele aus dem Leib, und nur eines wird dabei deutlich: Keiner von denen verliebt sich.

«Ich bin nun mal kein Pornodarsteller, Henning, ich kenne mich nicht aus mit Hotelzimmeraffären. Du hast mich nie geküsst, als würdest du verhungern, wenn du es nicht tätest. Hoffentlich reißt dir der Knopf vom Jackett, während du der Queen ihren Gehaltsscheck zeichnest.»

Sie hat den verschneiten Porno bald satt und schaut sich *In 80 Tagen um die Welt* bis zum Ende an. «Wie ich in London mal ein Bombenabendessen hatte und weiß Gott drei Kilo zunahm. Ich mag Männer, die mich nicht mögen.» Dieses Gefühl ist konserviert, wie die Kinderfeindschaften, die man nie vergisst. Trifft man die Leute, die einem als Kind ins Gesicht spuckten, Kaugummi in die Zöpfe klebten und in den Magen boxten, zufällig auf der Straße wieder, dann kommt man nicht darüber hinweg. Und hasst sie aufs Neue. Es spielt keine Rolle, dass der einstige Angstgegner, ein jähzorniges Kind, zu einem harmlosen, dickbäuchigen Angestellten wurde. Der geborene Verlierer. Dickbäuchig und mit schrottigem Gebrauchtwagen. Er bleibt ein Monster. Sonja weint eine dicke Träne um sich. Der französische Brandy fällt an der Front. Hach, denkt Sonja, in Paris wäre es schöner gewesen. Alles wäre in der Stadt der Lichter und der Liebe schöner gewesen. Galanter.

«The French are glad to die for love», sang Marilyn Monroe. Dumm war sie nicht. Ein bisschen zu gefühlig für die Welt, in der sie lebte.

«Frailty, thy name is woman ...», rezitiert Sonja ihren blassrosa tapezierten Wänden. Diese Reise ist bald zu Ende. Und auch der Pickel auf der Nase ist fast nicht mehr zu sehen. Schon die nächste Nacht wird wieder in Deutschland verbracht. «Da gehöre ich wohl hin», denkt Sonja. «Ich will heim», und badet sich in all diesen Gefühlen.

Am frühen Morgen ruft Angie an, weckt Sonja. Es gehe ihr ausgezeichnet, sie habe viel Spaß und komme mittags ins Hotel. Der Flug geht um sechzehn Uhr, bis dreizehn muss das Zimmer geräumt werden.

«Und wie ist es so im Internat, mit deinem englischen Hockeyspieler?», fragt Sonja.

«Er spielt ausgezeichnet. Seine Mannschaft hat gewonnen.»

«Wie heißt er nochmal?»

«Ich habe es dir doch schon so oft gesagt. Er heißt Johnny.»

«Ach ja. Johnny. Ein Name, den man sich so schwer merken und so leicht vergessen kann.»

Nach dem Telefonat bestellt sich Sonja Frühstück ans Bett, kontinental, und fängt endlich an, Dennis' Drehbuch zu lesen. Mit dem Lied Angie-Girl von Stevie Wonder geht es los.

All around me the world was cold
And you tenderly touched my soul
With your sunshine girl.

Sonja fällt ein, sie sollte Dennis ein Souvenir mitbringen. Vielleicht kann sie am Flughafen noch etwas besorgen. Sie lacht, wenn sie an Dennis denkt. An sein Gesicht, das gar nicht blendend aussieht, wenn er versucht, was zu verstehen. Diese Anstrengung, wenn es endlich dämmert. Sie liest weiter.

Am Vormittag des gleichen Tages putzt Usman sein Restaurant und trifft die üblichen Vorbereitungen. Er legt Papierrollen in der Herrentoilette nach. Auch wenn es finanziell schlecht steht, will er sich das weiche Toilettenpapier für die Kunden leisten. Schließlich begleichen immer noch viele Männer die Rechnung. Das ist den Deutschen wichtig, auf solchen Service achten sie, glaubt Usman. Hamsa betritt den Waschraum, er nimmt seinen Chef beiseite, schaut sich konspirativ um, flüstert.

«Chef Saab, ich habe von Feuer geträumt. Ein schwarzes Feuer fraß meinen linken Fuß. Ich mache mir Sorgen um meinen Bruder Nassir.»

«Ich werde darüber nachdenken, Hamsa.»

Hamsa nickt und geht wieder an seine Arbeit.

«Schneide Mozzarella. Aber nur zwei Packungen, Hamsa!», ruft Usman ihm hinterher. Usman scheuert das Waschbecken, betrachtet sich im Spiegel. In den letzten Wochen sind ihm viele graue Haare gewachsen. Schuld sind Sorgen, die schlechte Situation. Pizza ist in der Krise. Pizza war nie in der Krise. Etwas in diesem Land ändert sich, wenn niemand mehr Pizza isst. Was passiert hier bloß? Er erinnert sich an seinen ersten Tag in Deutschland. Da war er einundzwanzig Jahre alt.

10.30 Uhr Airport Hamburg. Where is the bathroom? Die Zöllner lassen ihn nicht auf die Toilette. Sie durchsuchen eine Kiste mit Mangofrüchten, seine einzige Krawatte und die wenigen Textilien auf Drogen, wie Usman richtig vermutet.

14.00 Uhr Orient-Institut der Universität. Warum gehen die Frauen wortlos vorbei, wenn ich sie anspreche? Sind das Frauen, die immer bumm-bumm wollen? Sein Bruder Zafik, der in Duisburg Stahlarbeiter ist, schilderte ihm die deutschen Frauen viel temperamentvoller. Usman schreibt auf Englisch einen Zettel mit einem Zimmergesuch und bittet die Sekretärin, ihn ins Deutsche zu übersetzen und auf der Institutspinnwand auszuhängen. «Engineering-Student from Pakistan/Rawalpindi needs room with bath. Usman Ghauri c/o University of Hamburg, Secretary Orient Institute.» Die Sekretärin hängt den Zettel nicht auf und bietet ihm stattdessen in ihrem Haus ein Zimmer zur Untermiete an. Ihr Mann ist evangelischer Pastor, sie haben ein großes Haus und fünf erwachsene Kinder. Annegret Thal gibt Usman die Hand, warm und weich. Sie ist der erste Mensch hier.

18.00 Uhr Usman schneidet Mangofrüchte auf und bietet sie der Familie Thal an, die um ihn versammelt steht.

Die haben noch nie Mango gegessen. Waschen sich diese Leute die Hände vor dem Essen? Ich glaube nicht. Usman bekommt ein Zimmer im Keller, es hat kleine Fenster. Ein eigenes Klo ist nebenan, das Licht funktioniert nicht, morgen wird es repariert. Im Zimmer befindet sich ein Waschbecken. Die Kinder des Pastors sind Hippies. Die große Tochter raucht vor ihren Eltern.

20.00 Uhr Usman rollt seinen kleinen roten Buchara-Teppich aus, betet und weint.

21.00 Uhr Usman verweigert das Essen, Schweinefleisch. Er bekommt sauren Gurkensalat, eine Dose Sardinen und eine Scheibe dunkles, hartes Brot. Nach dem Essen sitzen alle auf der Terrasse. Ein schöner Sommerabend. Die rothaarige Tochter raucht nicht und lächelt ihn an. Heißt sie Gesa? Schwere Sprache, hart klingender Name für eine weiche, dicke Frau. Der Sohn hat lange Haare wie ein Mädchen. Er sagt, er spielt Fußball. Morgen? Yes, please. Frau Thal sagt, Usman soll Deutsch lernen. Yes, please.

23.00 Uhr Die Familie schwatzt auf der Terrasse. Usman liegt im Bett und hört die Geräusche. Sie rauchen und trinken Alkohol. Sie essen Schweinefleisch und haben keine sauberen Handtücher auf der Toilette. Die dicken Frauen scheinen netter als die dünnen. Sag, Bruder, findest du nicht auch. Usman vermisst seine Mutter und weint. In Rawalpindi weint auch die Mutter. Usman ist ihr Liebling, der jüngste Sohn, sie musste ihn gehen lassen. Es ist sein Schicksal, von Gott. Usman wurde von Gott nach Europa geschickt. Gott schickt jetzt viele Söhne in die Welt. Usman stellt den Wecker auf sechs Uhr früh. Morgen wird er sich Arbeit suchen. Überall werden Arbeiter gesucht, hat der Pastor gesagt und ihm eine Adresse gegeben. An den Bahnhöfen und Flughäfen stehen die Arbeitgeber und warten auf dich. Es hat Mangel an Arbeitern, du wirst gutes Geld verdienen. Good night, neues Leben. Inshallahtallah.

Usman geht in die Damentoilette, wechselt das Handtuch und füllt den Seifenspender nach. Die Seife riecht nach Rose. Auch wenn es finanziell schlecht steht, will er sich die flüssige Rosenseife für die Kundinnen leisten. Schließlich halten viele deutsche Frauen immer noch die Hand des Mannes, mit dem sie essen gehen. Auf diesen Service achten sie, oder etwa nicht mehr, soll auch das vorbei sein.

Nassir betritt den Waschraum, er nimmt seinen Chef beiseite, schaut sich konspirativ um, flüstert.

«Chef Saab, ich habe von Feuer geträumt. Ein schwarzes Feuer fraß meinen rechten Fuß. Ich mache mir Sorgen um meinen Bruder Hamsa.»

«Ich werde darüber nachdenken, Nassir.»

Nassir blickt ihn an, nickt stumm.

«Öffne die Pilzdosen, aber nur zwei, Nassir. Und raspel den gelben Käse.» Usman deutet die Raspelbewegung an, damit Nassir ihn auch wirklich versteht. «Aber nur halbe Portion.» Auch dafür gibt es eine Geste. Nassir nickt und macht sich an die Arbeit.

Usman geht auf die Straße und putzt das Schaufenster. Sobald die Fenster trocken sind, klebt er neonorange Buchstaben auf das Fenster. Schön sieht das nicht aus, aber es fällt ins Auge:

«Mittagstisch Pizza, Salat und kleines Getränk nur 9,90. 12.00 bis 15.00 Uhr.»

Er denkt an das, was Hamsa und Nassir geträumt haben.

«Sie sind noch in der alten Welt, abergläubisch wie die Greisinnen am Brunnen. Aber es sind gute Jungs. Was werden sie machen, wenn ich kaputtgehe? Vielleicht schaffen sie den Führerschein.»

Er geht in sein Restaurant zurück und schreibt Tageskarten, legt sie auf die Tische. Als Überschrift prangt «Salat-News».

Sonja und Angie sind zurück von der Reise. Angie setzt ihre Tasche ab und ruft Dennis an. Sie will ihn besuchen, gleich. Ein letzter Konflikt zwischen seinem Bild und dem neuen Bild in ihr. Noch an der Wohnungstür erkennt sie, dass dem nicht so ist. Er fragt, ob sie Lust auf Eis hat. Er könne vom Verleih einen Wagen kriegen, mit ihr eine Spritztour machen und dann einen Ananas-Becher. Mit viel Glück wäre noch ein Cabriolet frei. Sie sagt, sie zieht nach London. Sie sagt es Dennis ins Gesicht, denn er soll verstehen, sie wird mit einem anderen Mann leben. Dennis fragt, wer dieser Mann sei. Verstockt gibt sie Antwort. Sie kann Dennis nicht trösten. Außer mit einem, vielleicht.

«Ich habe mich nicht eine Sekunde mit dir gelangweilt.»

«Und wieso soll es dann vorbei sein?»

«Das Leben besteht aus mehr als Eisessen und billige Cabriolets fahren.»

«Lachst du nicht mehr gerne?»

«In einem halben Jahr, spätestens, bist du wieder verliebt.»

«Ich will keine Beziehung.»

Dennis überlegt, was soll er jetzt sagen. «Apokalypse now», zum Beispiel. Dieser Johnny in London ist also Regisseur. Sein erster Film kam gerade raus, wohl sehr erfolgreich. Ein Wort hämmert in Dennis' Kopf. Er schaut Angie nicht mehr an. Und Angie denkt, dass Dennis nicht Abschied nehmen kann. Von ihr nicht und von der Herumtreiberliebe nicht. Junge Mädchen interessieren ihn nicht, und was könnten sie in ihm sehen, die sind zu ehrgeizig. Er sollte sich einen Gefallen tun und loslassen. Sie geht zu dem roten Cordsofa, da liegt eine alte Tageszeitung, darauf notiert sie eine Londoner Adresse. «Besuchst du uns mal? Irgendwann.»

In zwei bis drei Wochen wird sie in London leben. Ihr Zimmer wird geräumt, alles Notwendige erledigt sein. Angie geht, schließt leise die Tür. Dennis bleibt in der Küche zurück. Und das war alles. Der junge Mann, der in Flauberts Roman *Erziehung des Herzens* alt geworden ist, erlebt den Abschied von seiner Liebe, nachdem sie für ihn eine Locke ihres Haares brutal abgeschnitten hat, genauso: «Als sie hinaus war, öffnete Frédéric sein Fenster. Vom Trottoir aus winkte Frau Arnaux einem vorüberfahrenden Fiaker zu. Sie stieg ein. Der Wagen verschwand. Und das war alles.»

Auch Sonja ist darüber schockiert, dass Angie das Land verlassen wird. Die Wohnung, die Stadt, und Sonja lässt sie auch zurück. Der Reisekoffer ist noch nicht ganz ausgepackt, und Sonja versteht nicht, wie es dazu kommen konnte. Nichts hat sie bemerkt, rein gar nichts von dem Ernst der Begegnung bemerkt. Angie und ein englischer Filmregisseur. Kann es wahr sein? Warum nicht, immer wieder verbinden sich deutsche Frauen mit englischen oder amerikanischen Prominenten. Sonja geht im Geist eine Liste absurdester Namen durch. Da kommt was zusammen. Sie hatte Johnny nur flüchtig am Flughafen gesehen. Er gab ihr die Hand. «Und das alles, weil Angie angefangen hat, ein paar englische Romane zu lesen.»

Sonja stellt sich Johnnys Antrag vor:

Ein Tief über den Britischen Inseln bringt seit Tagen Regen. Eine Kanne Tee («Queen Anne» von Fortnum and Mason, Piccadilly) erkaltet langsam auf einem hübsch abgewetzten Chippendale-Schreibtisch. Johnny nimmt einen Schluck und blickt aus dem Fenster. Sein schwarzer Rollkragenpulli riecht dezent nach seinem alten Poloponie «Bosie». Ein blauer Fleck am Kinn erinnert an das Hockeyspiel, Amaras *boyfriend* George Frederick Spencer verpasste ihm eine. Gerade hat er Angie einen Heiratsantrag gemacht. Sein Gesicht ist von der Sorge getrübt, sie könnte «Nein» sagen. Er würde es nicht überleben. Ganz konventionell, zwei Sätze. Lass uns heiraten. Und dann der andere Satz. Warum schweigt sie nur. Er spricht schneller.

«Ich werde oft überfordert sein, keine Zeit für dich haben. Ich kann dir keinen rosaroten Himmel malen. Verstehst du, mein Liebling?»

«But ... how will my life be, living with you?» Angie ist überwältigt, auch besorgt. Sie fürchtet das Fremde, das Erwachsene, das er ausströmt. Kann sie ihm auf Jahre etwas entgegenbringen. Tränen füllen ihre Augen. Mit einem Satz ist er bei ihr, kniet nieder.

«Unsere Chemie stimmt einfach.»

Er drückt und herzt die Hand, die sich ihm längst versprochen. Er nimmt ihre eiskalten Füße, als wären sie aus Porzellan. Dass sie doch endlich warm werden, bläst er ihnen Atem zu. *Vor dem Heiratsantrag Tee trinken. Ein warmer Mund ist überzeugend.* In ihren Augen liest er die Antwort.

«Ich möchte dir einen Ort zeigen, Angie. Wir können fahren, sobald du ganz bei mir bist. Eine Insel, schöner als Hawaii. Zehn Tage. Warum nicht. Warum eigentlich nicht?»

«Which place?»

«Kokomo. Wir fliegen rasch hin, und wenn wir erst mal da sind, geht alles ganz, ganz langsam. Wir fangen Fisch. Du magst doch Fisch?»

«I am from Hamburg. We people from Hamburg have fish for breakfast», lacht Angie.

«Großartig. Ein Mädchen aus Hamburg.»

«Do you know surfing?», fragt Angie. Er schüttelt den Kopf, als hätte sie ihm ein unanständiges Angebot gemacht.

«I will teach you», sagt Angie. «But how can you be? Can you be?»

«Du bist meine Prinzessin.»

«And you are ...»

«Sag es nicht», bittet Johnny, aber Angie will es so.

«You are reality.»

Johnny ist erleichtert, dass sie das gesagt hat.

Sonja schließt den Kleiderschrank. Sie trägt den leeren Koffer auf den Dachboden zurück. Tastet nach dem Schalter. Die Glühbirne ist kaputt. Aus einer Dachluke dringt milchig Tageslicht. Sie geht darauf zu, die trockenen Holzdielen knarren unter ihren schweren Schritten. Sonja versucht, die kleine Luke zu öffnen. Dicker Staub liegt auf dem Fenstergriff. Das Fenster quietscht, als Sonja daran rüttelt. Spinnweben zerreißen. Sie wischt sich die Hand an einem Karton ab. Der Karton ist morsch, riecht modrig. Plötzlich ein Geräusch, vom hinteren Ende des Dachbodens. Es knatscht, als schritte jemand durch die Wände. Vor Schreck lässt sie den Schlüsselbund fallen. Ist da jemand?

Jetzt knarrt es ganz leise. Die Bodentür war doch abgeschlossen und in der Zwischenzeit ist niemand hochgekommen. Sie verharrt und lauscht. Das Knarren ist noch zu hören, ganz schwach, aber ... «Hallo?», flüstert sie. Da scheint nichts zu sein, nun gut. Sie geht zu ihrer Kammer, Nummer dreizehn. Erschrickt vor dem eigenen Schatten, quiekt, lässt wieder den Schlüssel fallen, vor der Tür eine tote Maus, und ... plötzlich weiß sie, was mit Dennis' Drehbuch nicht stimmt. Und wie sie es ihm erklären kann. Sie will es ihm bald sagen.

Seit gut fünfzehn Minuten schweigen Britta und die behandelnde Ärztin. Die Heffner schaut abwechselnd auf die Birke vor dem Fenster und in Britta Schälmeisters trostloses Gesicht. Britta starrt auf eine Tageszeitung, die aus Dr. Heffners Handtasche sticht. Diese Zeitung las sie am Morgen, im Park, mit einer Tasse Malzkaffee in der Sonne sitzend. Sie wollte den Vormittag genießen und ein wenig Klatsch und Tratsch aufnehmen, possierliche, absurde und allzu menschliche Geschichten aus aller Welt lesen. Auf der Seite mit den vermischten Meldungen stand ein Bericht über den tragischen Fall des indischen Elefantenbullen Zafar.

Es begann vor ein paar Jahren im Zoologischen Garten Berlin. Dort lebten schon seit langem die Elefantendamen Saima und Zeema. Doch seit einiger Zeit litten sie unter manischen Zuständen, zwischen depressiv und aggressiv schwankend. Die Beruhigungsmittel verursachten nicht mehr als Nebenwirkungen. Verschiedene veterinärische Untersuchungen und Diagnosen erbrachten keine Besserung, und so entschied der Zoodirektor, Saima und Zeema einen männlichen Gefährten zu geben. In Neu-Delhi erwarb er den stattlichen Elefantenbullen Zafar, für seine Potenz und Zärtlichkeit weithin berühmt und schon Vater etlicher prachtvoller Elefantenkinder. Eine stolze Summe wechselte Hände, und nach einem großen Abschiedsfest trat Zafar die lange Reise nach Berlin an. Noch vor seiner ersten Begegnung mit Saima und Zeema verliebte sich Zafar rasend in den Berliner Elefantenbullen Tarzan, mit dem er das Elefantenhaus zwei teilt. Bei Tarzan, einem ungewöhnlich zarten afrikanischen Bullen, in Duisburg geboren, stellte man erst kürzlich verkümmerte Hoden fest. Zafar und Tarzan werden wild, sobald Zaima und Seema es wagen, in ihre Nähe zu kommen und das traute Verständnis zwischen ihnen zu stören. Die Berliner Bevölkerung, der das Liebestreiben der Elefantenbullen nicht verborgen blieb, reagierte aufgeschlossen. Eine Gruppe schwuler Neuberliner trifft sich jeden ersten Dienstag am Elefantenhaus und bringt Zafar und Tarzan Öko-Bananen und ungeschälte Erdnüsse dar. Die manischen Leiden der tollen Elefantendamen sind jedoch kein bisschen gelindert. Der Zoodirektor besitzt weder die Mittel noch die räumliche Kapazität, einen weiteren Bullen zu erwerben. Auch möchte man das Risiko vermeiden, dass sich der Fall wiederholen könnte. Ein Münchner Verhaltensforscher gab unterdessen bekannt, dass homosexuelle Elefanten durchaus in der Lage wären, ihre vormals heterosexuellen Geschlechtsgenossen «auf das andere Ufer» zu ziehen. Eine qualitative Studie zu diesem Phänomen, das Elefantendamen in den Zoos weltweit zu betreffen scheint, ist fast abgeschlossen. Derweil bot ein Berliner Versandkaufhaus für Erotikartikel an, für Saima und Zeema Spezialdildos anfertigen zu lassen, auf den Werbeeffekt setzend. Dazu befragt, nahm der Verhaltensforscher Stellung: «Übelste Tierquälerei». Nun behandelt ein Homöopath vor Ort.

«Ich habe gehört», sagt Britta schließlich, «man macht in solchen Situationen Assoziationsspiele mit den Patienten.»

Heffner grinst, aber sie antwortet nicht.

«Verstehen Sie, was mein Problem ist? Warum kann man mit mir nicht das machen, was man mit anderen tut. Wieso bin ich anders.»

«Dieser Test war zu seiner Zeit recht avanciert. Sir Francis Galton, ein Vetter von Charles Darwin, entwickelte ihn, um Arten von Intelligenz zu unterscheiden. Der Patient bekommt Reizworte, auf die er reagiert. Die Analyse hängt von Reaktionszeit, Reaktionsart und Antwort des Patienten ab. Eine längere Reaktionszeit bedeutet Verdrängung einer unangenehmen Assoziation. Sie sind eine moderne Frau. Die Gegenwart ist weiß Gott nicht so einfach. Ich kann auf Ihre Reaktionen warten. Vielleicht konnten die Menschen das damals einfach nicht.»

«Ich habe etwas ganz und gar Unmodernes getan», sagt Britta.

Sie erzählt von der jungen Nonne und dass die Geschichte sie sehr bewegte. «Glaube ist die kostbarste Antiquität, die ich mir in dieser Welt überhaupt noch vorstellen kann.»

Sie schrieb das Kloster an und erkundigte sich nach Aufenthaltsmöglichkeiten. Ihr wurde eine Broschüre zugesandt («Atem holen»), in der siebzig Klöster verzeichnet sind, die kurzzeitig und auf Spendenbasis Gäste beherbergen. Britta ließ Schwester Charlotte eine Spende zukommen. Sie tat es aus Dankbarkeit. Weil es junge Frauen gibt, die einen anderen Weg gehen. Die keusch sind.

«Simone de Beauvoir hat als alte Frau einmal gesagt, übrigens in einem Interview mit Alice Schwarzer, sie bedauere jene Frauen, die Freude an Sexualität haben und die Penetration wünschen. Beglückende Sexualität sei eine Fessel, impliziere eine größere Abhängigkeit von Männern, schlimmer als Frigidität. Damals habe ich es nicht verstanden.»

«Denken Sie an Ihre Tochter, wenn Sie an die junge Nonne denken?», fragt Heffner.

Britta versteht die Frage nicht. «War ich beeindruckt

von der jungen Frau! Und wie sie sich gegen diese Mutter durchsetzte, das muss ein furchtbarer Drache sein.»

«Das Zölibat ist umstritten», gibt Heffner zu bedenken.

«Ich weiß. Viele Priester haben uneheliche Kinder und irgendwo wartet eine unglückliche Frau. Oder sie sind

schwul. Nonne sein, das ist, würden Sie formulieren, kein Weg für moderne Frauen.»

«Eine Protestantin sollte, bei aller Faszination für deren Folklore, keine Katholikin aus sich machen», antwortet die Therapeutin streng. «Sie würde den Katholizismus lächerlich machen und sich selbst ins Mittelalter sprengen. Die Göttlichkeit ist der Welt ausgetrieben, und nur wenige sind berufen, mit Keuschheit darauf zu reagieren.»

«In den 70er Jahren haben viele Künstler mit Keuschheit experimentiert, um ihre Kreativität zu steigern. Kundalini-Yoga war groß in Mode, durch Meditation glaubte man, überschüssige Sexualenergien in Kreativität umleiten zu können. Populäre Musiker und Maler haben dies praktiziert.»

«Sie selbst haben in den 70er Jahren mit dem Schreiben angefangen.»

«Bücher schreiben, wissen Sie, was das bedeutet? Sie müssen mit jeder Figur, die Sie erfinden, so viel Sex wie möglich haben. So lernen Sie ihre Figuren am besten kennen, das ist sehr erregend. Jedes Buch ist eine gewaltige Masturbationsorgie. Zu Beginn des Prozesses jedenfalls. Irgendwann beruhigt man sich, kennt die Figuren und arbeitet mit ihnen. Fängt nochmal ganz von vorne an. Freud sagte mal, das Schreiben sei eine sexuelle Energie.»

«Freud hat das über alle möglichen Phänomene gesagt.»

Britta erzählt, sie bekam nach der Spende eine persönliche Dankeskarte von Schwester Charlotte. «Es ist die Güte, die uns das Feld bestellt», in goldenen Buchstaben auf die Karte gedruckt. Beigelegt ein Informationsblatt. So erfuhr Britta, wofür sich Schwester Charlotte einsetzt.

«Sie ist aktiv in der Bekämpfung der Sexualkunde und des Islamunterrichts in den Schulen. Sie ist gegen die Anerkennung von Drogensüchtigen und gegen homosexuelle Ehen.»

«Überrascht Sie das?»

«Die Homosexualität der Männer ist bedrohlich, wenn man sie als epidemisch wahrnimmt. Das Begehren der Männer stirbt, in den Frauen das Weibliche zu suchen. Männer suchen das Weibliche beim Mann. Den Frauen bleiben Drogen oder der Islam. Mohammedaner finden an Penetration noch Gefallen, sicherlich noch ein paar hundert Jahre, solange sie Europa kolonisieren und ein paar frustrierte Christenmädchen verführt werden können. Ich kann es Schwester Charlotte kaum verdenken, zwischen Sexualaufklärung, Islam und schwuler Ehe einen Zusammenhang zu sehen. Im Gegenteil, es ist faszinierend. Politisch verurteile ich sie. Die Dinge nehmen ihren Lauf, wie auch immer, und sollen sie doch.»

Britta bedeckt ihre Augen mit der rechten Hand. Sie sagt, ein Gefühl der Scham überkomme sie, das sei eine Qual. Sie wollte doch nur in einem Kloster Ruhe finden und wäre wieder mitten in dem ... dem Gewühl. Es scheint keinen Ort der Welt zu geben ohne ... sie müsse sich sehr zusammenreißen. «Darf ich bitte gehen?»

Sie verlässt das Zimmer. Dr. Heffners Handtasche mit der Tageszeitung fällt um. Ein Laut wie von einem Elefanten.

Lassen Sie uns eingehend die Grenzen des Vampirs im Allgemeinen und dieses einen im Besonderen bedenken.
Dr. van Helsing (Bram Stoker, Dracula)

Ein paar Tage später ruft Sonja Dennis an. Bei ihm ist besetzt, denn er probiert es gerade bei ihr. Sie erreichen sich schließlich und Sonja fährt zu ihm. An der Tür überreicht sie ihm einen Big-Ben-Bleistiftanspitzer und ein Paar Socken mit dem Union Jack-Motiv. Er sagt, er habe seit Jahren keine Socken mehr geschenkt bekommen. Er scheint sich sehr zu freuen. Sie gehen in die Küche. «Frierst du?», fragt er, Sonja schüttelt den Kopf. Es ist doch warm draußen. Er friere aber. Dennis kocht eine Rinderbrühe mit Nudeln aus der Tüte. Sonja schaut zu. «Ich mag es, einen Mann kräftig essen zu sehen.» Nach ein paar Löffeln Suppe nimmt er den goldlackierten Big-Ben in die Hand und betrachtet ihn eingehend.

«Deine Unterlippe ist perfekt. Wusstest du das?»

Sonja freut sich, aber sie zeigt es nicht. Er möchte sie über London ausfragen. Was ist dort passiert? Wie konnte sich Angie verknallen? Das Wort verknallen. Verknallen hört sich heftiger an als Verlieben. Die Leute meinen aber: weniger. Doch Dennis sagt gar nichts, er fragt nicht, isst seine Tütensuppe.

«Ich muss mir wohl einen neuen Mitbewohner suchen.» Sonja quengelt, ihre Mimik zeugt von vager Solidarität mit Dennis' Leiden. Dann erzählt sie. Das Hotel sei großartig gewesen, der Filmverleih habe sich nicht lumpen lassen. Sie erzählt, wie das Wetter war, das britische Pfund stand, welche Ausflüge unternommen und Sehenswürdigkeiten besichtigt wurden. Was sie in einer Filmzeitschrift über Johnny gelesen hat. Sie hätten *Night in Limbo* nun auf Videokassette, aber weder Angie noch Sonja haben ihn bisher gesehen. Er wüsste ja, dass Angie keine große Filmliebhaberin sei und so viel zu regeln habe. Nun ja. Vielleicht schauen sie ihn heute Abend. Eine Woche London vergeht schnell. Und England so teuer, was verrückt ist. Da war ein Fest im Internat. Ein Hockeyspiel, eine Teeparty, vielleicht sogar Polo.

«Er ist kleiner als Angie. Etwa fünf Zentimeter. Macht ganz schön was aus, fünf Zentimeter.»

Dennis schneidet ein Stück Knoblauchwurst.

«Und was hast du erlebt?»

«Ich hatte wieder eine im Sand verlaufene Affäre.»

«Im Sand?»

«Versandet.»

Sonja spricht von Sex. Er sieht es. Überall treten sie hervor. Haben den Schlund noch nicht voll, besitzen Kreditkarten, Kontakte, kreative Prozesse und schicke Territorien. Wenn sie keine Liebe haben, ist es etwa mein Problem, denkt Dennis. Er will niemanden bedauern, der sich über zu wenig schlechten Sex oder versandete Affären beklagt. Was wollen sie nur von mir. Vor ein paar Jahren fing es an. Er betritt einen Raum und bei den Frauen springt die Sicherung durch. Ein Wunder, dass ihm noch keine ... Liebe ist umsonst, man kann sie nicht kaufen. Liebe, die einem gehört, kann man nur dem einen geben. Die letzte Illusion. Ja. Manchmal ist Dennis recht traurig.

«Versandet», sagt Dennis, «interessant. Und wie findest du meinen Film?»

Sonja nimmt das Script aus der Tasche. Es sieht gelesen

aus. Dennis vermerkt zufrieden die Eselsohren. Sie blättert das Buch durch, als würde sie eine Stelle suchen. Nichts ist angestrichen, keine Notizen, wundert er sich. Sie klappt das Buch zu.

«Was will Vlad von Frauen?»

Dennis hält das Brotmesser in der Pranke wie der Herr des Dschungels, die Klinge steil nach oben. Er zuckt nicht mit der Wimper.

Er hatte in Frieden gelebt mit Django, der Hyäne, Sheeta, dem Leoparden, und Numa, dem Löwen.

«Big Bawana, wir wussten sofort, wer du bist, bis wir sahen, wie du dich aus den Bäumen schwangst und die große Schlange tötetest.»

«Typische Germanistikstudenten-Frage», brummt Dennis. «Was will Vlad von Frauen im 21. Jahrhundert? Wie bist du drauf?»

«Du hast mir Bram Stoker gegeben. Die Hälfte des Romans besteht aus Beteuerungen der Liebe für die Frauen. Die Männer, die gegen den Vampir kämpfen, sprechen fortwährend maßlose Komplimente aus. Wie lieb und teuer die Frauen sind, wie besonnen, wie unersetzbar. ‹Ihre Augen haben gesehen, wo wir blind waren.› Je wertvoller die Frau, desto grauenhafter der Vampir. Aber dein Vlad? Er redet wie ein Autoverkäufer. Wie ein Werbetexter, der gelegentlich nützliche Drogen nimmt.»

«Ich arbeite bei einem Autoverleih», sagt Dennis, doch seine Augen flackern defensiv.

Sonja blättert wieder ziellos im Script. «Manchmal redet er wie ein Kind. Er ist ja recht durchtrieben, aber ... Und die Frauen – so uninspiriert. Ausgekochte Opfer. Vlad ist gar nicht gruselig! Er soll wohl witzig sein.»

«Warum brüllst du nur immer so? Das machst du ständig.»

«Vielleicht habe ich was mit den Ohren. Ein Pfropfen oder so. Ich merke gar nicht, dass ich brülle.»

«Argumente werden nicht besser, wenn man sie laut vorträgt.»

Sonja schaut in das Drehbuch. Sie spricht etwas leiser.

«Vlad überschätzt sich, er ist noch zu eruptiv. Keine runde Persönlichkeit. Nicht ausgereift. Mit ihm steht und fällt der Film. Und mit den Frauenfiguren. Vielleicht solltest du erst mal ein Genre festlegen – ist es ein Liebesfilm mit komödiantischen Vampirelementen oder mystisch-romantisch? Morbide?»

Dennis sagt nichts, er überlegt noch. Aber Sonja merkt es nicht, sie wartet ihn nicht ab. Sie sollte ihm Zeit geben, Männer sind nicht so schnell, sie sprechen erst nach dem Denken und denken nicht während des Redens, nicht so wie Sonja. Sie seufzt, fragt mit weicherer Stimme: «Kannst du etwas anderes bieten?»

«Kannst du etwas bieten, dumme Kuh?»

Er stellt den halb vollen Teller in die Spüle und dreht den Wasserhahn auf. Sonja ist verletzt, drückt es aber weg.

«Du wolltest diesen Film gemeinsam schreiben. Wieso eigentlich? Was willst du bloß von mir.»

«Wieso wieso?»

«Wegen meiner Mutter. Stimmt's?» Jetzt ist sie laut. «Weil sie Bücher geschrieben hat, die verfilmt wurden. Gib es endlich zu!»

«Ich habe nie einen Film deiner komischen Mutter gesehen.» Er ist leise, dem Eindruck nach ein ruhiger, selbstgenügsamer Mann.

«Werde mal erwachsen, Dennis Neumann, und gib zu, wenn du was nicht kannst und was von anderen Leuten lernen willst.»

Dennis lacht. «Du weinst um ein schrottiges Fahrrad,

wie ein kleines Mädchen. Ich soll erwachsen werden? Ich? Um von dir zu lernen?»

Er macht nach, wie sie auf der Baustelle geweint hat. Ja, genauso dämlich sah das damals aus.

«Ich weine lieber um ein schrottiges Fahrrad als um ein blödes Auto mit einem blöden Vampir darin. Womit dein Film in toto beschrieben wäre.»

Dennis wartet. Bis er wieder ruhig ist. Bis er wieder wirkt wie ein ruhiger, selbstgenügsamer junger Mann.

«Sonja Schälmeister, du redest zu viel.»

Sie versäumt zu atmen, das Herz stolpert. Sie hängt die Tasche über die Schulter, zittert dabei. Sie sieht ihn nicht mehr an, während sie leise weiterredet.

«Du leidest doch gar nicht. Eine austauschbare Verletzung des Stolzes. Deine Exfreundin hat ein neues Leben angefangen. So what. Was weißt du von Liebe? Hier lese ich es nicht.»

Sie geht und lässt das Drehbuch in der Küche zurück. Draußen umschließt sie schwere warme Sommerluft, rauchig, als ob ein Feuer in der Nähe brennte. Sie merkt, sie hat die ganze Zeit gefroren.

Dennis fährt zu A.D. Meyers Produktionsbüro. Er hat gehört, wer Arbeit will, soll kommen. Im Wald wird ein Set aufgebaut. Ein Hexenhaus und harte Arbeit zu kargem Lohn. Im Büro herrscht Menschenleere, die Schulpraktikantin weiß nichts von der körperlichen Arbeit, die Dennis zu verrichten bereit ist, und bittet ihn zu warten. Er blättert in einer Zeitung, die ihn fragt: «Wie sicher sind Flugreisen noch?» Er geht durch die Firma, öffnet Türen und betritt ein Zimmer, in dem viel Papier abgelegt ist. Set-Cards, Romane, Ordner, ein Stapel Exposés und Drehbücher. Er setzt sich und nimmt ein Exposé zur Hand. Er blättert in Drehbüchern, liest rein. Er achtet auf formale Aspekte, auf die Notizen am Rande:

Die Fallhöhe muss rauf! Die großen Gefühle fehlen! 50 % witziger werden! Wo ist das Geheimnis? Die Hauptfigur sympathischer! Die Chemie stimmt noch nicht! Wo bleibt Plot Point 2 ?? Haben Sie überhaupt schon mal ordentlich gefickt?

Dennis steckt drei Drehbücher in eine Tüte und verlässt die Firma. Im Café bestellt er ein Bier. Es werden viele Biere werden. Er überlegt, in den Supermarkt zu gehen, um die Sache nicht an der Öffentlichkeit auszutragen. Im Bett, vor dem Videorecorder, eine Batterie herber Blonder und eine Liga zarter Alpenmilchschokolade in Reichweite. Dann fällt ihm ein, dass Jeremias sprechen wird. Die letzte Vorlesung, heute wollte er alle Fäden zusammenführen. Dennis trinkt in zwei Zügen aus, es macht Lust auf verflucht mehr. Dennis verspricht dem Bier, «Ich komme wieder», lächelt die Kellnerin an und zahlt. Das Mädchen guckte nett zurück. Er fühlt sich gleich besser. Die Konzentration kommt wieder, im Dunkeln. Professor Jeremias zieht die Gardinen zu. Ein Diaapparat projiziert Bilder auf die Leinwand. Marc Anton reicht Cleopatra Weintrauben (Marlon Brando in *Julius Cäsar*), Inspector Clouseau setzt seinen Hut auf (Peter Sellers in *Der rosarote Panther*), Professor Huxley fügt einem Dinosaurierskelett ein interkostales Schlüsselbein ein (Cary Grant in *Leoparden küsst man nicht*), Sherlock Holmes wandert durch das Moor (Peter Cushing in *Der Hund von Baskerville*), James Bond diniert vor einem gefüllten Schafskopf (Roger Moore in *Octopussy*).

«Schauspielerei ist Kunst und angewandte Wissenschaft des menschlichen Verhaltens. Ist es nicht anmaßend, vom Schauspieler die Hingabe an seine Rolle zu verlangen? Schauen Sie sich in der Natur um: Selbst die

Mutter ist zur Hingabe kaum fähig. Sie ist einer permanenten Infragestellung durch das Kind ausgesetzt. Wenn wir jetzt die Mutter durch den Begriff des Schauspielers ersetzen und das Kind durch den des Publikums, sehen wir, welch unglaubliche Anmaßung es ist, Hingabe zu verlangen. Schauspielerei ist in unserer Kultur eine quasi naturhafte Strategie der Frau. Sie wendet die *actors method* auf ihr gesamtes Leben an. In so genannten «oscarreifen Leistungen» sind weibliche Menschen Tochter, Freundin, Heilige, Karrieristin, Depressive, Alte, Schwangere etcetera etcetera. Im Rahmen einer weiblichen Biographie ist Identität oszillierend und wechselhaft. Die Frau als Kulturerbin gleicht einem verlorenen Land, sie ist so unzuverlässig wie Hamlets Mutter, die kurz nach der Beerdigung den neuen König heiratet, den mutmaßlichen Mörder ihres Gatten. ‹O Himmel, würde ein Tier, das nicht Vernunft hat, doch länger trauern! – Das Gebackene vom Leichenschmaus gab kalte Hochzeitsschüsseln.›»

(Der Professor scheint zusammenzubrechen. Eine Pause tritt ein, dann geben die heckigen Brauen wieder traurige Augen frei.)

«Der Mann hingegen löst beim Vater eine Krise aus, wendet er sich dem Beruf des Schauspielers zu. Das Mann-Sein im heterosexuellen Sinne, der Fortpflanzung und Vererbung verpflichtet, und das Schauspieler-Sein bezeichne ich in dieser Kultur als Widerspruch. Der Schauspieler ist zunächst einmal nur eine lächerliche Figur in Strumpfhosen. Haben Sie Ihren Hamlet nicht auch so vor Augen, in Strumpfhosen. Bei Hamlet beginnt die eigentliche Geschichte des Schauspielers. Hamlet kann das Erbe des Vaters nicht annehmen, er versagt sich unter Qualen den Rachemord an dessen Assassinator und umgibt sich lieber mit einer Truppe zweifelhafter Akteure aus der Stadt. Später treibt er eine Frau dazu, ins Wasser zu gehen. Von Hamlet bis James Dean können wir im Grund genommen die gleiche Geschichte erzählen. *(Jeremias blickt versonnen auf das projizierte Bild. Es zeigt Rock Hudson und Jane Wyman im Cabriolet.)* Und darf ich einen Vorschlag machen, sehen Sie sich Douglas Sirks' *Die wunderbare Macht* an. Der Arzt und Liebhaber – vormals ein gefährlich leichtsinniger Playboy – operiert die blinde Frau, seine Geliebte, an deren Unglück er schuldig geworden ist. Wir wissen am Ende nicht, ob die Operation gelingt. Doch der Liebende hat das obsessive Verlangen, die Frau sehend zu machen. Von der Allegorie ganz zu schweigen. Auf dem Operationstisch liegend, schenkt die Blinde Vertrauen – dem Mann und dem Publikum. Sie weiß um dessen große Fähigkeiten.»

Dennis erhebt sich, der Vortrag ist nicht beendet. Er schleicht durch die Sitzreihe, stolpert über ein Buch, das am Boden liegt *(Film verstehen)*, entschuldigt sich bei der Besitzerin. Er hätte gerne fester zugetreten. Die Studentin schaut ihn an, sie scheint ausgehungert, als wäre sie kurz davor, eine Sicherung zu verlieren. Schnell verlässt er den dunklen Saal. Etwas wie Blei ist in ihm. ‹Was weißt du von der Liebe. Ich lese es nicht. Nur verletzter Stolz.› Jetzt braucht er das Bier und fährt zu Jan Eisler. Er sehnt sich nach einem falschen Freund und lebendigem Verrotten am Kanal. Dennis findet, er ist ein wahrhaft emotionaler Mann, aber was weiß man wirklich. In der U-Bahn setzt sich ihm gegenüber ein kleines Mädchen, sie hält ein Buch fest. Ihre Oma bekommt keinen Platz mehr. Dennis steht für sie auf. Die Bahn fährt überirdisch und gibt den Blick auf den ehrlichen Stadtteil Barmbek frei. Die Oma blickt aus dem Fenster und hat Schluckauf, dreimal. Sie macht ein komisches Gesicht, als würde sie ihren Atem entsaften, dann ist der Schluckauf vorbei. Das kleine Mädchen liest in ihrem Affenbuch. Mit einem roten Strohhalm gleitet sie über eine Spezies mit großer, fleischiger Nase. «Zwei Augen», sagt die Kleine. Sticht mit dem Strohhalm dem Affen auf die Augen und munkelt immerzu: «Zwei Augen.» Dieses Mädchen ist alles, was er sein will. Geradeaus und versponnen, nachdenklich und durchgeknallt. Wenn er sie wäre, nochmal von Anfang an, würde er Film studieren. Den Omas dieser Welt Platz anbieten bringt niemanden weiter. Da ist er sicher, so sicher, wie er Bier braucht. Jan Eisler ist nicht zu Hause, auch nicht am Kanal. Dennis klingelt bei Eislers Eltern.

«Er ist mit den Alten auf dem Campingplatz», sagt Steffi. «Bei Plön.» Sie ist barfuß, trägt ein knappes Kleid und raucht.

«Aha. Campingplatz. Und sonst, wie geht's?»

«Man kommt so rum», antwortet Steffi, und Sex ist im Spiel. Dennis verwirft den Gedanken. Sie ist noch keine achtzehn, man hat seinen Stolz. Dennis selbst gehört zu den wenigen anständigen Menschen, die ihm im Leben begegnet sind. Steffi fragt, ob Dennis ihr Geld leihen kann. Sie ist in einer Frauenband – «Und nicht etwa in einer Bande, ne!» – und hatte gestern Probe, und die Eltern sind unterdessen weggefahren und haben vergessen, Essensgeld dazulassen.

«Ich bin drauf angewiesen», sagt Steffi.

«Ich bin drauf angewiesen», hallt es durch Dennis' Kopf. So was sagt nur jemand, der Musik macht. Ein Autor darf es nicht sagen. Er kümmert sich ganz alleine um seinen Körper und seine Arbeit. Er stellt sich sein eigenes Ticket aus. «Ich bin angewiesen», sagt nur der Musiker und isst, trinkt, schläft mit den anderen seiner Band. Er wird nach oben gespült, auf die Oberfläche, mit den anderen zusammen, auf die er soooo angewiesen ist.

«Ich bin nicht angewiesen», sagt Sylvester Stallone.

«Ich bin nicht angewiesen», sagt ein Autor.

Wenn er schreiben will, erkennt Dennis, muss er herausfinden, was er über die Liebe weiß, welche Gefühle in ihm sind. Ob es mehr ist als verletzter Stolz und die Kränkung, wieder einmal im Leben verlassen worden zu sein. Was denkt er über Frauen. Was an ihnen ist inspirierend und was verwirrend. Es sollte mehr ergeben als eine kleine Phantasie, die nur die nötigsten Wunden heilt, mehr als eine Traumsalbe, die nach Hausrezept geschaffen ist und sonst niemandem in der Welt hilft. Wenn er zu den anderen will, denkt es in ihm, wird er hier anfangen müssen.

Er fragt Steffi, ob sie jemanden weiß, der eine Kiste hellblauer Levis-501-Jeans, einen Videorecorder, drei Ericsson Handys – Neupreis mindestens sechshundert Schleifen – und einen Laptop mit DVD-Laufwerk haben möchte. Mindestens zwei Riesen müssen für ihn rausspringen. Sie kriegt, was sie darüber hinaus lockermacht. Bedingung: Es muss heute noch weggehen. Und keine Fragen. Steffi fragt nicht. Sie schmeißt die Kippe ins Treppenhaus und sagt, warte kurz.

Der Krieg beschleunigt vieles. Die nicht enden wollenden US-amerikanischen Bombardements rufen erste vorsichtige Sanktionen befreundeter europäischer Regierungen hervor, die innenpolitisch immer stärker unter Druck geraten, darauf mit Unverständnis zu reagieren. Den Sinn der Aktionen vermag kaum noch ein Korrespondent zu erklären. Nachdem die Verhandlungen der Kriegsparteien festgefahren sind, führt der britische Premier erneute Friedensgespräche an. Sie beginnen morgen in Glasgow. Der deutsche Außenminister wurde gebeten, den Gesprächen beizusitzen. Deutschland habe, so der Premier, bei den Partnerländern wiederholt um eine stärkere Rolle nachgefragt und solle nicht länger darauf warten müssen, zu beweisen, dass Demokratie und Frieden Leitmotive der deutschen Außen- und Finanzpolitik seien; über die Grenzen der Europapolitik hinaus. Es sind in diesen Zeiten die Nordamerikaner, deutete der Premier an, die um ihren moralischen und wirtschaftlichen Einfluss auf dem europäischen Kontinent fürchten müssen. Den Briten erscheint die Rolle der USA als Weltpolizei verspielt. «Das neue Jahrtausend verspricht ein wahrhaft neues Jahrtausend zu werden», sagte der Premier in einem vorausgegangenen Gespräch. Der Dollar baute unterdessen seinen massiven Vorsprung gegenüber dem Euro aus. Die Politik der Europäischen Zentralbank gerät zunehmend unter Druck. Die Bank von England und die Schweizer Nationalbank boten in Brüssel Beratungsgespräche an und unterstrichen, dass es im Interesse der landeseigenen Währung sei, dem Euro zu helfen. Doch der Höhenflug des Dow Jones zeigt zur Stunde noch, dass die amerikanische Wirtschaft längst kein politisches Gewissen mehr hat. Die Wall Street hat dabei besonders den mit der Weltraumtechnik und Weltraumforschung verbundenen Companys mehr Vertrauen geschenkt, als es gemeinhin üblich ist. Die Amerikaner haben Europa von dem Terror der Faschisten befreit und die Deutschen letztlich vor dem Kannibalismus gerettet. Hätten es die Franzosen alleine geschafft? Hätten es die Engländer geschafft? Oder die tapferen Sowjets. Ja. Die vierzehnjährige Persia, dritte Tochter der Familienministerin jenes unter Beschuss stehenden kleinen Landes, mailte gegen den Willen ihrer Angehörigen und aus geheimer Not folgende Botschaft aus ihrem Bunker: «Warum seht ihr nicht? Die USA verändern den Globus und schaffen sich ein gewaltiges Hinterland. Dieser Krieg ist ein Kulturkrieg.

Je mehr Kinos und McDonald's ein Land hat, desto niedriger die Wahrscheinlichkeit, von den USA angegriffen zu werden. Und je niedriger die McDonald's- und Kinocenter-Rate, desto höher die Kriegswahrscheinlichkeit. Unser Himmel ist strahlend blau, wir blicken hinauf, ins Blau, und hoffen auf Regen. Doch vom Himmel fallen Tod und Vernichtung. Ja sicher, wir haben Öl, sind das Land der schwarzen Sonne, und Allah ist mit den Gläubigen. Wir essen keine Hamburger. Wehe den Besiegten.»

Einen Tag später landet die Frühmaschine in Heathrow. Dennis steigt aus, grelles Morgenlicht sticht ihm in die Augen. Er setzt eine Sonnenbrille auf, nimmt den Express, geht in ein mieses, teures Hotel, zahlt für drei Tage und drei Nächte im voraus, lässt sich den Zimmerschlüssel geben und schließt sich ein. Vlad hat schon auf ihn gewartet.

«Lass uns arbeiten, Freund», sagt er und springt vom Bett auf, zeigt Dennis den Tisch, der jetzt zum Schreibtisch wird. Dennis packt einen Laptop aus. Ein einfaches, altes Modell, Teil der heißen Ware aus einem der verstaubten Kartons von Ali-Peter. Den Ali-Peter hat Dennis wirklich lange nicht mehr gesehen. Aber Reden ist Zahnlücke und Schweigen Goldkrone.

Als erstes reißt Dennis Vlad die vermottete Perücke ab. Der Vampir sieht nun aus wie ein normaler Junge, nur etwas seltsam gekleidet, und da wären natürlich die spitzen Zähne. Das ist in der Tat merkwürdig. Aber unter der Perücke taucht eine ganz gewöhnliche Frisur auf. Dennis atmet ein, er atmet aus. Auch er war von Kindheit an das, was man einen heftigen und ungestümen Träumer nennt. Die Dennis-Neumann-Sylvester-Stallone-*experience* beginnt.

A Robert Chartoff-Irwin Winkler Production
A John G. Avildsen Film
Starring Sylvester Stallone
Rocky
Also Starring Talia Shire

Tag 1

Warum ein Vampir? Warum ein Blutsauger, der keinen Mumm hat?

Warum ist Vlad nicht böse? Wieso ist Dennis kein Türke? Kein AD Meyer, Produzent, Schauspieler? Er will das nicht sein. Diese Typen interessieren ihn nicht. Dennis ist in London, in einem feuchten Hotel. In dem Hotel sind noch andere, es sind Menschen im Hotel, aber das ist egal. Er schaltet den Fernseher an. Eine scheußlich gekleidete Fernsehredakteurin von BBC One spricht. Dennis überkommt Verzweiflung. Schon als Kind spürte er diese Verzweiflung über Fernsehansagerinnen (heute ist diese Frauenrolle abgeschafft), die in unmöglichen Blusen einen polnischen oder tschechischen Film ankündigen. Wieso machen überhaupt noch andere Staaten außer den USA (USA, USA, USA!) Filme! Wie können sie es wagen. Das Licht von Hitchcock, die Farben, so wie Hitchcock sie beherrschte. Die große Kunst, eine gewisse Mattigkeit ins Technicolor zu übersetzen, so, dass nicht jede Requisite wie ein Theatereffekt heraussticht, das hat er als Erster geschafft. Der Engländer Hitchcock. Man muss nicht Amerikaner sein, um großartige Filme zu machen. Also wer bist du und wohin gehst du. Und warum bist du immer noch hier? Ja ... osteuropäische Kinderfilme sind toll. Ja ... das stimmt. Die alten Ostblock-Filme, Eingesperrte beweisen oft die größte Phantasie. In einer Werbeunterbrechung wird Dennis mit der Frage konfrontiert: «Was hast du getan, während Bells' Whiskey reifte?» Acht Jahre reifte er, sagt der Schriftzug auf der Flasche. «Was hast du getan, während Bells' Whiskey reifte?», höhnt ihn die Flasche an, mit Halleffekt. Was hat er seit Abi und Zivildienst nur mit sich angefangen. Er ist älter, verzweifelter, magerer und abhängiger geworden. Mehr gibt es nicht zu sagen. Perfide, diese Engländer, Hitchcock-Brut. Aber Dennis weiß: Er guckt nur fern, und das heißt: Statt Blut fließt Ketchup, und ohne Tomaten. Er schaltet den Fernseher ab, zieht das Kabel aus der Buchse, trägt das Gerät an die Rezeption. Der Rezeptionist, ein anderer als vorhin, fragt betont höflich, ob er ihm helfen könne. Dennis stellt sich vor. Der Rezeptionist heißt Smollett. Dennis wuchtet das Gerät auf den Tresen. Er könne sich so nicht konzentrieren. Er möchte es abgeben, er müsse sich in den nächsten drei Tagen und Nächten wirklich konzentrieren. Mister Smollett behauptet, zu verstehen. Aber tut er das wirklich?

KNOBLAUCHFRESSER-VAMPIRJÄGER-MOVIE

In Berlin ist ein Vampir aktiv und muss getötet werden. Der städtische Vampirjäger, ein alter Türke aus Kreuzberg, ist bald zu betagt für den Job. Der einzige Nachfahre ist Ali-Peter, sein türkisch-deutscher Enkelsohn. Der junge KFZ-Mechaniker wird von seinem Großvater in die Familientradition der Vampirjagd und Vampirtötung eingeweiht. Der junge Vampirjäger muss bald tätig werden, denn zu viele Frauen sind bereits verschwunden oder gestorben. Doch der Vampir Vlad – ein vergnügungssüchtiger Lebemann – ist viel moderner, als der Großvater es sich mit seinen altmodischen Methoden vorstellt. Knoblauch, heißes Hammelfett und Koransuren lassen den Untoten kalt. Dank hoch dosierter Sonnencreme kann er auch tagsüber agieren. Und so stirbt

der Großvater im Kampf und der Vampir verliebt sich in die wunderschöne Freundin des Helden. Er will ihr den Hof machen und ihr all die Träume erfüllen, die ihr Ali-Peter nicht erfüllen kann. Der Kampf zweier Männer um das Herz einer Frau beginnt.

Dennis sitzt am Tisch, das Script liegt ungeöffnet vor ihm. Er starrt den Titel an. Sobald man ihn aussprechen würde, oder auch nur annähernd darüber nachdenkt, zerfällt die Schönheit. Haare. They shoot horses, don't they? Uhrwerk Orange. Katzelmacher. Kentucky Fried Movie. Rocky Horror Picture Show. Night in Limbo. Zugegeben, denkt Dennis. Das Filmplakat hat er bereits gesehen, an allen Häuserwänden dieser Stadt hängt es, hat wohl auf ihn gewartet. Der englische Regisseur wählte einen klassischen Titel. Zugegeben, denkt Dennis. Saulangweilig klingt der. *Night in Limbo.* Die meisten Menschen müssen erst im Lexikon nachgucken, was Limbo bedeutet. Limbus. Vorhölle. Purgatory. Dennis hat es gestern nachgeschlagen.

«Menschen wie dieser Johnny denken doch nur bis zur nächsten *teatime.* Ich mache einen anderen Film. Meinen Film. Engländer kriegen das wohl anerzogen, diesen Night-in-Limbo-Duktus. Internatskinder. Bettnässer. Künstlerische und persönlichkeitsbezogene Förderung von begabten Blut saugenden Scheiß-Elite-Kindern. Boarding School, was. Ich weiß Bescheid.»

Johnny und Angie fuhren ins Internat, fuhren gemeinsam dorthin. Dennis stellt es sich vor: Okay, da war dieses Ehemaligen-Fest. Johnny wird mit seiner guten alten Schulmannschaft Hockey spielen. Johnny fährt das Auto. Einen ... Egal. Fetten Jaguar eines fetten Freundes. Seinen eigenen fetten Jaguar in Tannengrün. V12. Während der Fahrt erklärt Johnny, was an seiner Schulausbildung so besonders war. Dabei legt er seine Hand auf ihrem Knie ab. Dieses Schwein.

Sie erreichen die Grafschaft, in der sich das Internat befindet. Hier wird ein Kind, sobald es Interesse oder spezielle Begabung zeigt, gefördert. Die Kinder werden angehalten, Überzeugungen auszudrücken, zu entwickeln und zu verteidigen. Einige bauen technische Geräte und experimentieren mit Chemikalien, viele treiben Sportarten wie Golf und Tennis. Man spielt Instrumente, gründet Bands und Comedy-Gruppen, trainiert Tiere, pflegt sie. Auch Exoten, Affen, Bären, Chinchillas. Mit siebzehn hatte Johnny seine erste Super-8-Retrospektive, mit achtzehn erntete er bereits internationale Preise für Videokurzfilme.

Shake hands allerorten, dann geht Johnny in den Stall zu seinem alten Poloponie, das auf den Namen ... Infantilonanie ... nein, Dick of Hugh Grant hört. Während sich Johnny im Heu für das Hockeyspiel umzieht, streift Angie auf dem Fest herum, mit einer Tasse Pfefferminzbowle in der Hand. Sie schaut sich das Spiel an, sie winkt ihm und zwinkert verschwörerisch. Sie küsst ihn, er hat das Spiel entschieden. Dann sitzen sie mit den Kameraden und deren Familien und Freunden unter Baldachinen. Sie lachen und essen Sandwiches, Roastbeef, Pickles, Pudding, Hühnerschenkel. Sie sind schick, sportlich und romantisch. Nicht vergessen: schick, sportlich und romantisch. Genauso bleiben und lächeln, für das Erinnerungsfoto. Johnnys Exfreundin Amara ist auch da, Freunde nennen sie *Cheesecake*. Später am Abend nimmt Cheesecake Angie zur Seite. Amara ist betrunken, und unter Frauen gesagt: «Johnny streicht die Butter immer ganz systematisch auf das Brot. Gesalzen wie ungesalzen. So, dass sie immer gleichmäßig in der Dose zurückbleibt. Ohne Brüche, Abgründe, Stückwerk. Schön flach herausgestrichen. Was das wohl zu bedeuten hat?»

«Ich werde es herausfinden», sagt Angie.

«Dann darf man wohl gratulieren.»

Amara setzt sich zu ihrem aktuellen *boyfriend* George Frederic Spencer. Ein Spieler kommt auf sie zu und erkundigt sich nach Angie. Er ist hingerissen.

«Pete's Sake, who is *she?*»

«She is a girl ... with a taste for the world.»

So hat Angie sich die englische Welt vorgestellt. In Echt ist sie besser. Wie sehr muss man eine Frau beeindrucken, damit sie die Klappe hält. Endlich mal Klappe.

WOMEN WEAKEN LEGS!!!!!!!!!!!, sagt Rocky. Wenn der Kampf nicht geht, weil du schwach in den Beinen bist. Ausgeknockt, weil du nicht Nein sagen konntest, hart gegen dich und andere. Frauen sind Zeitverschwendung. Sie nehmen dir die Zeit und lassen dich ausgeweidet und ausgelutscht zurück. Und du bringst nichts auf die Reihe, nur zwei schwache Beine. Lass dich nicht fertigmachen. Es gibt kein Drehbuch, Dennis erinnert sich nicht mehr. Dennis ist eine Fehlbesetzung. Er muss das Drehbuch selbst schreiben, ja. Sich das Ticket selbst ausstellen. «Halte dich an die Frauen», rät ihm ein Dämon mit arroganter Offenheit, die im Leben nur wenige Male direkten *punch* gibt. «Irgendwann staubst du was ab bei den Frauen. Sie helfen dir, du bist doch so ein hübscher Junge. Deine Mutti hat dir doch auch geholfen, als der Vater wegging. Sie werden immer lieb zu dir sein, wenn du hübsch bleibst. Du könntest nur ein bisschen netter und vor allem CHARMANTER werden, Dennis. Und vor allem – lass das romantische Gefasel.» Der Dämon schickt ihm eine Horror-Mega-Hoch-Drei-Vision. Das Leben wird in Zukunft so verlaufen: Dennis studiert Frauen. Er wacht morgens mit ihnen auf und deckt sie abends zu, mit seinem Körper. Er kann Liebe machen ohne Herz, langsam und mehrmals pro Nacht. Morgens ist er zickig, aus Rache. Das ist schnell durchschaut, nur ein Symptom postkoitaler Depression. Dennis malt nicht, er singt nicht, spekuliert nicht, vermittelt, dealt, textet und schreibt nicht. Manche Frauen haben einen Freund, den sie nicht verlassen können, aus Kalkül und Gewohnheit. Es sind langweilige Anpasser, Ehrgeizlinge ohne Zeit, schwermütige Kindheitslieben, Erben, unerlöste Versprechen und schlechte Liebhaber. Dennis hört den Frauen zu. Sie erzählen ihm von den Rezepten des Lebens und ihrer erkämpften Philosophie. Protestantische, katholische, esoterische und strunzdoofe Biographien hört er sich an und bleibt bis ans Ende seiner Tage auf der Suche nach dem Weg. Aber so ist das Leben, Scherzkeks. Alkohol und Schlafentzug wirken antidepressiv. Er sieht gut aus. Aber nicht mehr lange. Never forget: Die Sexbombe und der Blindgänger sind siamesische Zwillinge. Etwas wird bleiben, letztlich auch hier: Aus Gemeinem ist der Mensch gemacht und die Gewohnheit ist seine Amme. Dennis brüllt die Frau an, er trainiert ihren Willen, reißt ihr ein Stück mehr vom Herzen, verschlingt es noch warm und zuckend und erlernt im ewigen Tauschgeschäft der Liebe einige Kunststückchen. Er bekommt einen Sportwagen versprochen, aber eine Romantik-Reise geschenkt. Respekt vor sich selbst hat er schon lange nicht mehr. Es kommt der Tag und er kann nicht mal mehr onanieren. Dennis zittert. Er leidet. Wie ein echter Dichter. Manch einer würde sich jetzt erschießen. Wie Hemingway.

Vlad merkt plötzlich auf und springt den Dämon an. «Wuuu-aa-a!», brüllt Vlad, er schüttelt Dennis und fletscht die Zähne. Böse! Vlad ist böse! Böse!!!!! So kann er sein. Hau ab, degenerierter, dummer Dämon. Aber richtig Land gewinnen. Vlad schüttelt ihn ab. Er zündet die Vision an, mit einer Flasche Brandy, die in einer fest installierten Traumvitrine steht. Acht Jahre gereift. Vlad flambiert den Dämon gleich mit. Seine Stichflamme erhebt sich blaurot, wie ein erwachter Flaschengeist. Dann ist er ganz verschwunden.

Vlad knöpft die Manschetten auf, rollt die Hemdsärmel hoch. Der bittere Geschmack des Lebens, hier ist er wieder, und aus ihm bezieht Vlad seine Kraft. Dennis darf nur nicht aufgeben. Der Horror vor einem verpfuschten Leben und die hohe Wahrscheinlichkeit, dass es eintritt. Ja, das ist der bittere Geschmack des Lebens. Es ist ganz normal. Eine Gratwanderung. Das Leben bestehen, die Träume überleben, Albträume inbegriffen. Es ist Freitag, der Dreizehnte, dein Freund Freddie kommt nachts und tötet dich und viele andere Kinder, wenn ihr schlaft. Ja. Wir versuchen, die Tragödie zu vermeiden. Gute Literatur tut es nicht, sie geht dahin, wo der Schmerz ist. Im Spiegel, im Gewehrschrank, wer weiß. Jedes Leben, befragt man es nur, weiß von tragischen Momenten zu berichten; welch romantisches Wort auch. Dennis fängt an, nochmal ganz von vorne. Von nun an ist es ein Prozess. Er macht aus seinen Figuren keine Gefangenen mehr. Es soll ein Film werden und kein Lager. Er stülpt dem Film kein Konzept mehr auf, er lässt davon ab. Konzepte sind emotionslos, dirigiert, von der Summe aller Kurzsichtigkeit und Voreingenommenheit geleitet. Sobald ein Konzept durchgehalten und ausgeführt ist, beweist es nur, dass es nichts in der Welt gibt, das den Erfinder des Konzepts berührt hätte. Dabei hat das Leben durchaus versucht, den Konzeptler zu penetrieren. Ein perfekter Konzeptler zu sein, kann es größeres Versagen geben. Es ist die unterste Stufe des Ausdrucks. Absolut Parterre. Wie also könnte sich Dennis schon für einen Titel entscheiden. Wer will jetzt wissen, wie er einmal lauten kann. Und der Verlauf der Geschichte. Lächerlich, ihn zu Beginn festzulegen. Was alles geschehen kann, in drei Tagen und drei Nächten.

Das Universum könnte ihn streifen und einen Kometen gebären. Er könnte bei einem Aufprall die Stratosphäre hell erleuchten oder sich einen Platz unter den Sternen suchen. Nun ja, vielleicht. Vlad springt an die Decke. Er freut sich auf die Jahreszeiten, von denen er bisher nur gehört hat. Er ist ein Kind des Sommers.

Making Movies That People Will Go And See

 # 1: HIT SEX HARD! (Cecil B. de Mille /Paramount)
 # 2: Never stop Rock 'n' Roll.
 # 3: Sag einmal etwas Wichtiges über Gott und die Welt.
 # 4: Lass Claudette Colbert in Eselsmilch baden.
 # 5: Sei ein Drogenhändler.
 # 6: Frage dich: Was hätte deine Mutter dazu gesagt?
 # 7: Verliebe dich nicht in deine Hauptdarstellerin, aber entwickle eine quälende Leidenschaft für ihre Füße.
 # 8: Beobachte die Ziege, die die Schafe ins Schlachthaus führt.
 # 9: Verabschiede dich endlich von deinem Pony.
 # 10: Lass niemanden merken, dass deine Hauptdarstellerin unbedingt Sex mit deinem Hauptdarsteller will. «Aber es wird normaler, echter schöner Sex sein.» (Louis B. Mayer/MGM)

Es ist etwas gegen die Gewohnheit, Kindergartenweisheiten aufzulisten, aber sie sind irgendwie aus der Geschichte gesickert.

Nacht 1

Auf dem Nachttisch liegt eine Karte mit einer Auswahl an kleinen Speisen, die das Hotel für den Gast bereithält. Vor allem Toast. Er könnte Smollett anrufen, doch Dennis ist dankbar für eine kurze Pause und unternimmt den Gang zur Rezeption. Smollett schaut sich im Fernsehen eine Tanzveranstaltung an und erklärt, in Bristol findet zur Zeit ein Marathontanz für Amateure statt. Das Paar, das am längsten durchhält, erhält 10 000 Pfund Gewinnprämie. Es wird tagelang dauern. Smollett überlegt noch, auf welches Paar er wetten soll. Er und seine Frau wetten jedes Jahr, seine Frau hält die besten Quoten. Dennis bestellt drei Portionen Käsetoast und eine Flasche Cola. Smollett geht in die Küche. Dennis wartet und betrachtet die neunzig Paare, die in einer riesigen Sportarena zu einer Rumba tanzen. Sie sind erst vier Stunden dabei, zeigt eine Einblendung. Die Tänzer lächeln. Geben sich Mühe, mit Freude zu tanzen. Strahlen sich an, halten einander, führen oder lassen sich führen. Viele scheinen verliebt. Einige Paare sind erstaunlich korpulent für eine solche Anstrengung, andere Paare sind gleichgeschlechtlich. Vor allem sieht Dennis eins: Niemand verschwendet sich, wirklich, keiner dieser Tänzer verschwendet sich. Kalkulierter Tanz, wie widersprüchlich, wie hässlich. Zehn Minuten später erscheint Smolett mit dem Essen. Dennis geht in sein Zimmer zurück, legt sich auf das Bett und isst. Vlad hängt an der Decke wie eine Fledermaus. Er fiept und faucht. Dennis' Eltern unterhielten sich beim Abendessen oft über die Qualität des Fleisches. Wie es sich schneidet und wie es schmeckt und wie fein es ist. Dennis weinte, wenn der Vater ihm zu viel Fleisch auf den Teller legte, und er sollte alles aufessen. Einmal musste Dennis einer anderen türkischen Familie (Freunde von Erkan Okan, keine Verwandten) seinen Namen nennen.

Dennis will den Namen Türkisch aussprechen, gibt sich müde, die Familie lacht. Dennis lacht auch und trinkt ein Glas Bananenmilch. Später, als die Freunde weg sind, schreit Erkan Okan die Mutti an. Er schäme sich vor seinen

Freunden, sagt er. Der Name Dennis sei für diese türkischen Freunde ein Mädchenname. Die Mutter habe den Namen alleine bestimmt, das war ganz falsch. Du hast mich bei der Geburt alleine gelassen, warst doch weg, sagt die Mutter ruhig. Okan schreit, weil Dennis Milch spuckt. Er hat Bauchweh. Mutti führt ihn ins Badezimmer, wäscht ihm mit Seife erst den Mund, dann den Hals und das ganze Gesicht.

«Wieso heißt der Junge so? Ein Mädchenname! Dieser Name ist etwas Fremdes zwischen mir und meinem Kind.»

Ein Mädchenname, Dennis zittert.

«Hör nicht auf ihn!», sagt die Mutti. «Viele Jungs heißen Dennis, auch in der Türkei.»

Dennis kämpft gegen Tränen, das Salzwasser gewinnt. Wenn die Seife in den Augen schmerzt – das Salzwasser gewinnt trotzdem. Es bäumt sich gegen die Seife auf und schießt nach. Daher der Schmerz. Vom Schießen in den Augen.

Der warme Käse schmeckt nach Butter und Milch. Dennis isst noch einen Käsetoast, isst das ganze Tablett leer. Ob Johnny Angie gleich nach der ersten Nacht gefragt hat. Vor der ersten Nacht? Nach der ersten Nacht. Bleibe hier, bei mir, geh nicht zurück zu ihm. Angie in London, hin und weg. Johnny stellte ihr ein Ultimatum, so wie Paul Newman in dem Film *The Young Philadelphians*:

Zwischen einem wissenschaftlichen Assistenten der juristischen Fakultät und der Gattin seines Doktorvaters herrscht eine entsetzliche erotische Spannung. Paul Newman verbringt eine Nacht im Haus des Paares. Die Frau schleicht nachts auf sein Zimmer. Sie will Liebe! Er wird wach, nimmt sie in den Arm und sagt: «Ich kann dich befriedigen und du gehst mit einem Lächeln im Gesicht zurück in das Bett deines Mannes. Doch das ist nicht genug!

Ich will dich immer lieben. Heirate mich. Lass dich von ihm scheiden!» Sie überlegt einen Moment. Und erwidert, sie kann ihren Mann verlassen. Ganz gut sogar. Kein Problem. Er habe sie durch das Angebot sehr glücklich gemacht. Und sie geht nie mehr zurück in ihr Schlafzimmer, dort, wo Dennis liegt.

Angie ist in der Hand des englischen Regisseurs. Sie kocht ihm Spaghetti *vongole*. Mit extra viel Knoblauch. Und Rucola. Und Pecorino. Es zieht in Dennis' Magen, er hat zu viel Käsetoast gegessen! Böse Träume kommen von zu viel Käsetoast!!! Und Vlad fällt von der Decke. Päng, und der Putz bröckelt. Er ist keine Fledermaus. Vlad ist gar nicht böse. Nur ein armer verlassener Kerl. Ja. Er legt sich zu Dennis – «Du bist doch mein Freuuund» – und streichelt Dennis' Rücken, kratzt ihn mit den langen Fingernägeln an Stellen, die jucken und an die Dennis nicht rankommt. Dennis erholt sich, verdaut und scheißt, schreibt weiter, auch wenn der Magen noch etwas drückt. Bis in den frühen Morgen.

Tag 2

Dennis macht Armtraining, zusammen mit Vlad. Die langen Fingernägel stören und Vlad schafft keine Liegestütz. Schafft nicht einmal, sich am Türrahmen hochzuziehen. Die Muskeln sind schlapp, die Hände ungeübt. «Autschautsch!», ruft Vlad.

Dennis nimmt Vlads Hände, ganz sacht, und schaut sie sich an. Ein Nagel ist abgebrochen. Also schneidet er ihm so vorsichtig, wie man es bei kleinen, weichen Kindernägeln tut, das lange, weiße Horn von den Fingerspitzen. Dann geht das Training weiter. Dennis legt sich auf den Boden und Vlad setzt sich auf dessen Unterschenkel. Dennis zieht sich hoch, fünfzigmal Bauchmuskeln. Danach legt er sich ins Bett, ihm ist kalt, trotz des Schwitzens, er mummelt sich in die Decke. Vlad zieht seine Lackschuhe aus, stellt sie in eine Zimmerecke, mit den Spitzen zur Wand, gen Mekka. Er legt sich zu Dennis. Wie Löffelchen liegen sie da, dösen und dämmern.

«Was ist das, eine alles verzehrende Leidenschaft?», fragt Dennis.

Vlad überlegt, schaut sich seine Fingernägel an. Er hat den Eindruck, kurzsichtig zu sein. Er muss mit dem Gesicht näher an die Fingernägel heran. Oder die Fingernägel müssen näher an die Augen. Kurze, brave Nägel. Es gefällt ihm nicht, ist nicht *vampire-like.*

«Kannst du die Frage nochmal anders stellen?»

«Eine alles verzehrende Leidenschaft?», ruft Dennis verzweifelt.

«Hört sich böse an. Nach Feuer. Ein Versicherungsbetrug.»

«Eine alles verzehrende Leidenschaft!» Dennis bleibt stur.

«Hmm ...», grübelt Vlad. «Scheint hartnäckig zu sein. Schon mal ein Fleckenwasser versucht?» Vlad gackert gack-gack-gack.

«Eine alles verzehrende Leidenschaft», wiederholt Dennis.

«Ich weiß es doch nicht!», mault Vlad. «Scheiß Pathos.»

«Ich weiß es nicht», murmelt Dennis in sein Kissen, schläfrig. «Schlimm ist es.» Er steht auf und verlässt das Hotel. Geht in einen Supermarkt und kauft gekühltes Bier. Wieder im Zimmer, starrt er auf den Computerbildschirm, trinkt ein Bier. Er findet die Sektion mit den Computerspielen und spielt Tetris, Freecell, Solitär. Bier bremst. Bier macht müde. Bier macht starren. Bier ist traurig. Bier geht schnell. Spricht Vlad immer noch wie ein nützlicher Werbetexter? Nützliche Drogen? Die nicht starren machen. Er hat noch etwas Gras, das raucht er. Einmal war Angie eine Woche in Salzburg, zu einem Schauspielkurs. Dennis fand das unnütz. Wieso will jemand bloß Schauspieler werden?, fragte er sich, als sie mit dem Nachtzug abfuhr. Eine ganze Woche weg. Ihm fiel Walter Matthau ein, der amerikanische Schauspieler mit dem Dackelgesicht sagte: «Der Grund, warum jemand Schauspieler werden möchte, ist ganz einfach der, dass er von hier bis China durchgeorgelt werden möchte.»

Dennis wurde nervös. Legte sich ins Bett und aß aus Sehnsucht zu viele Schokoriegel. Dann wurde er eifersüchtig. Ging nochmal raus, in die Martina-Bar. Er traf ein paar Freunde, auch eine Freundin von Angie. Mona, Jungschauspielerin, lang gelockt, große Garderobe, durchgeorgelt. Sie erzählt, sie hat eine große Rolle ergattert und feiert ihr Glück. Erzählt vom Casting, wen sie alles aus dem Rennen geschlagen hat. Der Regisseur hat tatsächlich gesagt ... Und die Dreharbeiten, in Spanien und Frankreich, an der Seite von ... Und sie hätte niemals gedacht, aber ... Dennis schaut sie an, leidenschaftslos, bestellt ein Bier, geradewegs angeödet.

«Sagte der Mann zum Schnäpschen ... das Leben ist zu kurz.»

Er lächelt wie ein Schwachsinniger. Mona brennt eine Sicherung durch. Ein Wunder, dass sie ihm nicht gleich ... aber Dennis will nicht daran denken. Die Computerspiele sind ihm langweilig geworden. Tetris ist perfide, das Spiel wurde von einem Russen entwickelt. So perfide wie der kalte Krieg. Aber das Gehirn liebt das Spiel, noch stundenlang legt es Balken im Hinterhof ab. Immer passend: längs, hoch, tief. Immer passend. Ein simples graphisches Denkspiel schaltet das sprachliche Denken aus und befördert dich zurück in den Sandkasten. Solitär ist dagegen ein Dreck. Dennis konzentriert sich auf Freecell. Das kann er noch spielen, der Reiz bleibt und Bier ist auch noch etwas da. Das Computerzeitalter macht aus den Menschen wieder Patiencespieler, wie zu Jane Austens langen Tagen sitzt man am Tisch und spielt mit sich Karten. Der Tag geht flöten und Vlad legt in einer Ecke Bausteine ab. Immer passend. Klotz auf Klotz, dann fällt das Schloss wieder zusammen. Eine Vladburg, eine Vladimirburg, eine Graf-Vladen-Burg. Immer fällt sie zusammen. Und er fängt von vorne an. Längs, hoch, tief.

Nacht 2

Die volle Blase hat ihn geweckt. Vier Stunden hat Dennis geschlafen. Er ist noch blau und etwas breit. Er will wieder klar werden, Zeit ist verloren. Er geht zu Mister Smollett, bittet um Kaffee, auch wenn ihm beim bloßen Gedanken an Kaffee schlecht wird, aber was tun. Er wird die Zeit aufholen müssen. Wenn er richtig wach wird, kann es funktionieren. Mister Smollett weiß Besseres als Kaffee. Prärieaustern, bestehend aus zwei Hühnerei-Dottern, Worcestersauce und Portwein. Alles miteinander verquirlen und in einem Zug runter damit. Smollett verschwindet in die Küche. Dennis betrachtet die Marathonpaare im Fernsehen. Sie drehen sich kaum noch, sie schlurfen. Zwei vor, zwei zurück. Kleine Drehungen. Na ja. Gerade die Hälfte der Teilnehmerzahl ist noch übrig, die andere Hälfte ist gefallen. Die kleinen Männer sind zäh, sagt der Kommentator. Die Großgewachsenen haben als erste aufgegeben. Ist es so?, fragt sich Dennis. Haben kurze Menschen mehr körperliche Reserven, eine effektivere Kräfteökonomie, oder ist die Kraft der Kleinen ein psychisches Phänomen? Johnny ist fünf Zentimeter klein, denkt Dennis.

Smollett stellt Dennis eine Prärieauster unter die Nase. Er kippt sie vor Smolletts Augen, bedankt sich nachdrücklich, geht mit einem Rest Würde auf das Zimmer. Im Bad hat er einen Würgekrampf, aber er kotzt nicht. Er betrachtet sein Spiegelbild, glasige Augen blicken ihn an. Rocky hat vor dem Training auch rohe Eier gegessen. Mit einer Hand – zack – die Schalen geöffnet und ab ins Glas mit dem Ei. Sechse hintereinander weg. «Danke, Smollett», sagt Dennis seinem Spiegelbild. Er setzt sich an den Computer, löscht alle Spiele aus dem Programm und schreibt endlich wieder. Vlad schaut ihm eine Weile über die Schulter. Dann geht er zum Fenster, blickt auf die Sterne am Himmel. Er hat eine Träne im Auge. «Dennis, ich sehe dich da oben. Du bist ein Meteorit. Du rast durchs All, rast und rast. Ohne Aufenthalt durchzieht der Meteorit das Universum. Eines nicht mehr fernen Tages wird ein Planet oder ein Stern deinen Weg kreuzen. Verstehst du? *Deep Impact!* Die Frage ist: Wirst du aufprallen und verglühen, zu Sternenstaub zerfallen und verpulvern – oder wirst du aufprallen – Kawooohm – leuchten und alles Mittelmäßige zerstören!? Wenn er sich wirklich einen Weg bahnte aus dem Dunkel seiner Geburt ...»

Tag 3

Dennis ist zufrieden mit der Arbeit. Es ist zwar die Hölle, aber es scheint zu funktionieren. Er trinkt Pfefferminztee mit viel Zucker. Legt sich auf das Bett und träumt, dass schöne reiche intelligente Frauen sich nach ihm verzehren. Briefe wie dieser, an Hotelblumen geheftet, werden ihn verfolgen. Warum eigentlich nicht. «Lieber Dennis Neumann, Sie schreiben zum Verlieben. Aber sicher sind Sie hässlich, haben bereits vier entzückende Kinder, und Ihre Frau übersetzt Jane Austen ins Rumänische? Mit besten Grüßen, ergeben – Ihre Gilda.»

Auf der Berlinale bekommt er Freikarten. Anrufe aus Hollywood. Lass sie warten. Nein, nein, die haben genug gewartet. Exklusive Restaurants, devoter Hotelservice, Flüge erster Klasse, Marmorbadewannen und goldene Armaturen. Das ist ja alles Quatsch. So würde der Vater denken, zwölf Badezimmer wie Erkan Okans Schulfreunde sie bekanntlich haben. Das ist kein Dennis-Traum. Nein. Aber was für ein Auto bloß? Ein Jaguar? Ein BMW? Ein CV? Ein Saab? Einen Mercedes, sowieso. Aber sonst so? Eine Alfa Spider. Weil ich ein Romeo bin. Und die Farbe, welche Farben bloß. Wie schwer es ist, richtige, fertige Wünsche zu haben. Ausgewachsene Wünsche, die man wirklich wünscht. Sie wechseln ständig. So ist es. Sie wechseln ständig. So ist es. Sie wechseln ständig.

Und zeigen darf man die Wünsche auch nicht. Den Traum von Anerkennung, Zugehörigkeit und prachtvollen Hotelblumen. In den Biographien und Autobiographien steht stets geschrieben, der kommerzielle Flair von Film ist dem echten Autor zuwider. Der echte Autor tut es nur, um ganz schnell viel Geld zu verdienen. Um Häuser und Jahre zu kaufen, in denen er anderes tun kann, als Drehbücher zu schreiben. Igitt Film, sagten die wahren Autoren stets. Aber Dennis will gar nichts anderes, ganz aufrichtig will er das eine. Die Zeiten ändern sich. Er lebt ja jetzt und nicht früher auf einem staubigen Studiogelände in Hollywood. Und so landet er plötzlich in der Gegenwart, einem miesen, überteuerten Hotelzimmer ohne Blumen. Hab ich es überhaupt verdient?, fragt Dennis. Eine böse Erinnerung lähmt seine Wünsche. Er hat es nicht verdient. Das alles ist ein kosmisches Strafkommando. Er hat Schuld, dass sie ihn verließ. Er betrog sie mit einer dummen Freundin. Er ist der Dumme, mit der Dummheit vermählt. Mona rief an, aber Dennis nahm nicht ab. Sie spricht aufs Band. Angie steht daneben und lacht.

«Warum gehst du nicht ran? Es ist Mona.»

Er legt Angie die Hände über die Ohren, damit sie nicht hören kann, was Mona ihm zu sagen hat. Belangloses. Aber er hält ihr die Hände über die Ohren und starrt sie an. Verzeih mir, kommt aus seinen Augen, aus ängstlichen, hündischen Augen. Angie schaut ihn an wie noch nie. Nicht böse, nicht entsetzt. Sie weiß plötzlich, wie sie damals hätte spielen können, bei der Aufnahmeprüfung. Wie sie die Rolle hätte anlegen können.

Wenn sich nach einem sonnigen Tag der Nebel vor deinem Fenster zeigt, möchtest du ihm dein Taschentuch reichen und von ihm zum Dank umarmt werden. Möchtest du? Warnung: Aber er legt sich nicht schwer auf dich! Er umschließt dich zwar, doch sucht sich in dem Moment bereits jemand anderen.

«Gib mir das Taschentuch zurück! Jetzt weine ich!», ruft die kleine Angie dem Nebel zu, der sie betrogen.

Sie weiß plötzlich, wie sie hätte spielen sollen. So viel hat sie in all den Jahren nicht gelernt. Eine einfache Improvisation. Angie will nicht mehr. Nicht Dennis und nicht dieses Schauspiel. Sie trifft zwei Entscheidungen, in jenem einzigen Moment, der ein ganzes Leben verändert.

«Warum gehst du nicht ran?»

Dennis wird sich fügen. Er geht ins Kino, will jetzt *Night in Limbo* sehen. Wird in einer Londoner Nachmittagsvorstellung das kalte Schwert in die Brust führen. Er nimmt Angies Foto, steckt es in die Jacke. Er will genau hinsehen und sie dabeihaben. *Night in Limbo.* Na und. Sie betrügt ihn jetzt. Als Revanche, und Dennis soll genau hinschauen. Es ist nur ein lächerlicher Racheakt. Es tut ihm Leid und es wird ihr Leid tun. Er wird hinschauen und dann ist gut. Okay. Soll er sich umbringen? Soll er sich umbringen?

Er geht ins Kino und Angies Bild kommt mit.

Vlad sitzt zu Hause und zittert. Er malt sich aus, wie es zwischen Dennis und Mona gewesen ist. Dennis steht an der Bar, markiert den Untangierten und hört Monas Gequassel zu. Je mehr er in seinen Drink stiert und je mehr er sie von ihrem Lebensweg erzählen lässt, desto dringender möchte sie von ihm einen Zungenkuss bekommen. Sie merkt, dass seine Zurückhaltung nicht echt ist. Sie riecht, dass er etwas von ihr will. Da ist was Großartiges an ihr, irgendein tüchtiges Geblende, und er will es haben. Er ist hier der Starfucker. Je mehr sie von ihrem Erfolg spricht und je mehr Namen sie ins Spiel bringt, Namen aus der Filmbranche, aus den Boulevardmagazinen und den Szenen dieser Stadt, und je hungriger und ehrgeiziger sie ihn ansieht, desto mehr bekommt Dennis das Gefühl, dass er all das haben kann. Was sie hat, steht auch ihm zu. Ob er es jetzt haben möchte, ist die Frage. Aber es ist richtig, es in einer Bar zu finden. Mona erklärt ihre Philosophie, er hält es kaum aus.

«Meine Krisen sind unabhängig von dem, was ich mit der Arbeit erreichen möchte. Die sind völlig unabhängig von der Anerkennung, die ich suche. Die Krise ist mein Charakter. Ich muss es einfach tun, verstehste. Man muss in der Krise eine gewisse Routine ausbilden, obwohl das auch irgendwie ekelhaft ist: Rückzug, auftanken, weinen, in Opermelodien schwelgen. Ich kann da Puccini empfehlen. Diese Geigen ... Den Zustand verstärken, tierisch existenziell sein. Man tut so, als könnte man das Künstlerschicksal wirklich verspielen. Man sucht den hohen Einsatz, findet ihn vor ... und dann ... geht es vielleicht wieder gut.»

Sie ist echt. Nun gut. Und sie redet viel.

«Man muss aber auch mal kalt und hart sein können,

die Träume einfrieren», sagt sie ihrem Wodka Lemon und leert das Glas.

Sie bekommt Lust, im Nebel von Zigarettendunst eine kalte Dusche zu nehmen, so herrlich erfrischend. Sie gehen auf die Toilette und koksen einen Rest, den sie in ihrer

Handtasche findet. Er nimmt sie am Arm, setzt sie aus der Bar raus in ein Taxi. Im Taxi steckt sie sich seinen Zeigefinger in den Mund. Der Taxifahrer blickt kurz in den Rückspiegel. Sie saugt und leckt am Finger, der Lippenstift verschmiert. Dennis schaut erst zu, aber dann guckt er aus dem Fenster. Es nervt ihn und fühlt sich gut an. Sie ist lächerlich wie eine Biene, die gegen die Fensterscheibe fliegt. Wieder und wieder stößt sie sich den Kopf. Sie spielt. Das kann er auch. Er spielt sie an die Wand. Der Schwanz wird steif, das Taxi hält, er zahlt, sie gehen drei Stockwerke hoch. Sie voran. Er will ihr die Wohnung zeigen und ein bisschen reden. Und die Hoffnung, vielleicht versandet es ja. Aber Mona stratzt gleich ins Schlafzimmer und springt auf das Bett, hüpft darauf herum. Ach ja, denkt Dennis, ihre Rolle: eine Biene spielen. Er hält sie fest, sie steht still, er fasst ihr an die Brüste und streichelt sie. Er kneift ihre Brüste, sie öffnet die Augen und lässt sich ausziehen. Nur wenige Sekunden danach machen sie es, und je mehr Mona so tut, als würde sie dafür die Titelrolle in einem Hardcore wollen, desto wütender wird Dennis. Mit einer Verachtung, die ihn erregt, mit einem Selbstekel, der ihn erregt, verrichtet er eine Sache, von der man sich einredet, dass sie ganz natürlich sei. Es ist das Künstlichste auf der Welt. Lange und ausdauernd. Koitus interruptus. Danach liegen sie nebeneinander, unter einer Bettdecke, und starren ins dunkle Zimmer. Dennis fragt, wie ist A.D. Meyer so. Mona ließ in der Bar fallen, dass sie ihn kennt. Es klang so, als ob sie ihn näher kenne. Hinter seiner Frage steht die Frage, wieso ist

Mona in diesem Bett und nicht in dem von A.D. Meyer. Was hat Mona an sich, was A.D. Meyer nicht mehr will. Mona erzählt ganz oberflächlich von ihm, als gäbe es nicht viel zu sagen, und keinerlei Begeisterung dabei. Er sähe nicht gut genug aus, er sei immer so stressig, er habe eine ausgemachte Hackfresse, er sei klein gewachsen. Mindestens fünf Zentimeter kleiner als sie. Dennis lacht schwach. Das ist ja wohl unglaubwürdig! A.D. Meyer ist ein omnipotenter, großartiger Mensch. So viel Ehrgeiz sollte sie haben, das zuzugeben. Selbst Dennis fühlt eine erotische Beziehung zu Meyer, immer wenn er den Fernseher anschaltet und zufällig die Serie «Gepanzert» läuft, muss er an ihn denken, an sein Gesicht. Deshalb lässt er es nicht gelten, wenn sie so von ihm spricht. Das glaubt er nicht, zu oft hat er für A.D. gearbeitet. Jede Schauspielerin auf diesem Planeten möchte einen Filmregisseur im Bett haben, das ist Naturgesetz. Bitte mach uns nichts vor. Der Geruch von A.D. Meyer liegt auf Mona, da können noch ganz andere Flüssigkeiten auf ihrer Haut antrocknen. Dennis nimmt den Geruch des anderen Mannes in die Nase, er will wissen, aus was genau er sich zusammensetzt. Mona erkennt, dass es Dennis todernst ist. Was will er denn, soll sie etwa zugeben, dass sie nur Verzweiflungstäter für schnelle Nächte sucht und A.D. Meyer dagegen in einer Liga spielt, für die sie keine Lizenz hat. Sie ist entspannt, so wie man es nach Sex manchmal sein kann. Gleich schläft sie ein. Sie kann es ruhig sagen.

«Der Unterschied ist: Meyer redet nachts nicht. Er geht früh zu Bett und dann heißt es: Klappe halten.»

Dennis ist auf einmal sehr müde. Beredsamkeit, Debatte, Kritik, Rede, Antwort, Small Talk, Chit-Chat und doch nur, wieder und immer wieder, Gerede und Geplänkel. Mona hat Recht. Der Sex wirft den Körper auf ein Bettlaken, weil der Starfucker eigentlich, nach verrichteter Arbeit, nach der Verrichtung der Ur-Szene, REDEN WILL. Starfucker stellen Fragen. Zugegeben, und viel zu viele. Niemand kann sie beantworten. Starfucker funktionieren in einer knallharten Welt der Auswertung von Phantasien für Filme nicht. Sie realisieren nicht, dass sie mittags verkatert aufwachen werden und immer noch das gleiche Problem haben wie in der Nacht zuvor. Gott, ist das erbärmlich.

... denn nichts kann furchtbarer sein als diese entsetzlichen Frauen, die darauf warten – und noch warten –, mein Blut zu saugen.
Jonathan Harker (Bram Stoker, Dracula)

Vlad nimmt den Pimmel aus der Hose und onaniert. Er hat seinen ersten Samenerguß. Er glaubt, es gefällt ihm. Nein, es gefällt ihm wirklich. Dann wartet er. Drei Stunden später kommt Dennis aus dem Kino zurück. Er schwitzt und zittert. Er zieht seine Jacke aus und nimmt alles aus den Taschen. Er sucht das Foto. Er findet Angies Foto nicht mehr. Es ist nicht in der Hose, in der Jacke, nicht auf dem Schreibtisch, nicht darunter. Er schaut auf dem Tisch, unter dem Laptop, in der Reisetasche, unter dem Bett, im Hotelflur, einfach überall. Das Foto ist weg. Er wird ruhig. Jetzt ist er sicher, es verloren zu haben. Er hat es im Kino verloren. Wie prosaisch! In dem Film des anderen Mannes. Wie pathetisch! Dennis akzeptiert den Verlust wie ein Mann. Drei Sekunden später pfählt ihn die heillose Verzweiflung. Mitten durch die Brust geht ein kaltes Schwert. Er friert, legt sich in voller Montur ins Bett, deckt sich mit der dünnen Decke zu. Johnnys Film erzeugte in ihm die Sehnsucht, in den Körpern der Darsteller zu sein. In den Körpern der Männer und Frauen, und ein anderes Leben zu führen. Nicht so alleine, nicht so verloren, nicht mit all der Unmöglichkeit, die er täglich einatmen muss. Johnny hat eine neue Farbe erfunden und sie auf die Leinwand gegeben. Auf das Auto. Einzig darauf, wie ein Theatereffekt in Technicolor. Schöne Autos können so satt machen, sie erwarten ihren Fahrer wie die Jungfrau den ersten Liebhaber und versetzen ihn so bequem wie möglich in den Rausch der Geschwindigkeit. Dennis kennt den Namen der Farbe nicht, ist opaque, aber er ist hingerissen wie sonst nur von Hitchcocks Farben. So groß war die Sehnsucht nach dieser Welt, dass er die Freundin gleich vergaß. Nach drei Sekunden gab es Angie nicht mehr. Ihn selbst nicht, er war auch gleich weg. Der Film erschien ihm tief bedeutsam und wesenhaft. Very Cinema. Very, very cinema. Dennis lallt sein Mantra:

Hätt' ich gerne, hab ich nicht.
Hätt' ich gerne, hab ich nicht.
Hätt' ich gerne, hab ich nicht.
Hätt' ich gerne, hab ich nicht.

Er springt auf, zerfetzt Vlads Domino. Vlad schützt sein Gesicht, hört ritsch-ratsch, dann nichts mehr. Dennis ist weg. Hat sich die Jacke geschnappt und ist auf die Straße gelaufen. Er hält es im Zimmer nicht mehr aus. In diesem beschissenen Hotel. Durch alle Wände hat er Leute keuchen hören, hat sie brüllen, schreien und lachen hören. Die anderen Menschen sind eben doch nicht egal, sie machen einen total kirre und nur verrückt. Weil sie so gottvertrauend vor sich hin leben, ihre Höhen und Tiefen und ihre Sommerferien haben. Sie spüren ihn nicht, den bitteren Geschmack des Lebens. Warum spüren sie ihn denn nicht. Weil sie in London Ferien machen. Eine gute Zeit soll es sein. Aber wie soll das gehen, bitteschön, wie soll das zugehen. Zeig es mir. Zeig mir dein London, tue es. Was hast du noch zu bieten, außer dem bitteren Geschmack, den hatten wir schon. Zeig es mir!!! So, wie du es Angie gezeigt hast. Sofort. Ich komme ja, ich komme. Und er rennt.

Dennis läuft in einen Park und weiter, in die Tiefe des Parks hinein. Er kommt an Tennisplätzen vorbei, an einem Brunnen und Café. Menschen sitzen davor, am Kiosk stehen sie Schlange für Eis und Tee. Eltern ermahnen ihre Kinder. «Watch your speech, Betty!» – «Attention, Graham! Don't drop your biscuit.» – «Be nice to your brother, Sweetie.» Er überholt wackelige Familien auf Inlineskatern. In einer düsteren Ecke findet er eine Holzbank, setzt sich darauf und keucht. Die Luft ist ganz nach Sommerabend, voller Endorphine. Er legt sich auf den Rücken und schließt die Augen. Gott sei Dank ist es so: Die Zeit vergeht schneller im Traum, wo sieben Stunden als eine zählen.

Weihnachten in Amerika

«Lotte, weine für mich», singt der alte Mann, pfeift auf der Zahnlücke und schlurft mit einem Dosenöffner in der Gürteltasche endlich zu ihr, zur attraktiven Tankstellen-Pächterin. Die Pächterin an der Abfahrt Weimar übernimmt höchstpersönlich die Schicht am Heiligabend – von 16.00 Uhr bis 6.00 Uhr morgens –, um sicherzugehen, dass der arme alte Mann, der eines Tages erscheinen wird und eine Dose Hundefutter für sein Abendbrot begehrt, auch wirklich eine American Supersize Pizza XXL nach Wahl erhält. «Ich komme oft in Amerika! Aber nur in Memphis, Tennessee!», pfeift er. Sie sieht ihn und erkennt etwas in ihm wieder. Eine Melodie der Seele erklingt. Eine Sicherung brennt durch. Eine alles verzehrende Leidenschaft. Denn es ist wahr, was die jüdischen Pharaonen behaupteten: Der Teufel ist eine Frau. Too good to be true.

Nacht 3

Dennis wacht auf, von der Dunkelheit überrascht. Er hört aus der Ferne eine Gitarre und mehrstimmigen Gesang, wie von einem Lagerfeuer, an dem Jungen und Mädchen alte Stimmungen feiern. Er findet einen Zettel an seine Jacke geheftet. Während er schlief, hat ihm jemand den Zettel auf den Bauch gelegt: «Wir haben für Sie gebetet, Sir. Jesus Army.» Man hat Dennis für einen Penner gehalten. Er zerreißt den Zettel. Plötzlich steht ein Mann mit einem alten Hund vor ihm. «Auffällige Facies», sagt der Herr und schaut Dennis an. Der Alte spricht deutsch, mit einem knarzigen osteuropäischen Akzent. Er kommt näher, betrachtet ihn wie ein Tierchen im Zoo. «Auffällige Facies», wiederholt er. Dennis fasst sich ans Gesicht. «Sind Sie Arzt?»

«Meine Studienjahre verbrachte ich in Deutschland, in Heidelberg. Hatte eine Liebschaft, die ich einfach nicht beenden konnte, obwohl mein Doktorvater im Delirium lebte. Aber er konnte wundervoll über das Geschlechtsleben der Hannah Arendt lamentieren.»

Dennis streckt ihm unwillkürlich seine Hand entgegen. Der Alte trägt schwarze Ziegenlederhandschuhe. Er stellt sich vor, Ordog der Name, und stammt aus Rumänien. «Wirklich ein schönes Gesicht haben Sie, junger Mann. Wie lebt es sich heutzutage mit so einem Gesicht?»

Dennis überlegt kurz. «Kreativität kann Glas durchschneiden. Aber Schönheit ... kann das nicht.»

«Kreativität», wiederholt Ordog, es klingt eckig. Er setzt sich zu Dennis. «Soso. Kreativität. Und was genau inspiriert Sie, junger Mann?»

Es ist Dennis, als sähe er einem Traumgeschehen zu, sich selbst darin betrachtend. Aus dem Traum wird eine Melodie, eine engelhafte Stimme singt; und Ordog spürt sie auf, tankt daran.

«Mädchen inspirieren mich. Ein bestimmtes Mädchen. Ihre bunten Kleider, das Sonnenlicht in ihrem Haar ...» Dennis reibt sich verzweifelt die Augen. Er glaubt nicht, was er da sagt.

«... ein nettes Wort im Wind», vervollständigt Ordog,

«ihr Lächeln, sie scheint sehr nett zu sein. Das sind reine, gute Schwingungen.»

«Yeah», sagt Dennis matt. Auf seiner Stirn stehen Schweißtropfen. Er sieht die Takte der Melodie aus sich heraustreten, sie gehören nicht zu ihm. Gehörten ihm niemals und fliegen davon. Nichts in dieser Welt ist mehr seins, nicht einmal mehr die Illusion. Es gibt keine guten Schwingungen, die die Illusion nähren, der eine Mensch sei mit dem anderen unabänderlich verbunden. Schon steht Dennis ohne *Soundtrack* da, diese letzte Spur seines Films ist aufgelöst, in einem rumänischen Akzent verschwunden. Er ist ihm genommen, und er sieht: Es gibt in dieser Welt Ausbeuter und Ausgebeutete, Besitzer und Besitzlose, Zugangsberechtigte und Außenstehende, Gewinner und Verlierer. Solange du jung und dumm bist, fällt es dir nicht auf, aber dann wird die Rechnung aufgemacht, und du kannst sie nicht begleichen. Dennis steht vor der Entscheidung: Sehnt er sich nach dem poppigen Soundtrack zurück, nach dem klebrig-süßen Geschmack einer blinden, korrupten Generation, oder ekelt er sich davor. Beweist stolz, dass er diese Lektion begriffen hat. Und was könnte besser sein, als mit geöffneten Augen einen Film zu machen. Aber wie schwer das ist. Deshalb vergibt ein Christ den Schwachen und tröstet sich, sie gelangen durch das Nadelöhr ins Paradies. Und wie leicht dagegen haben es die Mittelmäßigen im Diesseits, ausgestattet mit einem knallharten Willen. Mittelfristig gesehen, genauer gesagt: bis zum Ende ihres Lebens.

Der Köter wird munter. Er hechelt, seine Augen verfolgen ein Insekt. Mit der Vorderpfote fängt er eine träge dicke Sommerfliege, betrachtet sie kurz und führt sie zur Schnauze wie ein Affe. Er frisst sie. Dann blinzelt er Dennis verschwörerisch an und legt sich wieder hin, alt und müde. Dennis ist verblüfft.

«Achten Sie nicht auf ihn», sagt Ordog scharf. «Nur ein alter Hund, dem ich vor vielen Jahren ein paar Kunststückchen beibrachte. Er war sehr schön, dieser Hund, und von einem märchenhaften Geschlechtstrieb. Die Mädchen waren verrückt nach ihm. Ich meinte einmal, er könnte vielleicht etwas Sinnvolles lernen. Ein paar Kunststückchen, aber Sie sehen ja, was aus ihm geworden ist.»

«Zur Not ...», sagt Dennis, will eigentlich etwas über die sprichwörtlichen Tischgewohnheiten des Teufels sagen, aber Ordog funkelt ihn mit rot entzündeten Augen an. Dennis wagt es nicht. Er bekommt eine Gänsehaut. Der Klang der Gitarre schwillt an, vom Lagerfeuer her. Ordog bekommt spitze Ohren.

«Vor Jahren ging ich durch diesen Park», erzählt er. «Wie jetzt, nach Einbruch der Dunkelheit. Ich traf einen jungen Mann, auch mit auffälliger Facies. Er weinte sich die Augen aus. Er litt. Für euch. Er sagte, er sei Sänger. Sein Produzent habe ihn und seine Gruppe drei Tage und drei Nächte eingesperrt. Zuerst haben sie randaliert und in die Ecken gepinkelt. Wie wilde Hunde, die man von den läufigen Weibchen trennt. Dann haben sie Musik gemacht, den reinsten Katzenjammer. In der dritten Nacht kletterte er aus Verzweiflung aus dem Fenster und lief in diesen Park. Eine auffällige Facies, hedonistische, dicke Lippen. Wir sind sogar ins Geschäft gekommen.»

Der alte Hund horcht nach der Melodie, die vom Lagerfeuer der Hippies herüberwindet. Es ist eine Ballade, das, was man zu Recht einen Schmachtfetzen nennt. Der Hund pfeift eine Passage mit, singt und flötet, mehr, als dass er jault.

«Baby, dry your eyes ...
ain't it good to be alive ...
they can't say we never tried
Angie ... Angie ...»

Herr Ordog lacht und klatscht in die Hände. Die Ziegenlederhandschuhe dämpfen den Klang der Begeisterung. «Ich dachte, der alte Knochen kann gar nichts mehr. Das hat er seit Ewigkeiten nicht getan. Und wenn ich Ewigkeiten sage ...»

Er streichelt und klopft den Hund, lobt ihn mit jenen knarzigen Lauten, die Rumänen für Liebe und Anerkennung verwenden. Der Hund hebt den Kopf, genießt.

Dennis' Zunge bleibt stumm, das Gedächtnis leer, die Hölle klafft vor ihm: Sie hat einen Eingang, aber keinen Ausgang.

«Wollen Sie meine Seele haben? Oder meine Facies? Sie schätzen die Schönheit!? Sie können Sie haben!»

Ordog runzelt die Stirn, hält die Hundeleine kurz und stramm. Dennis spricht schneller. «Wissen Sie, ich möchte einen großen Film schreiben. Ein Monument. Ein besonderes Drehbuch. Drei Tage und drei Nächte, Sie verstehen. Helfen Sie mir?»

Ordog schließt die Augen, es grollt in ihm. Was will der Teufel mit den armen Seelen? Erfreut er sich vielleicht an ihrem jammervollen Gesang. Lauscht er ihrem reuigen Geschrei. Als wäre die Popmusik noch nicht erfunden. Gewiss nicht. Nein.

«Was glaubst du eigentlich, wie eitel ich bin, Dennis Neumann?»

Dennis nimmt seinen Mut zusammen. «Sehr eitel. Sehr, sehr eitel.»

Ordog öffnet die Augen.

«Es gab Zeiten, in denen jeder Deutsche ein Stück Faust in sich trug. Diese Zeiten sind endgültig vorbei.»

Er steht auf, der Hund folgt seinem Kommando. Ordog und Hund entfernen sich.

«Sie können doch jetzt nicht einfach gehen», ruft Dennis verzweifelt. «Hey, das läuft normalerweise anders!» Er läuft ihnen hinterher. Ordog dreht sich um, Kiesel knirscht unter seinen Ledersohlen.

«Ich fürchte», antwortet Ordog, «ich kann nichts für Sie tun. Ich fahre morgen früh in die Vereinigten Staaten. Dort gibt es viel Arbeit in der Molekularbiologie.»

Er will sagen, er ist nur ein alter Mann mit Hund, ein rumänischer Wissenschaftler, der von einer kleinen Marihuanazigarette rote Augen bekommen hat. Aber Dennis wird sich das nicht einreden lassen.

«Aber wer sagt denn was von Molekularbiologie! Doppelter Scheiß drauf! Ich frage Sie: Wie steht es mit der Kunst?»

Ordogs Augen sagen, das hat ihm gefallen. Dieses Aufbegehren, das ist insgesamt sehr hübsch.

«Da habe ich einen wichtigen Rat für Sie. In der Tat: Friss Dreck.»

«Ich ... fresse keinen Dreck.»

«Ich verstehe Ihren Standpunkt vollkommen, Sir. Aber so ist das nun mal. Friss Dreck.»

Der Hund bellt zur Bestätigung zweimal. Dann verschwinden Herr Ordog und sein alter Hund, so plötzlich, wie sie kamen. Dennis weiß nur noch eines: Insgesamt wirkte er ungewöhnlich bleich.

Während Dennis in den Park floh und auf einer Holzbank strandete, schreit, heult und quiekt Vlad im Hotelzimmer um sein Leben. «Ut quid, Domine, recessisti longe?»

Ein Wunder, dass sich bei diesen Schreien der Entbehrung niemand seiner erbarmt. Kein Mutterherz erhört ihn. Von Anfang an nicht. Vlad versteht nicht, wie es dazu kommen konnte. «Bitte komm zu mir zurück. Sonst bin ich nie wieder dein Freund. Wenn du nicht gleich sofort zurückkommst», schnieft Vlad.

Wie konnte Dennis ihm nur so etwas antun. Was habe ich falsch gemacht? Der junge Vampir schwört, er will wieder lieb sein. Keine falschen Worte sagen, mehr nachdenken, Leistung erbringen, Menschen erschrecken, Blut saugen, sich in Höllenhunde, Ratten und Fledermäuse verwandeln, fliegen lernen, Nebelwände erzeugen, mit den Toten sprechen und Frauen verführen. Er wird weniger an Autos und schokoladenüberzogene Brüste denken. Dafür, fleht er die versammelte Zeugenschaft des Himmels an, möge Dennis bitte gleich, ja sofort, zu ihm zurückkehren und sagen, dass sie wieder Freunde sind und endlich einen Film machen, in dem er ordentlich drin vorkommt. Eine große schöne Rolle will er spielen. Vlad reißt sich fürchterlich zusammen. Nun wird er beweisen, dass er es ernst meint. Er geht an Dennis' Reisetasche und nimmt die Zeitung heraus, auf der Johnnys Adresse steht. «Vielleicht besuchst du uns», sagte Angie, notierte die Adresse. Vlad schnieft ein letztes Mal. Er zittert vor Courage.

«Ich werde ihn umbringen.»

Er muss es tun. Es ist seine letzte Chance. So einfach ist das. Er bringt ihn um. Schließlich ist er ein Vampir. Töten, das wird er können. Er ist ein Vampir, er tötet. Darauf läuft es letztlich hinaus.

Ich sehne mich danach, durch die belebten Straßen ihres mächtigen London zu gehen, mitten im Strudel und Getriebe der Menschen zu sein, ihr Leben zu teilen, ihren Tod und alles, was sie zu dem macht, was sie sind.

Graf Dracula (Bram Stoker, Dracula)

Vlad schleppt sich durch die Stadt. Er setzt sich in Taxis, fährt hier und dort mit. Die Engländer sind sehr nett. Er findet seinen Weg und steht vor Johnnys Haus. Bevor er eintritt, betrachtet er seine Hände. Ja, er wird ihn erwürgen. Es sollte schon irgendwas mit dem Hals zu tun haben. Die Gurgel wird er ihm umdrehen. Den Kehlkopf zertrümmern. Er betritt das Haus. Vom Flur gehen mehrere Türen ab. Hinter einer Tür hört er Stimmen, öffnet sie einen Spalt. Zwei Männer sitzen sich gegenüber. Der eine ist ganz in Schwarz gekleidet, er ist kurz gewachsen und unrasiert. Vlad schätzt ihn auf Anfang dreißig. Das dürfte Johnny sein. Den anderen Mann kann Vlad nur von hinten sehen, er trägt eine Baseball-Kappe, eine braune Lederjacke und Blue Jeans. «... als kleiner Junge gewann ich einen Küsswettbewerb. Habe alle Mädchen meiner Schule geküsst, um als Schulsprecher gewählt zu werden.» Der Mann hat einen amerikanischen Akzent. «Als sie mich dann wählten, gründete ich eine Theatergruppe und beendete meine politische Laufbahn.»

Nachdem die amerikanische Lederjacke diesen Punkt gemacht hat, schweigen sich die Männer an. Vlad klopft das Herz bis zum Halse. Welch fürchterliches Schweigen sich da zusammenbraut. Die Lederjacke räuspert sich. «Ich dachte, du magst das Script?»

«Verschont mich bitte mit diesen Klischees. Ich hasse den Rollstuhl. Die ganze Szenerie am Mount Rushmore, als Gutzons Sohn Streit anfängt und die Blondine ihm Champagner in die Kopfhaut massiert, was soll das – eine Mini-Orgie? Dass ich nicht lache. Die Szene, in der Gutzon die Unterwäsche der mexikanischen Domina so lange in der Kloschüssel ausspülen muss, bis sie nach Kamillenblüten riecht – und dafür braucht er sechsunddreißig Stunden und 500 $. Diese Szene muss dreimal so lang! Dann der Unfall, als der eifersüchtige Liebhaber die Nase von Abraham Lincoln zu sabotieren versucht und Gutzon ihn davon abhalten muss. Die Behinderung der Beine ist für einen Bildhauer nicht fürchterlich genug. Der amerikanische Traum ist ein anderer, in meinen Augen. Wieso fällt ihm nicht der Arm ab? Der Arm, verflucht!»

Wieder Schweigen. Langes, ausdauerndes Schweigen.

«Entschuldige mich.» Lederjacke steht auf, dreht sich um. Sein Gesicht ist aschfahl. Er öffnet die Tür, hinter der sich Vlad verbirgt, und geht zum Badezimmer. Der Kurzgewachsene springt auf.

«Was ist denn los? Price? Geht es dir nicht gut?»

Als Price nach einigen Minuten aus dem Bad tritt, perlen Wassertropfen von seinem Gesicht. Er telefoniert und geht dabei im Flur auf und ab. Johnny steht im Türrahmen.

«Können wir uns treffen? Ich muss reden!»

Dann wählt er erneut.

«Chevy, ich bin's. Johnny und ich werden diesen Film machen.»

Price fixiert Johnny.

«Wir ändern das Drehbuch. Ich mache jetzt ganze Pakete. – Ja, mach einen Standard-Entwurf und dann lass dich wie gewohnt über den Tisch ziehen. Ha.»

Price legt auf. Er reicht Johnny die Hand. Johnny zögert nicht.

«Morgen fangen wir an zu produzieren. Wer könnte das Ende umschreiben? Oder willst du es selbst machen?»

«Ich frage Clara Woolff.»

«Fantastisch.»

«Eine Frage hätte ich noch: Den *Final Cut* kriege ich vermutlich nicht?»

«Hah ...! Der war gut.»

Johnny lacht mit. Price geht zur Haustür.

«Ich bewundere deine Bereitschaft, den eigenen Mythos zu demontieren», sagt Johnny zum Abschied. Price winkt ab und geht zu dem schwarzen Porsche, der ihn vor der Tür erwartet. Vlad folgt ihm willenlos, schlüpft in den Wagen. Price öffnet das Verdeck und setzt eine hell getönte Sonnenbrille auf.

«Ach, Sir, Sie Stadtmenschen können die Gefühle eines Jägers nicht nachempfinden ... Was für eine großartige Karre! Wenn wir Deutschen was können, dann Autos bauen, was.» Vlad weint fast vor Begeisterung. «Wir werden offen fahren! Das ich das noch erleben darf.»

Sie fahren durch die Stadt, begleitet von Chopins Revolutionsetüde. Vlad und Price summen mit, Lebensfreude zuckt durch Vlads Leib und ein neuer Plan formt sich in ihm. Price hält auf dem Parkplatz einer Pizzeria und wechselt die Kopfbedeckung, er setzt einen Kiss-me-quick-Hut auf. Vlad blickt an sich herunter und schämt sich für das verwahrloste Aussehen. Er ist nur noch Haut und Knochen. Doch nicht mehr lange. Ein gewaltiges Leben steht ihm bevor. Das aufregende Leben in Hollywood und London. Mit Cabriolets, Limousinen und noch mehr schönen Frauen. Das ist Film! Vlad hat den Wink des Schicksals verstanden und die Fährte aufgenommen. Er hat einen neuen Meister. Price steigt aus dem Wagen, Vlad tippelt ihm ergeben drei Schritte hinterher. Die Pizzeria ist gut besucht, Kerzen brennen, es riecht nach Holzofen. Price setzt sich in eine Ecke und bestellt bei der Kellnerin Pizza und Cola. Er erinnert sich daran, dass sein Sohn Andrew als kleiner Junge Pizza mit Peperoni und schwarzen Oliven liebte. Andrew mochte alles, was scharf ist. Das war sein Trick, um Cola zu bekommen. Wasser trank er nicht. «Pass auf, nicht dass du einen Kern verschluckst!»

Andrew hatte eine Phase, sammelte alle Olivenkerne in einer Tüte, und die baumelte an seiner Prothese. Ein von Geburt an einarmiges Kind, mit einem Beutel abgelutschter Olivenkerne an der Schulter baumelnd. Erbarmt sich keiner, Mutterherz, was für ein Anblick. Eines Tages stand Andrew vor dem Haus, steckte sich alle Kerne aus der Tüte in den Mund und spuckte sie seinem Vater entgegen. Price kehrte nach viel zu langen Dreharbeiten zu seinem ersten Hit *Der Mondfalke* aus Andalusien nach Hause zurück. Wie aus einer kümmerlich versagenden Maschinenpistole tropften die Kerne aus Andrews Mund. Plopp-plopp. Und Andrew weinte.

«Aber Andrew, erkennst du deinen Vater nicht?»

Er weinte und schüttelte den Kopf.

Andrew betritt das Restaurant. Price fällt auf, wie zart er ist. Große Zweifel an den Spielregeln dieser Welt haben auf der pickeligen Stirn ihre Zeichen hinterlassen. Er sieht schon wieder viel älter aus, doch weniger mürrisch als noch ein paar Wochen zuvor. Die Augen blicken nicht mehr unablässig in innere Finsternis. «Du scheinst guter Dinge zu sein.»

«Ja, es geht mir gut.» Andrew greift nach einem Stück Pizza. «Bist du schon lange in der Stadt?»

«Ich hatte gerade ein Treffen.»

«Jetzt hast du wohl wieder eins. Worum geht's?»

«Hast du *Night in Limbo* gesehen?»

Andrew wirkt nun richtig aufgekratzt. Er spuckt einen Olivenkern auf den Teller. «Ich habe ihn erst heute Nachmittag gesehen. Super Film!»

Price wiederholt den Superlativ gedehnt und lächelt. «Ich werde mit dem Regisseur arbeiten.»

«Dann machst du endlich mal einen coolen Film, was.»

«Ja, ein cooler Film.» Price zupft an einer Peperoni. «Das will ich gerne machen. Devlin ist gestorben und ich ... «

«Devlin ... Schade, dass er nicht wusste, wie gut er ist. Er war der mieseste.» Andrew lacht. Price lässt sich nicht irritieren.

«... muss mich neu orientieren, einem Fremden vertrauen. Das ist natürlich ein ungeheures Wagnis.»

Andrew nimmt die Cola, saugt am Strohhalm und trinkt sie in einem Zug aus. «Was willst du mir eigentlich sagen, Mister Ungeheureswagnis?»

«Ich spiele einen Bildhauer. Es hat ihn wirklich gegeben. Gutzon Borghum, er hat Mount Rushmore behauen. Viele Jahre, viele, viele Jahre haute er. Ein Däne. Ich werde Dänisch lernen ... Aber es ist auch Fiktion, verstehst du. Eine Mischung aus ... Jedenfalls ... du musst unbedingt das Drehbuch lesen ...» Price nimmt ein Diktiergerät aus der Jackentasche, schaltet auf Aufnahme. «Marjorie, bitte eine Kopie Drehbuch Mount Rushmore Andrew Price zuschicken.» Er schaltet das Gerät aus und steckt es in seine Tasche zurück. «Es war nicht meine Idee ... aber bitte glaube mir ... es erscheint auch so logisch ... aber ...»

Gregory Price bittet seinen Sohn um die Erlaubnis, für

den Film die Arm-Behinderung ... zu übernehmen ... auszuleihen. Einen einarmigen Bildhauer spielen zu dürfen.

«Der neue Master. Welch ein Blutsauger!», staunt Vlad und schlägt vor Begeisterung mit der flachen Hand auf den Tisch. «Auutsch! So ein Monster.»

Andrew hat es erst mal die Sprache verschlagen. Dann sagt er, okay. Es ist dein Arm. Er legt die Prothese auf den Tisch und sagt, schau ihn dir genau an. Price weiß einen Moment nicht. Dann fasst er die Prothese an. Andrew rollt den Ärmel seines Hemdes hoch. So kann Price die ganze Konstruktion studieren. Er nimmt Sonnenbrille und Hut ab. Ein paar Leute schauen herüber, doch das bemerken Vater und Sohn nicht.

«Und damit klaust du?»

«Das ist das Schwierigste, was man mit so einem Eisen überhaupt tun kann. Kannst du dir etwa vorstellen, von einem Einarmigen beklaut zu werden? Ohne Gefühl in Hand oder Fingerspitze.»

«Du musst sehr gut sein.»

«Einmal haben sie mich erwischt. Aber das passiert nie wieder.»

«Was klaust du eigentlich?»

«Meistens lege ich die Sachen wieder zurück. Ich will keine Wertsachen nehmen, Schaden zufügen. Ich will nur sehen, was die Leute, die neben mir im Kino sitzen, in ihren Taschen und Jacken haben. Manchmal nehme ich etwas Kiff oder einen schönen Stift.»

«Kannst du es mir beibringen? Ich meine, nur die Technik.»

«Ich kann dich trainieren. Wenn für mich was rausspringt.»

Sie reden noch eine Weile, machen Pläne für eine gemeinsame Reise nach South Dakota zum Mount Rushmore. Andrew interessiert sich für Film. Er weiß eine Menge über das Filmemachen, die amerikanische Filmgeschichte. Er kann endlose Passagen aus Hitchcocks *North by Northwest* auswendig. Wie David O. Selznick mit zweitem Vornamen heißt, weiß er auch. Price ist glücklich.

«Ich bin erstaunt, dass du es mir erlaubst.»

«Ich habe keine Lust mehr, dich zu hassen. Es ist langweilig geworden. Kriege ich noch eine Cola?» Price bestellt ihm Pizza und Cola.

«War das deine Freundin, die Kleine von neulich? Hübsches Mädchen.»

«Nein. Es ist aus.»

«Oh. Schade. Tut mir Leid.»

«Muss dir nicht Leid tun. Ich war nicht verliebt.»

Andrew nimmt ein Foto aus der Brusttasche seines Hemdes. Das Bild einer Frau. Sie ist dunkelhaarig, ca. Anfang bis Mitte zwanzig, sie sitzt auf einem roten Cordsofa. Price nimmt das Foto in die Hand.

«Wunderschön. Wer ist sie?»

Sofort nimmt Andrew das Bild wieder an sich. Er hält es fest, mit Haken und Hand. «Sie ist ...» Er spricht nicht weiter, steckt das Bild wieder ein. Vlad platzt fast. Er kennt das Mädchen! Er möchte schreien und tanzen und es allen beweisen. Das Gefühl, sie gehören wirklich zusammen, er gehört schicksalhaft zu diesen wundervollen Filmmenschen, überwältigt ihn. Vlad möchte heulen vor Glück. Jetzt muss er seinem neuen Herrn nur noch erscheinen. Der Zeitpunkt ist gekommen, denn Gregory Price geht zum Waschraum. Vlad folgt ihm. Vlad beschließt, er wird ihm im Spiegel erscheinen. Er wird es tun, nachdem Price mit dem Toilettengang fertig ist. Während er die Hände wäscht und in den Spiegel blickt. Er wird eine Vision haben und sich darin selbst entdecken.

Price geht auf Toilette, schließt die Tür, und Vlad postiert sich vor der Kabine. Vor Nervosität kann er kaum atmen. Er hat Lampenfieber, tatsächlich. Kein Wunder, er will schließlich dem weltgrößten Schauspieler erscheinen. Er wagt es, dem Imperator der gegenwärtigen Schauspielkunst etwas ... vorzuspielen. Er muss schon eine königliche Fata Morgana, eine Supernova, eine Sternengeburt vollbringen, so gewaltig, dass tatsächlich ... seine eigenen Hände feucht werden. Vlad sieht an sich herunter. Er sieht schäbig aus, völlig vernachlässigt. Er sollte sich erst mal waschen und die Haare anständig kämmen. Aus der Kabine dringen Stöhngeräusche. Soso, denkt Vlad. No business like showbusiness. Diese Verhandlungen scheinen vertrackt zu sein, wird wohl noch ein Weilchen dauern. Price hört gar nicht mehr auf zu stöhnen.

Jemand tippt Vlad rechts zweimal auf die Schulter. Vlad blickt nach rechts. Nichts ... Dann tippt es zweimal auf die linke Schulter. Vlad schaut links. Nichts ... Es tippt in der Mitte, genau zwischen seinen Schulterblättern. Ein Finger hart wie ein Steinbohrer. Vlad dreht sich um. Er glaubt ja nicht, was er da sieht. Geht näher heran, wegen der Kurzsichtigkeit. Das Grauen wird scharf. Ihm gegenüber steht ein Monster, und es ist kolossal: der bullige Körper übersät mit aktiven Eitervulkanen. Zwei schuppige Baumstämme von Beinen. Dem stählernen Blick aus blutunterlaufenen Stielaugen scheint nichts zu entgehen. In der transparenten Körpermitte pulsiert das Gehirn, zwischen ratternden Verdauungsorganen. Die Zunge schwarz-rot, die Ohren warzenüberwuchert, die Nase borstig bewachsen. Dazu schleimige Lefzen, gigantische Tigerkrallen und Haare wie goldgelbes Popcorn. Schaut man es nur eine Sekunde zu lange an, kommen fatale Gedanken auf: *Alle Menschen, die jemals Böses in der Kindheit taten, sterben nicht wirklich, wenn sie tot sind. Sie liegen regungslos im Grab, bei vollem Bewusstsein, und müssen sich selbst bei der Verrottung zusehen. Und ist es denn ein Wunder, dass uns fröstelt, wenn jemand über unser Grab geht?* So ist das Monster. Präsent, farbenfroh, emotional, eindrücklich und abendfüllend. Und es spielt mit unseren Sehnsüchten und Ängsten. Und es hat einen Penis aus rotem Gold.

Das Monster lächelt Vlad an, es spritzt Schleim und Eiter und Vlad bekommt die Gänsehaut seines Lebens. «Unglaublich», raunt er voller Ehrfurcht, «was Menschenhand alles erschaffen kann.»

Das Monster spricht, langsam, Vlad soll verschwinden oder es gibt Ärger. Vlad denkt ja gar nicht daran und schwingt seinen zerfetzten Domino, wie der Rächer Zorro persönlich. «Dem Weisen genügt ein Wort», sagt das Monster verächtlich und gibt ihm eine erste Kostprobe seiner Gewalt. Vlad läuft große Gefahr. Von den gemeinsamen Klimmzügen mit Dennis hat er noch Muskelkater in den Armen, er kann die Verteidigung nicht lange halten und landet in der Ecke. Vlad zählt bis acht und steht wieder auf. Er hat das Herz eines Boxers, wenn schon nicht das Auge des Tigers. Das immerhin hatte man ihm in die Wiege gelegt. «Das ist nicht fair!», schreit Vlad. All seine Versuche, sich zu wehren, laufen ins Leere. Dieses Monster ist unfasslich stark. «Und du bist ein Nichts, ein europäisches Wichtelmännchen, ein Niemand», zürnt das Monster und haucht Vlad an. Vlad wirft es wieder um. Allein der vergorene Atem der Kreatur ist Waffe, ist Sturm, gewaltig und mitreißend zugleich.

«Das ist einfach nicht fair!», schreit Vlad. «Ich will doch auch leben!»

Aus der Kabine dringen in immer kürzeren Intervallen Prices Stöhn- und Ächzgeräusche.

«Du hättest dir einen anderen Spielplatz suchen müssen», grollt das Monster. «Hast hier nichts zu suchen, Hombre. Geh zurück, woher du gekommen.»

«Da werde ich sterben.» Vlad markiert jetzt den Desillusionierten. Vielleicht hat das Monster ein Herz, das sich erweichen ließe.

«Du bist schon tot. Ich habe keinen Trost, denn dein Leben ist sicher bald zu Ende.»

«Aber ich stamme von Graf Dracula ab, dem Woiwoden.»

«Du stammst von Graf Zahl und Dudu – ein toller Käfer – ab, Kumpel.»

Man hört, das Monster gackert am liebsten über seine eigenen Witze. «Um dich zu erledigen, braucht es nicht einmal einen Espenpflock zwischen die Schultern.»

Vlad senkt den Blick, aus seinen Augen schießen Tränen, es brennt und beißt wie Seifenlauge. Das amerikanische Monster soll die Tränen nicht sehen.

«Ich wünsche dir zehn Jahre juckende Hämorrhoiden!», brüllt Vlad.

Price stöhnt wie zur Bestätigung und dem Monster platzt wieder eine Eiterblase. Eiter landet Vlad im Gesicht. Das Monster schärft an den Wänden des Waschraumes seine Krallen. Es grunzt hingebungsvoll. Price stöhnt, das Monster grunzt verwirrt. Es ballt die Tigerpranke, holt aus und schlägt zu. «Rest in peace. Yeah!»

Vlad ist fertig. Er wird leicht wie der Wind, wie ein Blatt Papier, das mit unwichtigen Zeilen beschrieben und dann vergessen wurde. So leicht ist er. Wie das Nichts im Wind, und hebt ab. Das Monster holt Atem und bläst Vlad aus dem Waschraum. Aus dem Restaurant, über Andrew hinweg. Der schaut sich gerade das Bild der jungen Frau an und erkennt, er hat es in sich getragen, sah es immer nur zur Hälfte, im blauen Halbmond dunkler Nacht. Sie wird zu ihm gehören, das ist Gewissheit. Wie schön, wenn es bereits so weit wäre. Vlad winkt Andrew zu, wehevoll, und wirbelt hoch, über die Straßen und Plätzen von London hinweg. Der Atem des Monsters drückt ihn hart gegen den Widerstand der Luft, durch feuchte Nebelschwaden und eiskalte Regenwolken. Dieser Wind hat Richtung. Vlad landet nach hohem Fall und schwerem Aufprall auf dem schmalen Hotelbett. Dennis schläft traumlos, doch er murmelt.

«Ut quid, Domine, recessisti longe?»

Ja, Recht hat der kastrierte Philosoph. Warum bist du nicht bei mir. Dennis greift nach Vlads Hand, schmiegt sie an die unrasierte Wange. Die Hand ist zart, knochig und klein. Nicht einmal der englische Regen hat so kleine Hände.

«Diese ist immer noch mir!», schluchzt Vlad und entzieht ihm die Hand. «Einen Trost habe ich», flüstert der Vampir.

Er dreht Dennis den Rücken zu, wie eine beleidigte Geliebte es tun würde. Seine letzten Worte sind die eines echten Stars.

«Ich habe das aufregende Leben vorgezogen.»

Dann stirbt er. Neben Dennis, ihm den kalten Rücken zeigend. Am Morgen des vierten Tages treffen ihn die ersten Sonnenstrahlen und der Vampir zerfällt. In pulverem mortis deduxisti me. Ja, du wirfst mich in den Pulverstaub des Todes. Du hast es wirklich getan.

Usman ruft bei Andrea an, doch sie geht nicht ans Telefon. Zu sehr ist Andrea in die Botschaft versunken, die ihr gerade der Fernseher übermittelt. Eine Norwegerin wurde jahrelang als Geisel in einem kaschmirischen Terroristencamp gefangen gehalten und überlebte einen Aufstand. Sie floh das Massaker, und nach unglaublichen Abenteuern gelang es ihr, nach Hause zu kommen. Verwildert und traumatisiert kehrte sie zu ihrer Mutter zurück.

In dem Fernsehbericht geht es um die Frage, ob Traumata künstlerisch «verarbeitet» werden können. Ob physischer Schmerz und psychische Verletzungen in Kunst verwandelt werden können beziehungsweise Kreativität Heilung bewirkt. Nach drei Jahren Therapie und der ersten Wiederherstellung normaler Lebensumstände veröffentlichte die Norwegerin einen rätselhaften Gedichtband unter dem Titel «Wenn Zelte brennen». Beeinflusst von einer mittelalterlichen Bilderwelt, voller religiöser Sehnsüchte, sei dieser Band, so der Verlag, «geprägt von einem tiefen Schmerz über die unterschiedlichen Foltermethoden der Liebe». Andrea ist fasziniert von der Sprache der Norwegerin, die deutsche Übersetzung ist erst kürzlich erschienen. Den Texten sind Bildszenen unterlegt. Afghanische Kinder spielen, sie albern herum, sie schlagen Pferde. Schwarze Augen, dunkle Haut und weiße Zähne. Männer mit Gewehren. Sie spucken roten Speichel und lachen.

«What's the matter?», fragt einer in die Kamera. «What to do?», und poliert sein Maschinengewehr. Spuckt roten Speichel.

Andrea beißt sich einen Fingernagel ab. So etwas Hundefreches. «What's the matter?» Warum lachen die.

Die Dichterin sitzt auf einer Gartenbank und hält ein rotes Plastikfeuerzeug in der Hand. Die Kamera ist vergessen. Sie soll ein Feuer entzünden. Ein Holzscheit aus dem Garten liegt vor ihr auf dem Boden.

«Mach Feuer», sagt die Mutter und streichelt ihr das Haar. «Komm, es ist nicht schwer.»

Die Tochter weint. Ihr Daumen wird heiß von der Flamme, sie steckt ihn in den Mund. Das Feuerzeug fällt auf den Boden, die Mutter hebt es auf und zündet den Holzscheit an. Blaue Flamme glimmt, rotes Feuer lodert. Die Norwegerin versucht etwas zu sagen, Tränen rinnen ihr über das Gesicht. Die Kamera hält drauf, als wäre sie gar nicht vorhanden. Kein Herz dahinter, das ein Taschentuch reicht.

Sie nimmt den Daumen aus dem Mund.

«Ich heiße Helena», sagt sie ihrer Mutter. «Ich bin die Tochter des Feuers.» Dann singt sie so hinreißend, dass man hört: Ein Wunder, dass sie überlebt hat. *Come as you are, as a friend ...*

Usman legt auf. Nicht einmal der Anrufbeantworter ist angeschlossen. Wahrscheinlich ist Andrea längst in Goa. Seine beste Kellnerin, ein nettes Mädchen. Nicht so undankbar und respektlos wie die schamlose kurzhaarige Studentin, die er feuern musste. Zufällig hörte er sie sagen, was falsch läuft. Sie stand faul herum und sprach zu den Jungs.

«Auf den Tischen steht nur alter weißer Pfeffer, der ist bestimmt schon lange fad, gemahlener weißer Pfeffer. Das finde ich schäbig. Auf dem Tresen welkt ein trauriges Töpfchen Basilikum in Plastikfolie. Das ist schon arg unprofessionell. Die Coca-Cola hat oft keine Kohlensäure mehr und sie wird ohne Eis und ohne Zitrone serviert. Das kann man doch nicht machen. Die Pommes sind schlimmer als bei

Mac Do, noch geschmackloser, noch fettiger. Ohne Eros Ramazotti wüssten die Pakistanis wohl nicht, was für Musik sie im Restaurant spielen sollen. Salatplatten werden aus der Küche ohne Salatbesteck gereicht. Das kann man doch nicht machen. Das Brot hat Frostschäden. Pilze aus der Dose! Das schmeckt man doch! Die schmecken einfach nicht!» Nachdem sie selbst einmal im Restaurant *Callas* gegessen hat, erzählt sie, musste sie dringend schwimmen gehen, zwanzig Bahnen sind tausend Meter. Dann erst war sie die Übelkeit los.

«So kann man kein Restaurant führen. Warum haben Pakistanis eigentlich überhaupt italienische Restaurants? Dabei verachtet und tabuisiert ihr Schweinefleisch und Alkohol. Die italienische Küche basiert auf Schweinefleisch und Alkohol. Das begreifen diese Leute nicht ... Außerdem mögen die Deutschen es nicht, wenn man sie unterwürfig bedient. Ein devoter Restaurantbesitzer wirkt nicht freundlich, sondern dümmlich. Devotheit ist okay für chinesische Restaurants und einige indische – aber doch nicht zu italienischem Essen. Dort muss man sich bossy geben! Mister Rossi is the bossi! Schaut euch mal die Filme von Francis Ford Coppola an. Und die Plastikblumen auf den Tischen, grauenhaft. Und die Weihnachtsmannservietten, in die das olle Besteck gerollt ist. Es ist Sommer, ey. Und die Neonbuchstaben auf dem Fenster. Mein Gott, sind die hässlich. Das lockt doch niemanden rein. Ein Fass ohne Boden. Weißes Pfefferpulver in einem fettigen billigen Pfefferglas. Trauriger, halb vertrockneter Basilikumtopf auf dem Tresen. *Basilikum haut Jungfrau'n um.* Oder was soll das bedeuten? Wieso eröffnen Pakistanis italienische Restaurants, und keine indischen? Lasst mich raten: weil sie sonst merken würden, dass sie nicht kochen können. Das Glück der Ahnungslosen.»

Später fragte sie Usman Ghauri, ob sie den Basilikum wegschmeißen dürfe. Aber ja doch, schreit er und wirft den Topf auf das Plakat mit den «Salat-News». Das Plakat fällt runter. Er hat die Studentin gleich mitgeschmissen. Usman regt sich jetzt noch auf, er bekommt Bruststechen davon.

Es tut weh. Als das Land noch aufgebaut wurde und am Hauptbahnhof Arbeiter gesucht wurden, hat er schon hart gearbeitet. Hat Steuern gezahlt und über die Jahre vielen pakistanischen Jungs geholfen, hier zu starten. Durch ihn haben sie richtige Arbeit und Papiere bekommen. Alles ist sauber. Pizza nach Standardrezeptur! Ihn drückt eine hohe Mietbelastung, aber er zahlt pünktlich. Hat selber jahrelang in der Küche gearbeitet, von unten gelernt. Und vor zwölf Jahren übernahm er das Restaurant, als der Vorbesitzer wegen Rheuma nach Sizilien zurückkehrte. Wieso hat diese faule Studentin die Frechheit, ihn zu beleidigen. Ohne jedes Wissen und vor seinen Jungs. Die haben ihr zugehört, große Ohren gemacht und danach getuschelt. Usman versucht nochmal, Andrea anzurufen. Aber Andrea geht immer noch nicht ran.

Angie füllt Sonja den Kühlschrank und lässt zwei Monatsmieten da. Das Taxi steht vor der Tür, es geht zum Flughafen. Beim Abschied in Eile fragt Sonja doch noch.

«Sag mir, wie habt ihr euch kennen gelernt?»

Angie überlegt, ob sie den Koffer abstellen soll. Sie tut es nicht.

«Er sprach mich an, wir redeten.»

Sonja trägt zwei Koffer mit hinunter und küsst die Freundin.

«Ich werde dich vermissen.»

Angie steigt in das Taxi und winkt. Und das war alles. Zurück in der Wohnung, betritt Sonja das Zimmer, das so hastig aufgelöst wurde. Auf dem Fensterbrett liegt ein Buch: *Sophia Lorens Schönheitstips.* Sonja schließt das Fenster. Staubmäuse wirbeln, tanzen über den Holzboden. Ihr fällt auf, dass die kahlen Wände lange nicht mehr gestrichen wurden. Sie will das Zimmer renovieren. Sobald sich Zeit findet.

Sophia Lorens Nase, liest Sonja, galt lange Zeit als zu groß, und alle rieten ihr, sie um der Karriere willen operieren zu lassen. Selbst ihr Filmproduzent und späterer Ehemann Carlo Ponti wusste keinen anderen Rat (wenigstens brachte er ihn nur zaghaft vor). Sophia aber ließ sich nicht operieren. Nein, die Nase liebt die Kamera. Die Nase flirtet mit der Kamera. Die Frau bekam einen Oscar. Stupsnasen kamen aus der Mode und Sophia hatte gesiegt. Zu was im Leben, fragt sich Sonja, könnte sie Nein sagen. Aufregende Frage! Eine deutsche Frau lässt sich ihren Zinken nicht operieren. Sie glaubt, Charakter bilde sich in Schicksalsergebenheit. Es ist die Nase deiner Väter und Vorväter. Mutter und Vater lieben sie, dein eigenes Kind wird eine Nase haben, und du wirst lernen, sie kostbar zu finden. Sonja schließt das Buch und schmeißt es weg und alle Geheimnisse von Angies Schönheit versinken.

Sonja besucht ihren Vater Richard, er wohnt in einem grünen Vorort im Westen der Stadt. Der Vater, der einen Tag braucht, um ein Regal aufzubauen, der Rotwein trinkt und zuhören kann. Er hat schon die dritte Scheidung hinter sich und würde gerne eine dunkelhaarige Frau küssen und streicheln. Aber wie das so ist: Die Straßen sind gepflastert mit vergessenen Ehemännern. Richard besitzt eine Sammlung von Ernest-Hemingway-Ausgaben, auf die er stolz sein kann. Ist man, was man liest? Nicht so einfach. Auf dem Beistelltisch liegen Bildbände, doch zuoberst Martin Amis' Roman *Information.* Sonja setzt sich auf das neu bezogene Biedermeiersofa, das sich der Vater nach einigem Überlegen geleistet hat. Wenn Sachen nur alt genug sind, hängt sein Herz an ihnen. Sie nimmt das Buch und liest den ersten Satz:

«Nächtliche Städte, das ist meine Empfindung, sind voll von Männern, die im Schlaf weinen, und dann sagen sie: «Nichts! Es war gar nichts. Nur ein trauriger Traum.» Sie klappt das Buch zu. Was für ein schöner Anfang. Der arme Vater. Sie steht auf und sagt, sie geht Kuchen holen. Der Vater freut sich und möchte Bienenstich. Ob das ginge? Aber sie soll ihn vom Ökobäcker holen, der tue richtigen Honig rein. Ja, Vater. Auf dem Weg zum Bäcker, an einer Häuserecke, hört sie es wieder.

«Pssst ...»

Sonja weiß nicht, ob sie hinsehen oder gar stehen bleiben soll. Um in die Augen eines süchtigen Penners zu schauen? Verdammt traurig, wenn es Kinderaugen sind. Vierzehnjährige, schon voll drauf, fertig mit der Welt. Psst ... stehen bleiben! Um echte Information zu erhalten? Wer weiß. «Pssst ... psst ... schsch ... heee ...!»

Sie geht weiter.

Britta Schälmeisters letzte Sitzung mit Dr. Heffner. Morgen wird sie auf eigenen Wunsch entlassen. Britta und Dr. Heffner essen gemeinsam die Pizza, die Hamsa und Nassir ofenfrisch aus dem Restaurant *Callas* angeliefert haben. Die Amin-Brüder besitzen endlich ihren Führerschein. Die schriftliche Prüfung war der Hammer und sie wollten schon türkische Fragebögen ankreuzen, es war alles einerlei, doch dann geschah das Wunder. Vom praktischen Teil ganz zu schweigen, wenn sie nicht hauptsächlich im Stau gestanden hätten. Heute ist der Tag ihrer ersten Auslieferungen, sie erledigen sie gemeinsam und helfen sich bei der Orientierung im Stadtverkehr. Ab morgen wird jeder alleine fahren und ein neues Leben bricht an. Das Leben als Einzelner.

Usman schickte Pizza Tonno und Pizza Vier Jahreszeiten, von ihm persönlich zubereitet. Britta soll ihm ganz klar die Meinung sagen und die Pizza ist wirklich schlecht. Dr. Heffner lässt nach zwei Bissen das Besteck fallen.

«Fahren Sie mit ihm nach Italien, da lernt er Pizza backen, und Sie lassen sich verwöhnen. Der Mann betet Sie doch an.»

Britta sagt, dass sei der beste Hinweis und Ratschlag, den sie in dieser ganzen Zeit von ihr gehört habe. Dr. Heffner sagt, sie selbst bumse mit jungen Ausländern, die könnten es ihr wenigstens richtig besorgen, und zu Hause verfettet unterdessen repräsentativ etwas Bürgerliches. Britta erschrickt. Dr. Heffner zwinkert.

«Frau Schälmeister, sind Sie sicher, dass Sie morgen wieder nach Hause wollen? In die Welt da draußen – mit all dem Sex und Crime?»

«Was immer Sie vorhatten – Sie können mich nicht mehr schockieren.»

«Es war einen Versuch wert. Und sorgen Sie bitte dafür, dass es weniger schlechte Pizza gibt, in dieser Welt.» Die Frauen geben sich die Hand. Und das war's.

Hamsa und Nassir sind auf dem Rückweg vom Krankenhaus. Vor dem *Callas* ist der Parkplatz nass. Geregnet hat es nicht. Sie steigen aus dem Wagen, dabei treten beide in eine Pfütze. Beide zünden sich Zigaretten an. Autofahren und West Light rauchen, das heißt für sie auch angekommen sein. Beide aschen ab, wie Cowboy-Ikone John Wayne aschen würde, wäre er ein junger, erlebnishungriger, pakistanischer Pizzalieferant in Hamburg. Hamsa ascht auf seinen linken Schuh, Nassir ascht auf seinen rechten. Die Sohlen flammen, die Schuhe brennen.

Die Pfützen, durch die Hamsa und Nassir traten, waren keine Wasserlachen. Andrea hat die Brüder verfolgt, ihre Gewohnheiten ausgekundschaftet und dann Benzin auf deren Parkstelle ausgegossen. Amok mal als Stichwort. «Ich heiße Helena, ich bin die Tochter des Feuers.» Jaja. Hamsa und Nassir lassen sich nicht beeindrucken. Der eine brennt am linken, der andere am rechten Schuh und beide ziehen eine Feuerspur hinter sich her. All das haben sie bereits einmal geträumt.

Sie beginnen mit der Arbeit, schneiden Mozzarella, raspeln Käse, warten auf neue Lieferfahrten. Bald werden sie aufwachen. Wie das so ist, wenn man dramatisch träumt. Man ist kurz vor dem Aufwachen. Die sieben Stunden sind bald vorbei, vergehen so schnell wie eine einzige, gleich ist es so weit. Nur komisch, denkt jeder für sich, dass der Bruder brennt. Es gefällt ihnen nicht, mit anzusehen, wie der Bruder ins Schwitzen gerät. Wie wagt es die nichtsnutzige Wiederholung des bösen Traums, den Bruder zu bedrohen? Wütend übernehmen sie die Macht über den Traum. Hamsa löscht seinen Bruder Nassir, nicht sich selbst. Nassir löscht seinen Bruder Hamsa, nicht sich selbst. Sie stehen in der Küche an der Edelstahlspüle und übergießen sich gegenseitig. Um sie herum verkohlen die Tische, die Salat-News, als hätte es sie nie gegeben. Eros-Ramazotti-Kassetten und Frank-Sinatra-CDs verpuffen, die Plastikrosen schmelzen, Pfeffergläser platzen, Weinflaschen explodieren und die Gardinen erst ... Was brennende Gardinen anrichten können. Sie schmeißen sich auf einen Menschen, der dreißig Jahre Deutschland gebraucht hat, um Bankrotteur zu werden. Als würden die Gardinen in ihrer Umarmung sagen: Willkommen in Europa, Mann. Langsam töten sie den Bankrotteur. Usman Ghauri verbrennt in dem Restaurant, das er zwölf Jahre lang geführt hat, eingeschlagen in eine alte, brennende Gardine. Das hat Andrea nicht gewollt. Niemand wird es erfahren. In den alten Filmen heißt es über Schicksale wie das der Andrea: Gott sei ihrer Seele gnädig. Aber erfahren wird es niemand.

Am nächsten Tag steht Britta mit einer Tageszeitung in der Hand vor den Ruinen des *Callas*. Die Presse feiert Hamsa und Nassir als Helden. Sie sind quasi so was wie ... unbrennbare Asylanten! Doch da sie bereits über Aufenthaltsberechtigung und Arbeitserlaubnis verfügen, stimmt der Terminus nicht ganz. Die Schlagzeile aber wäre hübsch gewesen. Feuerfeste Asylanten! Sie brennen einfach nicht. Die Headline «Spezialitätenköche überlebten Flammen-Inferno» dagegen gefiel der Chefredakteurin nicht, und so wurde es doch nur eine kleine Notiz im Lokalteil. «City: Ein italienisches Restaurant brannte zur Mittagszeit aus. Zum Zeitpunkt waren keine Gäste anwesend. Ob es sich um einen Unfall handelt oder um eine heiße Renovierung, steht nach Angaben der Feuerwehr noch nicht fest. Der pakistanische Restaurantbesitzer befand sich laut seinem Gewerbevermieter in Zahlungsschwierigkeiten. Er kam im Feuer um. Zwei Spezialitätenköche überlebten den Brand leicht verletzt mit Rauchvergiftung. Sie wurden bereits aus dem Krankenhaus entlassen.»

Hier endet die Geschichte der Amin-Brüder, ihr Geschick aber setzt sich fort. Bis das asiatische Rätsel gelöst, der Reichtum Europas erlangt ist und der Shaytan seine Schuldigkeit getan hat.

Britta Schälmeister und Usman Ghauri begegneten sich zum ersten Mal auf einem Friedhof. Usman sagte: «Wir müssen alle sterben», und ging auf das Grab von Frau Thal zu. Er öffnete die Hände, hielt die Handflächen vor das Gesicht und betete. Britta pflanzte auf dem Grab ihrer Mutter ein Blumenbeet, genau neben dem Grab der Frau Thal. Britta mochte die Art, wie Usman von der Frau sprach. Usman lud sie zum Tee ein. Sie saßen auf seinem Sofa, und er bot ihr mit Nachdruck ein Nussarrangement an. Pistazien, Cashewnüsse und Mandeln in kostbar geschnitzten Holzschalen.

«An apple a day keeps the doctor away.»

Er schälte und zerkleinerte verschiedene Früchte mit einem feinen Obstbesteck, richtete es auf Tellern an und reichte entzückende kleine Gabeln. «Einfach in einen Apfel oder eine Birne beißen, das mag ich nicht.»

Mit Bewunderung und Liebe sprach er von Frau Thal. Er habe ihr viel zu verdanken. Ohne sie und ihre Familie hätte er die ersten Jahre in Deutschland nicht so gut überstanden. Zuerst war sie seine Vermieterin, dann seine Schwiegermutter. Die Ehe mit Gesa Thal dauerte drei Jahre und war keine gute Ehe. Die gemeinsame Tochter Jasmin lebt in Konstanz, mit einem Jugoslawen, er ist Steuerberater. Man habe den Kontakt verloren, seit die Oma tot ist. Ganz schnell ging es mit dem Krebs. Mindestens einmal im Jahr geht er an das Grab. Britta weint. Usman hält ihre Hand, nimmt ein frisches Herrentaschentuch aus seiner Hose und tupft ihr Schleim und Tränen von Mund und Wangen. Er nimmt sie nicht in den Arm, obwohl, er möchte gerne. Sie verschränkt die Arme vor der Brust und wird ganz steif im Kreuz. Er geht in die Küche, sagt noch «Never leave the room empty-handed» und nimmt die Obstschalen mit. Er kocht Wasser für frischen Tee. Mit dem Pullover tupft er sich die Tränen aus dem Gesicht. In Pakistan lernte er als kleiner Junge, sich vorzustellen, wie Frauen unter ihren Gewändern aussehen. Wie die Beine aussehen, unter den weit geschnittenen, langen Stoffen. Die Härchen auf den Armen. Man sähe es nicht, hätte man nicht gelernt zu sehen: Britta ist eine verhüllte Frau und sie hat keine Brüste.

«An apple a day keeps the doctor away», wiederholt er später, als Britta endlich vom Obst isst und den frischen Tee trinkt. Er gießt ihr immer wieder nach, bis sie mit Nachdruck verneint.

«Nein, Usman. Danke, vielen, vielen Dank.»

Usman sagte, alleine in seiner Wohnung essen, das könne er nicht. Lieber esse er gar nichts.

Die Feuerwehr sperrte das Brandhaus mit Metallgerüsten und Klebebändern ab. Britta zittert. Die ganze Ruine und der brandige Geruch schockieren sie. Sie wollte zu ihm gehen und sagen: «Usman, deine Pizza ist wunderbar.» Sie hätte es gesagt und ihn in den Arm genommen. Wäre mit ihm nach Italien gefahren, hätte von seinen Obsttellern gegessen und sich von ihm lieben lassen. Aber sicher ist es nicht. Nichts ist sicher. Sie geht zurück ins Krankenhaus. Sie weiß jetzt, im Krankenhaus steht die Kamera, und das ist die Wahrheit: Keiner will leben wie in einem sozialkritischen Rührstück. Niemand hat das verdient. Deshalb kann niemand unter dem Eindruck des eigenen Todes ein gutes Buch schreiben. Die Geschichte ist bereits zu Ende geschrieben; konsequent, wie kein Autor es tut, wenn er ein Herz hat. Der Tod ist ein schlechter Autor, er wird in seiner Falschheit nur selten von einem anderen schlechten Autor übertroffen, und der nennt sich Das Leben. Radikalinskis, alle beide.

Wer will die Geschichte vom Brustkrebs der Britta Schälmeister hören und wie er sie, langsam, schleichend, doch noch von allem Leben abhielt? Sie ist nicht tot genug, um einen schmalzigen Bestseller zu schreiben, und nicht lebendig genug, um es doch zu versuchen. Niemand will das wissen. Doch, wird die Regisseurin antworten und die Kamera ausschalten. «Es gibt eine Frau, der sollten Sie alles erzählen. Sie trägt Ihren Namen.»

Wochen später steht das Zimmer immer noch leer und ist ungestrichen. Es sieht aus wie an dem Tag, als Angie nach England ging. Wieder steht Sonja am Fenster. Nichts, nur die Jahreszeit hat sich verändert. Sie setzt den Zeigefinger auf die Fensterscheibe und führt den Finger bis in die Mitte, langsam und mit Nachdruck. Sie beschreibt eine Diagonale. In der Mitte der Scheibe hört sie auf. Es ist zu unheimlich. Der Finger zerschneidet das Glas. Ein echtes closed-room-Rätsel.

«Die Frage lautet – *wie* konnte es geschehen?»

«Lautet die Frage nicht vielmehr – *was* ist eigentlich geschehen?», sagt der Mann im Trenchcoat, der jeden Abend bei Sonja im Zimmer steht. Er ist Detektiv, kommt von einer Agentur. Von welcher, weiß Sonja nicht. Sie hat es vergessen. Er hat keine Visitenkarte abgegeben. Sie weiß überhaupt wenig von dem Mann. Sie hofft nur, dass er unter dem Mantel nicht nackt ist. Aber sicher ist gar nichts.

«Wird es wieder geschehen?», fragt Sonja. «Und werden wir dabei sein?» Der Mann im Trenchcoat lacht. Es klingt, als habe er sich nicht unter Kontrolle. Vielleicht nimmt er nützliche Drogen.

Hermann Müller fragte Sonja kürzlich, ob alles in Ordnung sei. Sie wäre nicht mehr in Form. Noch vor ein paar Wochen hätte sie Themen wie «Die schönsten Schneemänner» oder «Das Einmaleins des perfekten Frühstückseies» nicht vorzuschlagen gewagt. Mr. Zyni schlug vor, und das war nur nett gemeint, sie solle sich Urlaub nehmen. Sonja nahm sechs Wochen, was ihn doch verblüffte. Aber eine Katastrophe mehr oder weniger könne er verkraften. Micha, der Praktikant, übernimmt Sonjas Vertretung. Er hat sich gemausert.

«Wenn ich gut bin, bin ich sehr gut. Aber wenn ich schlecht bin, bin ich noch besser.»

Das ist die richtige Einstellung, lobt Gabriele. Statt Sonja labert sie nun Micha voll. «Früher war mein Ex sehr an Sex interessiert. Jetzt ist er dreißig und es reizt ihn nicht mehr so. Aber er hat auch eine furchtbare Freundin. Da muss er dauernd den Seelenklempner spielen.»

«Wenn man gerne klempnert», sagt Micha und betrachtet Gabrieles neue Schuhe. «Die sind aber ... fulminant.»

Seit vier Tagen hat Sonja Ferien. Der Mann im Trenchcoat macht sich seither, vor allem seine Sprache. Zunächst flüsterte er bloß, schnalzte, pfiff und war eben nur ein Mann im Mantel. Vielleicht sogar nackt darunter. Man müsste es erkennen, bemühte man sich. Sonja aber hebt sich den Moment auf, verlegt es in eine Zeit, in der alles intensiv ist, die Kraft gebündelt und das Ziel klar vor Augen. Glasklar, durchsichtig, leicht, licht und bewegt, natürlich, wie *motion picture.* Bis dahin lebt man weiter vor sich hin und weiß nicht, was soll es bedeuten. Der Sinn der Lebensphase erschließt sich im Nachhinein, in der Erzählung der gelebten Zeit. Die Details führen zu dem Zusammenhang und dieser zum Sinn. Wer hängt womit zusammen und mit wem? Sie will die Augen offen halten, den Menschen zuhören, die Träume beobachten und niemals vergessen, wer sie ist und wo sie herkommt. Und Notizen machen, wie ein Schnüffler, der sich zu sehr für fremde Angelegenheiten interessiert. Es ist die Arbeit des Detektivs, am Ende eine Erklärung abzugeben, Schuld zu verteilen und Mitleid zu empfinden. Selbst wenn nach einer durchzechten Nacht die Nerven blank liegen und Sonnenlicht auf der Netzhaut in Farben bricht. Der Mann im Trench geht aus der Tür, dann dreht er sich nochmal kurz nach Sonja um. Er verschwindet, in die *Cité de Rêve*. Dort, es ist wahr, liegen die Geheimnisse der Menschen. Auf dem Friedhof begraben, in den Archiven und Spiegeln des Wassers. Du bist die Krone der Schöpfung und du weißt es.

Dennis steht vor Sonjas Haustür, in der Hand hält er eine Plastiktüte, sein Haar ist vom Herbstwind zerzaust. Er klingelt. Er schaut Sonja direkt an.

«Du hast mich vermisst, stimmt's?»

«Es zu leugnen wäre zwecklos, Majestät.»

«Du bist dicker geworden, und blonder.»

«Sehr witzig.»

Es sind die ersten Worte seit «Du redest zu viel» und «Hast du sonst was zu bieten?». Sie setzen sich in das Wohnzimmer und sprechen über zwei Dinge: Sonja sagt, dass sie schreiben wird. Dennis meint dazu nichts, aber er bringt Sonja so weit, dass sie ihm verzeiht, Angie betrogen zu haben. Das brauchte er noch, diese Absolution. Und er bekommt sie.

«Solche Dinge passieren. Es passiert halt. Die Leute sagen jetzt dauernd: Der Krieg geht weiter, Liebe und Leidenschaft brennen aus. Es ist gewiss nicht der Sex, um den es dir Leid tut.»

«Na ja.»

«Außerdem hast du sie öfter betrogen.»

«Hm.»

«Was soll das romantische Gefasel.»

«So bin ich nun mal: schick, sportlich und romantisch.»

Er meint: undiszipliniert, verträumt und hilflos staunend über das allgemeine Tempo. Aber er will Sonja nicht traurig machen, niemanden.

«Veränderungen lagen in der Luft», sagt sie. «Sie schütteten sich aus wie schwere Regenwolken. Dann zogen sie weiter, zu anderen Menschen. Ich finde, man kann es jetzt noch in der Luft riechen.»

«Weißt du, wonach das riecht? Die Leute verbrennen das erste Herbstlaub, und ein paar junge Bluthunde, die diesen Sommer ihre erste Million verdient haben, paffen fette Zigarren.»

«Was will Angie mit einem Filmregisseur? Sie hat sich NIE für Filme interessiert. Worüber wollen die bloß reden?»

«Die reden nicht.»

Männer und Frauen des Wortes, der Feder und der Tinte, gekrönte und ungekrönte Autoren, die reden viel. Besonders nachts. «Jeder Schauspieler auf dem Gelände schuldet mir Sex!», schrie einmal jemand, der zwar nicht Schauspieler war, sich aber auf dem Gelände aufhielt. Es war natürlich ein Autor. Er darf das sagen. Er ist kein Starfucker, hat Dennis über sich herausgefunden. Warum also Zeit damit verschwenden, jemand anders sein zu wollen.

«Ich habe heute was Merkwürdiges erhalten. Schau mal.»

Er nimmt das Paket aus der Tüte. Darin ein handschriftliches, tintenbekleckstes Manuskript von Professor Jeremias. Er hat Dennis Aufzeichnungen geschickt, Hunderte von Seiten.

«Ich dachte, es muss ein Versehen sein», sagt Dennis. Er erzählt, wie er zur Universität fuhr, um es Jeremias zurückzugeben. Sonja findet in den Unterlagen einen Brief und liest ihn vor:

Lieber Neumann,
vielleicht nutzen Sie meine Aufzeichnungen, die ich Ihnen mit diesem Paket zukommen lasse. In ihnen befindet sich eine Geschichte. Nur um eines möchte ich Sie bitten und flehe Sie an: Beenden Sie diesen fürchterlichen Krieg! Dann gehört die Geschichte ganz Ihnen.
Lieber Freund, wir werden uns nie wieder sehen. Ich bin verloren, eine Studentin wird mich töten, verwandeln, umgestalten, meine Identität auflösen. Im Namen der Liebe, vermute ich. Ich brenne durch, denn sie geht nach Los Angeles und möchte Schauspielerin werden, und ich werde auf sie Acht geben müssen. Ihr Vater arbeitet als Molekularbiologe in den Staaten, er ist sehr an schönen Künsten und Hundedressur interessiert und er erwartet uns bereits. Ich bin tief beunruhigt, aber so habe ich nie empfunden. Mein Herz ist in Aufruhr. Seit drei Tagen esse ich wieder Fleisch und vermisse Tofu gar nicht. Ich rauche auch wieder.
Erzählen Sie niemandem von diesen Aufzeichnungen und meiden Sie das ganze verdammte Institut! Die CIA ist überall. Und bitte seien Sie so gut: Jagen Sie der Wahrheit einen ordentlichen Schrecken ein. Beenden Sie diesen fürchterlichen Krieg!
Mit herzlichen Grüßen, Ihr Victor A. Jeremias.

Sonja vermutet, es handelt sich um einen der berüchtigten Tricks des Professors. Er schickt dem leichtgläubigsten Studenten des Semesters seine Unterlagen und fährt in die Ferien. Er wandert durch das Death Valley, tanzt mit VISA-

Card-akzeptierenden Indianern um einen See. Nach ein paar Monaten kehrt er erholt zurück und ein armer Student hat alles in fiebriger Erregung abgetippt und vielleicht sogar in eine schöne, neue Form gebracht. Aber diese Vermutung teilt sie Dennis nicht mit. Im Institut hat ihm jemand erzählt, der Professor sei nun endlich, wie man so schön sagt, für verrückt erklärt worden. Ein anderer Student mischte sich ein und behauptete, Jeremias halte sich zur Erholung der Band- oder Kniescheiben in einer Kurklinik in der Schweiz auf. Dann drückte er Dennis die Campuszeitschrift in die Hand.

Darin las Dennis eine so knappe wie vernichtende Kritik zu *The Last Trace*, weltweit die einzige ihrer Art. Aber es ist schon komisch, jedes denkbare Blättchen veröffentlicht heutzutage Filmkritiken, es ist nicht zu fassen: «Dieser Film hat ein großes Stück herausgebrochen, an Lebenszeit, aus Hunderten von Lebensuhren, im Publikum, im Kinosaal, mitten unter uns. Wehe den Besiegten.»

Dennis gab sich geschlagen, ging ins Studentensekretariat und bestätigte seine Immatrikulation.

«**Willst du das Paket behalten**?», fragt Sonja.

«Da ist eine Geschichte drin. Ich hätte sie gerne.»

«Dann solltest du mit deiner entwaffnenden Art diesen Krieg beenden.»

«Einer muss es ja tun.» Dennis atmet ein, er atmet aus, er geht zum Telefon, er ruft im Außenministerium an. Es ist tiefe Nacht und natürlich geht keiner ran. Er probiert verschiedene Durchwahlen. *My lucky number?* Er wählt sich noch einmal ins Ministerium und hängt die Ziffern 671971 an. Der Außenminister nimmt ab, noch ehe alle Ziffern durchgewählt sind. Er seufzt müde «Ja, bitte?».

Dennis erkennt die Stimme des Staatsmannes sofort, sie

klingt wie eine gelungene Imitation, übertrieben, aber echt.

«Guten Morgen, Herr Außenminister. Hier spricht Dennis Neumann aus Hamburg. Ich habe eine dringende Forderung und meine Zukunft hängt daran. Ich verlange, dass

man meiner Forderung nachkommt: Man beende diesen fürchterlichen Krieg!»

«Ja, Herr Neumann», seufzt der Außenminister, «ich danke Ihnen für den Anruf. Selbstverständlich beenden wir das.» Der Minister legt auf. Dennis legt auf. Sonja sieht ihn an, er sieht Sonja an. Der Blick ist wie Magie.

Er fragt, ob er sie küssen darf.

«Nein», sagt Sonja.

«Bitte, lass mich dich doch küssen.» Dennis traut sich, das zu sagen, es ist ein unschuldiges Spiel. Gar nicht wie der Sex von Erwachsenen. Er denkt, er gewinnt das Spiel. Er nimmt ihre Hand, führt sie an den Mund.

«Nein», sagt Sonja. Sie lehnt sich müde zurück und schließt die Augen. Alles ist müde. Sie könnte nicht essen, nicht trinken. Die Haut wird kühl, wie ein leeres Bett, das nachts verlassen auf den Herrn und Meister wartet. Nun komm endlich in die Heia, sagt das Bett. Du kannst doch kaum noch die Augen offen halten. Ruh dich aus.

«Ein Kuss. Nur ein kleiner, kleiner Gutenachtkuss.»

«Nein.»

«Auf die Wange?»

«Hörst du: auch nicht auf die Nase.» Dann schläft sie ein.

Der Krieg ist vorbei, der Dollar stürzt, Weltraumaktien liegen wie Blei, *Rusty Rhythm* ist der Champ von El Paso, Sacramento und Santa Anita und die Moral siegt spät und unvollständig. Die Welt gehört Dennis Neumann und was tut er damit. Er streicht Angies leeres Zimmer. Der Mann im Trenchcoat beobachtet ihn. Sie sind alleine in der Wohnung, Sonja ist nach dem Frühstück gegangen, um sich eine traurige Geschichte anzuhören und für die Ferien ein Haus zu organisieren.

«Sie rieb sich an mir, die ganze Nacht», brummt der Detektiv. «Und weiß der Henker, was sie sonst noch alles anstellte.»

Dennis betrachtet den Riss in der Fensterscheibe. Seine Finger gleiten darüber.

«In der Cité de Rêve nannten sie mich den Schmerztöter», erzählt der Detektiv. «Und wenn du willst, Weichbirne, dann nennst du mich auch so.»

Schmerztöter nimmt sich einen Stuhl und setzt sich in die Mitte des Zimmers. Er zündet eine Zigarette an und bläst Ringe. Ein, zwei, drei. Dennis taucht die Rolle in weiße Wandfarbe und beginnt zu streichen.

«Für meinen Geschmack sind zu viele Fragen offen geblieben», sagt der Schmerztöter. Er fährt mit den Ermittlungen fort.

«Schon mal im Kittchen übernachtet? Ali-Peter schon. Ein Schießer aus Detmold hatte ihm einen Tipp gegeben, und plötzlich wurde aus einem Haufen Elektronik ein Fall für die Versicherung. Einen Teil davon musste Ali-Peter schnell aus dem Dunstkreis bringen, und da fiel ihm der Neumann ein. Eine harmlose Type, der gelegentlich Kiff bei ihm kauft und mächtig stolz auf der einen Hälfte wird, wenn er einem olivenäugigen Klasserüden einen Gefallen schuldet. Ali-Peter wusste, was man über dich sagt, Weichbirne: ‹Er kriegt nichts auf die Reihe, er zieht sich furchtbar an und alle Frauen fliegen auf ihn.› Du bist harmlos wie Kamillentee, also gab er dir die Ware, du klemmtest sie unter dein Bett und bald darauf durfte Ali-Peter die Tapeten der

Jugendvollzugsanstalt studieren. Zahnstocher-Charles hatte ihn wegen einer unrentablen Prostituierten auffliegen lassen, der Werbeslogan *Eierlutschen von glücklichen Thai-Girls* zog nicht wirklich, außerdem war's eine Ostdeutsche und ihr Bruder schob Dienst bei der Sitte. Der dachte sich, ein Flittchen ist keine Nutte, entdeckte sein Bruderherz und pulte in der Karies von Zahnstocher-Charles rum. Nur mal zur Schulung in den Bau, anders lernen diese Jungs heutzutage nichts. Nach seinem mehrmonatigen Sommercamp kam Ali-Peter intelligenter und brutaler als je zuvor raus und er wollte seine Beute zurück. Die du versetzt hast, um ein gediegenes Wochenende mit Teeparty in London zu verbringen. Onanie und Kleinkriminalität, aber das ist meine private Ansicht, sind das Erbe der Männer, die ohne ihren Vater aufwachsen. Mensch, Neumann, dieser Ali muss dir ja mächtig die Fresse poliert haben.»

Dennis zündet eine Zigarette an. Ein, zwei, drei Rauchzeichen. Er befestigt die Rolle an einer Schrubberstange. So braucht er nicht auf die Leiter zu steigen. Er überlegt, wie er sich dabei fühlt, das Zimmer der großen Liebe seines Lebens zu streichen. Sie verließ ihn und ließ nur ein ungestrichenes Zimmer zurück. Er schmeißt die Zigarette aus dem Fenster. Jetzt kommt die Decke dran. Ist er elend oder nur ein Witzbold? «Wie man's nimmt», meint Dennis. «Den Tiefpunkt meines Lebens hatte ich, als ich nach drei Tagen und drei Nächten in London aufwachte und dreißig war.»

Der Morgen nach dem Kampf ist der schlimmste.
Rocky Balboa

Der Tanz-Marathon der Amateure war noch nicht entschieden. Fünf Paare schleppten sich morgens um neun

Uhr dreißig über das Parkett. Smollett durfte noch hoffen, mit der Fünf-Pfund-Wette zu landen. Dennis verabschiedete sich schnell und diskret, ohne Frühstück. Die Sonnenbrille behielt er in der *tube* und während des Fluges auf. In Hamburg angekommen, nahm er den Bus. Es ist heiß, er spürt Hunger und Durst. Er hat im Flugzeug nur Orangensaft bekommen, der Magen ist leer. Unten vor der Haustür wartet bereits Ali-Peter auf ihn. Seit einem Tag wartet er dort und macht sich langsam Sorgen um ... Dennis, sozusagen. Dennis sieht ihn, begreift, lässt die Tasche fallen und rennt weg. Ali-Peter sieht, begreift, lässt die Kippe fallen und rennt hinterher. Er ist schneller, weil jünger, ein dreißigjähriger Halbsäufer ist einfach nicht so flink auf den Beinen wie ein einundzwanzigjähriger Kiffdealer. Ali-Peter stellt ihn zwei Ecken weiter auf dem Spielplatz. Er schleift ihn in eine Sandkiste. Ein unbeaufsichtigtes Kleinkind sitzt in der Sandkiste zwei Meter von ihnen entfernt und schaut sich das Spektakel der Fäuste an. Es ist alt genug, aber es kann noch nicht reden, weil es sich durch festen Willen der Sprache verweigert, und es ist zutiefst angewidert von dem Zwang, jeden Tag um diese Uhrzeit eine Stunde in der Sandkiste spielen zu müssen. Die Mutter treibt sich im Supermarkt herum, weiß der Henker. Das Kleinkind macht den Sandkisten-Zirkus nur mit, weil es ahnt oder auch bloß hofft, dass diese Lebensphase von kurzer Dauer sein wird. Eine Phase des Menschen, seit Jahrtausenden überwunden, doch unvermeidlich in der kurzen Zeit der Kindheit. Umso interessanter ist dem Kind, was der eine Mann mit dem anderen tut. Er schaufelt ihm Sand zwischen die Zähne. «Mach die Fresse auf, Penner.» Der spuckt den Sand aus, dann werden Zahlen verhandelt, nochmals Sand geschluckt, man einigt sich: Dennis wird bis übermorgen Viertausend ranschaffen. Zum Abschluss der Verhandlungen gibt es noch eine Ladung Sand zwischen die Kiefer. «Steck die Windel fest und hör zu, Penner.» Nach einigen sehr konkreten Androhungen, was er Dennis' Mutter alles zukommen lassen möchte, wenn die Asche entgegen der Verabredung nicht rüberwächst, verabschiedet sich Ali-Peter.

Dennis spuckt und würgt. Er legt den Kopf in den Sand und wartet darauf, dass das Adrenalin aus den Finger- und Fußspitzen zurückweicht und der Schmerz beginnt. Der kleine Junge starrt ihn an. Er selbst ist bereits aus dem Alter heraus, wo man alles in den Mund nimmt. Er krabbelt zu Dennis herüber und holt sich die Schaufel zurück, die Ali-Peter ihm entrissen hatte, und gibt sich selbst von dem Sand in den Mund. Dennis sieht, wie der Junge Sand auf der Zunge zergehen lässt. Als koste er von einer leckeren Speise. Dennis analysiert den Geschmack im Mund. Dreck, Erde, Schmutz, Straßenstaub. Ein feiner Geschmack von Hundekot, auch das. Dennis würgt und spuckt. Da war er wieder, der bittere Geschmack des Lebens. Doch diese Eindrücke vergehen schnell. Ja, er schmeckt noch etwas anderes darin. Der Sand ist hart, aber das kann man aushalten. Das kann man wirklich aushalten. Eine im Sand verlaufene Affäre. Versandet. Dennis fühlt, zum ersten Mal nach Monaten, vielleicht Jahren, dass es leicht ums Herz wird. Als hätte sich ein trauriger Nebel gelöst. Heute ist er dreißig Jahre alt geworden, es ist der 6. Juli, er wurde von Rambo vermöbelt. Und er frisst Dreck. Interessant. Es hat was. Er lacht. Das Herz wird immer leichter. Er schaut einer Frau hinterher, die kopfschüttelnd an ihm vorübergeht. Hübsches Fahrgestell, denkt er. Gar nicht übel. «Friss Dreck!», ruft er ihr hinterher. Das sollen die ersten Worte sein, die das Kleinkind am Abend seinen Eltern anvertraut.

«Friss Dreck!»

Dennis nimmt noch eine Ladung in den Mund. Spuckt aus, lacht. Dreck im Mund, das Herz frei.

Der Schmerztöter denkt an all die Leichen, die er in seinem Leben gesehen hat. Frische Leichen auf dem Straßenpflaster, an den Lieferstätten des Todes. Er spürte immer schon einen gewissen Neid auf die Toten. Das warme Blut sickert aus ihnen, aus drei bis vier Einschüssen, meist in Rumpf und Kopf. Dann die Gaffer und Knipser. Sie stehen um die Leiche und wollen wissen, wer oder was da auf der Straße liegt. Wie das Gesicht des Todes wirklich ausschaut. So wird man im Leben nie angesehen. Mit so viel EHRFURCHT.

Nach dem Sandkastenspiel hatte Dennis mehr zu tun als ein Pestfloh auf einer pockigen Ratte. Zuerst trieb er in zwei nervösen Tagen, im Wechsel mit schlaflosen Nächten, das Geld auf. Dann arbeitete er es wochenlang ab. Baute mit Jan Eisler Fabriketagen für *New-Media*-Agenturen aus. Strich die Wohnungen junger Familien. Übernahm beim Autoverleih jede Schicht, die er kriegen konnte. Nur bei A.D. Meyer arbeitete er nicht. Er hatte nicht mal Zeit, ins Kino zu gehen. Er ist ein harter Kerl geworden, mit einem feuchten Blick.

«Hör bloß auf mit der Schmonzette», brummt der Detektiv. Er steht auf und schaut sich die frisch gestrichenen Wände an. «Streichen kannste. Aber mehr Kredit gebe ich dir nicht. Irgendwas ist krumm an dir, ich kann dich nicht leiden.»

Dennis lässt heißes Wasser in die Wanne und legt eine Platte auf. Karl Böhm dirigiert Mozart. Er zieht sich aus und schaut, was Sonja an Badezusätzen hat. Er nimmt ein

Fläschchen und gibt das Pulver ins Wasser. Steigt rein. Dennis hat sich das Voodoo-Pulver *Pega Homem* ins Badewasser getan. Das Sonja vor Monaten für den *headquarter* testete. Für jenen Artikel über Zaubermittel und Liebestränke, wo man sie bestellt und ob sie nützen. Ihr hatte es nicht geholfen, falsche Anwendung. Sie dachte, gibt man das Pulver auf die eigene Haut, entfaltet sich sofort eine irre Ausstrahlung, der kein Mann zu widerstehen vermag. Dabei bewirkte das Pulver zumindest eines: Sie band einen Praktikanten an den *headquarter.* Den sie in der Mittagspause kennen gelernt hatte, in einem Imbiss.

«Und wofür interessierst du dich, Micha?»

«Ausstellungen und Werbung.»

«Ich schau mal, was ich für dich tun kann.»

Nun zeigt uns Dennis, wie das Zauberpulver wirklich funktioniert. Es muss mit dem Mann selbst in Berührung kommen. Der Mann und die Besitzerin des Pulvers sind von diesem Zeitpunkt an, so glauben die Brasilianer, unzertrennlich.

Sonja kommt in die Wohnung zurück. Dennis ruft aus der Badewanne.

«Ich bin ein Loser aus Hamburg-Altona, meine Freundin ist mit einem berühmten Filmregisseur durchgebrannt und ich streiche in der Wohnung der Mitbewohnerin das verlassene Zimmer. Sag mir, dass ich träume.»

«Ich träume! Du hast das Zimmer gestrichen.»

Sonja betritt das Bad. Wasserdampf füllt den Raum, betörender Geruch. Dennis' Kopf steckt im Schaum. Lasziv schlägt er die Lider auf, blickt hoch.

«Mensch, bin ich fertig», sagt Sonja.

«Was ist denn?»

«Ich war bei meiner Mutter. Reden, reden, reden. War anstrengend. Hast du Kiff da?»

«Ich hab gerade Lieferschwierigkeiten. Seit Monaten nichts mehr geraucht.»

«Schade. Ich bräuchte Entspannung.»

Sie lehnt sich an die Badezimmertür. «Du hast die Jupitersinfonie aufgelegt.»

«Komm in die Wanne», sagt Dennis. «Hier gibt's Entspannung.»

«Angie hat mal über dich gesagt, Sex sei die einzige Möglichkeit, vernünftig mit dir zu reden.»

Dennis geht nicht darauf ein. Sonja legt eine andere Platte auf und zieht sich aus.

«Ich hab jetzt ein Haus für meine Ferien», sagt sie, als sie in die Badewanne gestiegen ist. «Ich fahr ein paar Wochen weg.»

«Wo ist das Haus?», fragt Dennis. Seine ausgestreckten Beine umschließen Sonja. Er will sie fühlen.

«Meine Mutter hat sich mal ein Häuschen auf ... na ja, auf Amrum gekauft. Besser als gar nichts, oder. Wir sind seit Jahren nicht mehr dort gewesen. Es war vermietet. Jetzt steht es leer, ein bisschen verwahrlost. Ich guck mal. Vielleicht kann ich dort schreiben.»

«Kann ich mitkommen?»

Sonja bemerkt den Schenkeldruck. Sie nimmt etwas Schaum und bedeckt ihre Brüste. «Was willst du von mir?»

«Dich beobachten. Ich führe ein Bewegungstagebuch und werde ... deine geheimsten Aufzeichnungen lesen.»

Der Detektiv stürmt ins Badezimmer und trampelt wütend auf der Stelle.

«Er würde dem Teufel seine Großmutter verkaufen. Er ist ein Tunichtgut und Blender. Warum siehst du das nicht?»

Sonja ist beeindruckt, aber nicht überzeugt. Dennis legt nach.

«Falls sich eine Spinne vor dir erschreckt, könnte ich zwischen euch vermitteln. Wie wäre das?»

«Ich fand ja nie, dass du so schön bist, wie alle behaupten. Aber als *bathing beauty* bist du groß, Dennis. Claudette Colbert kann einpacken. Was hast du eigentlich ins Was-

ser getan – Eselsmilch?»

Von den isländischen Inseln ziehen Kaltfronten vorauf. Es bleibt sonnig. Sonja und Dennis fahren nach Amrum in Brittas Haus. Sie nehmen den Zug, dann eine Fähre. Sie stehen auf der Reling und denken an Angie. Es ist so leicht, auf der Nordsee zu fahren und sich vorzustellen, man sei auf dem Weg nach England. Bei dieser Kulisse, dem salzigen Geruch in der Nase und dem kalten Wind aus Island, der die Backen rötet. Das Schiff bringt einen zu der Frau, die man liebte, zu der Freundin, die man hasste. Das ist der schöne Gedanke an England. Alle weiteren Erinnerungen, das Scheitern und Versagen, werden von den Möwen gefressen. Sie schreien nach Fisch.

«Warum fahren wir auf eine verdammte Nordsee-Insel. Wieso fahren wir nicht nach Hawaii. Oder nach Kokomo. Bali meinetwegen. Irgendwo, wo es warm ist. Ein tropisches Paradies, unberührt von Menschenhand – doch hier existiert eine bizarre Zivilisation.» Der Schmerztöter zittert, obwohl er jetzt lange Hosen trägt. Man hat ihn vernünftig angezogen, die Jacke zugemacht und ihm einen Schal umgebunden. Dennis legt seinen Arm um Sonja.

«Pass bloß auf, Sonja. Die Weichbirne führt was im Schilde», murmelt der kleine Detektiv. «Das große Flachlegen.»

Man kann sich seine Eltern nicht aussuchen. Das wird wie jedes Kind auch der Detektiv lernen. Kein Kind mag die Vorstellung, dass die Eltern nachts die Tür abschließen.

Das dürfen sie nicht tun. Das Kind ahnt, dass die Nacht voll verbliebener Träume der Alten ist; und sie bedroht die Elternschaft. Schaffen es die Eltern nicht, morgens so zu tun, als wäre nichts gewesen, nichts als ein böser Traum, ziehen sie das Kind nicht mehr gemeinsam groß. Ein Teil geht weg, dem Traum hinterher. Manchmal ist es so besser ... aber das kann man weder Dennis Neumann noch Sonja Schälmeister oder dem kleinen Detektiv erklären. Sie könnten optimistisch sein. Sie wollen alles zu zweit tun.

Dennis und Sonja werden das Haus aufschließen, die Taschen auf dem gleichen Bett ablegen, auspacken und essen gehen. Unterdessen heizen die Räume auf. Sie haben ein paar Wochen, sich zu beschäftigen und zu langweilen. Eine Nordsee-Insel bietet nicht viel, und höchstens schlechten Empfang. Sie wollen einen Film schreiben, miteinander ins Bett gehen. Vielleicht sogar beides, in ferner Zukunft einmal.

ENDE